EDUARD BLUM

Masken
Tanz

Zum Buch

Anno 1152

Martin, Novize, muss über Nacht die Geborgenheit seines Klosters verlassen. Er kommt an den Herzoglichen Hof und gerät in eine Welt, die er sich in seinen wildesten Träumen nicht hätte vorstellen können. Auf Reisen und Feldzügen begleitet er den Herzog von Rochefort, lernt die Grausamkeiten des Krieges, die Feinheiten der Politik sowie die Reize der Frauen kennen. Als er glaubt, mit der vom Schicksal gezeichneten Cathérine das Glück seines Lebens gefunden zu haben, fallen dunkle Schatten über sie. Im Umfeld des Hofes treibt ein Serienmörder sein grausames Spiel und auch Cathérine sieht sich von ihm verfolgt. Verzweifelt versucht sie ihm zu entkommen und treibt immer tiefer in einen Strudel dunkler Macht. Bei dem Versuch sie zu beschützen, gerät Martin ins Visier des Mörders. Im sündigen Rom erzwingt er schließlich eine Entscheidung.

EDUARD BLUM

Masken

Tanz

Kriminalroman
aus dem Mittelalter

Bibliografische Information der Deutschen
Nationalbibliothek:
Die Deutsche Nationalbibliothek verzeichnet diese
Publikation in der Deutschen Nationalbibliografie;
detaillierte bibliografische Daten sind im Internet über
http://dnb.dnb.de abrufbar.

Herstellung und Verlag:
BoD – Books on Demand, Norderstedt
ISBN 978-3-7519-3403-9

Titelbild:
Maske in Rot, Acryl auf Leinwand
Künstlerin Edith J. Blum

1. KAPITEL

Während seine Hände rastlos mit den Holzfiguren spielten, hörte er angespannt zu, was an den Nebentischen erzählt wurde. Mit den Fingerspitzen fuhr er über die grob geschnitzten Formen und die Wirtin, die ihm den Wein brachte, blickte entsetzt auf zwei menschliche Körper. Hastig bekreuzigte sie sich, kehrte verwirrt zum Spültrog zurück und putzte mit roten Flecken im Gesicht Unheil ahnend die Krüge.

Fagoth Taklohs Augen glühten hinter der Maske. Seine Sinne schmerzten, so intensiv spürte er ihre Nähe. Heute würde sie kommen, das Blut sagte es ihm. Er presste mit den Händen so intensiv die hölzerne, weibliche Figur, als ob er sie zum Leben zwingen könnte. Dabei entging seiner Aufmerksamkeit keines der lautstark geführten Gespräche. Immer wieder wurde der Mut des jungen Herzogs gelobt, der mit der Herrschaft des Papstes im Land Schluss gemacht und die von Rom eingesetzten Bischöfe zum Teufel gejagt hatte. Es hieß, Roger von Rochefort würde selbst gegen Rom ziehen, wenn der Papst sich ihm entgegenstellen sollte. Nach einer Weile warf Fagoth Takloh enttäuscht über das unnütze Warten missmutig eine Münze auf den Tisch und wollte sich gerade erheben, als die Schanktür aufgestoßen wurde und drei Fremde den Wirtsraum betraten.

Ein gedrungener, mit einem gebogenen Kurzschwert bewaffneter Mann warf prüfend seine Blicke durch den Raum. Seinem Auftreten nach war er wohlhabend und es gewohnt, dass seinen Wünschen entsprochen wurde. Seine beiden Dienstknechte traten zur Seite und nahmen die letzte eintretende Person schützend in ihre Mitte.

Fagoth Takloh stieß einen Seufzer aus, gebannt blickte er auf die verhüllte Gestalt. Er hatte es gewusst, sie war gekommen, wie die Sterne es vorhergesagt hatten. Durch die schweren Umhänge konnte er die Körperformen nur erahnen, doch als sie die Kapuze zurückschlug, nahm er jedes ihrer Merkmale gierig in sich auf. Ihr Gesicht mit den großen, weit auseinanderstehenden Augen, der ausdrucksstarken Nase und der breite sinnliche Mund, spiegelte die Frau in ihr wider. Er stöhnte auf, bald würden seine Träume Wirklichkeit werden.

Seine Finger glitten wieder über die weibliche Holzfigur, während der Schweiß ihm ätzend in den Augen brannte. Er verfluchte den Zwang der Maske und sah gebannt zu der Gesellschaft hin.

Aufgebracht sah Ripold Debieux den Wirt an.

»Es kann doch nicht sein, dass in der ganzen Stadt keine Unterkunft zu finden ist. Ich zahle, was ihr verlangt.« Er griff in seine Ledertasche und holte eine glänzende Münze heraus.

»Hier, die gehört euch, wenn ihr uns einen warmen Raum zur Verfügung stellt.«

Jacob Pironé schüttelte den Kopf.

»Es ist unmöglich, die Gäste des Herzogs haben alle Quartiere belegt.« Bedauernd zog er die Schulter hoch, wobei sein Blick auf den Mann mit der Maske fiel.

»Das heißt, es gibt vielleicht doch noch eine Möglichkeit.« Gierig blickte er auf die Münze und zeigte auf den Fremden.

»Dieser Mann dort hat bei mir zwei Räume gemietet, fragt ihn, ob er euch einen überlässt.«

Ripold Debieux blickte auf den mit einem schwarzen Umhang verhüllten Fremden und musterte mit gemischten Gefühlen die Maske, die sein Gesicht verdeckte.

»Kennt ihr ihn? Er sieht recht seltsam aus.«

»Nein, er ist gestern angekommen, hat für die Räume im Voraus bezahlt und vermeidet jeden Kontakt. Und es zieht einen ja auch nicht gerade zu ihm hin.«

»Nun gut.«

Ripold Debieux holte eine kleinere Münze aus der Tasche und gab sie dem Wirt. Dann wandte er sich an seine Tochter und richtete ihre Aufmerksamkeit auf den Fremden.

»Cathérine, wenn wir nicht auf der Straße schlafen wollen, müssen wir diesen dort Mann fragen, ob er uns einen Raum überlässt.«

Obwohl sie seine Augen durch die Schlitze der

Maske nicht erkennen konnte, spürte Cathérine, wie der Fremde sie anstarrte. Etwas Unheilvolles ging von ihm aus. Plötzlich fühlte sie sich nicht mehr wohl in dem Gasthof. Im Hinblick auf ihre Lage stimmte sie aber schließlich zu.

»Du hast recht, bevor wir in einer stinkenden Gasse übernachten müssen, solltest du ihn fragen.«

Mittlerweile hatte die Wirtin ihnen zum Aufwärmen heißen stark gewürzten Wein angeboten und Cathérine spürte bereits, wie er ihr zu Kopf stieg. Vor Müdigkeit konnte sie sich kaum noch auf den Beinen halten und atmete erleichtert auf, als sie sah wie ihr Vater sich von dem Fremden abwandte und ihr mit zufriedener Miene zunickte.

»Auch wenn der Fremde einen seltsamen Eindruck macht, ist er doch ein höflicher, gebildeter Mensch«, erklärte Ripold Debieux. »Ohne zu zögern hat er uns den größeren seiner beiden Räume zur Verfügung gestellt.«

Trotzdem beschlich Cathérine ein bedrückendes Gefühl, schrieb das aber letztlich ihrer Müdigkeit und dem Wein zu. Sie hatte nur noch den Wunsch, warm und trocken schlafen zu können. Schnell folgte sie ihrem Vater und den Dienstknechten nach draußen, um die wertvollsten Sachen vom Wagen zu holen.

2. KAPITEL

Ungläubig starrte Martin auf das alte Dokument. »Ketzerei, das ist gottlose Ketzerei«, murmelte er aufgewühlt und las nochmals die letzten Zeilen. Dem Bibliothekar schien nicht bewusst zu sein, was für ein brisantes Schriftstück er ihm zum Übersetzen gegeben hatte. Sein Blick blieb an dem Abschnitt hängen, in dem die Byzantiner die Römer anklagten, dass sie aus ihren Reihen einflussreiche Adelige durch Intrige und Mord zum Papst erhoben hatten.

Martin stieß so laut die Luft aus, dass der Pfeifton die Stille des Skriptorium entweihte. Wenn das stimmte, war die Heiligkeit des Papstes nur verlogener Schein, fuhr es ihm durch den Kopf. Verwirrt und neugierig zugleich, konnte er es kaum erwarten, was die nächsten Zeilen für Ungeheuerlichkeiten preisgeben würden. Hastig tauchte er die Schreibfeder in das Tintenfass, als das helle Läuten der Klosterglocke ihn zur Andacht rief. Schon wieder Komplet, stöhnte er in sich hinein, das passte ihm jetzt gar nicht. Wenigstens noch eine Zeile wollte er übersetzen, als er erschrocken zusammenfuhr. Erstaunt blickte er den Mönch an, der geräuschlos ins Skriptorium gekommen war und seine Hand mit der Schreibfeder niederdrückte.

»Martin«, sagte Bruder Clausus leise, »du wirst deine Arbeit für eine Weile unterbrechen müssen.«

Nichts Gutes ahnend blickte Martin in das runde, rötliche Gesicht des alten Klosterbruders. Ausgerechnet jetzt, wo er Dinge zu lesen bekam, die er vielleicht niemals mehr erfahren würde, sollte er die Arbeit abbrechen.

»Morgen früh wirst du dich auf den Weg nach Clervaux machen und dich dort in der Kanzlei des Herzogs melden«, erklärte der Mönch.

Ungläubig starrte Martin ihn an, er konnte nicht glauben, was Clausus da von sich gab.

Die rundliche Gestalt in der grob gewebten Kutte blickte ihn aufmunternd an.

»Herzog von Rochefort hat nach dem Tod seines königlichen Onkels eine Menge neuer Verordnungen erlassen, die sofort geschrieben werden müssen. Dazu braucht seine Kanzlei zusätzliche Schreiber aus den Klöstern. Auch uns hat man aufgefordert zu helfen, und da Cacharius krank ist, musst du die Aufgabe übernehmen.«

Sorgenvoll stieß Clausus einen Seufzer aus.

»Ich hoffe, du bist dir darüber bewusst, welche Verantwortung du trägst. Wenn der Herzog mit deiner Arbeit nicht zufrieden ist, wird unser Kloster es zu spüren bekommen und das würde dem Abt gar nicht gefallen.«

Martin konnte es immer noch nicht glauben. Zum ersten Mal in seinem Leben durfte er das Kloster verlassen und die Welt außerhalb der Mauern kennenlernen. Einmal andere Gesichter sehen, als immer nur die faltigen, ernsten Mienen in den grauen Kutten. Als ob der alte Mönch seine Gedanken erraten hätte, hob er den Zeigefinger und sah ihn mahnend an.

»Aber denke daran, dich von allen Versuchungen fernzuhalten, auch draußen musst du in Demut leben. Bis zur Stadt wird dich Bruder Franziskus begleiten, auf dem Markt hat er einiges einzuhandeln.«

Ohne weitere Erklärungen wälzte Clausus seinen mächtigen Körper träge durch den Raum und löschte mit Seufzen und Stöhnen die Kienspäne in den Wandhalter.

In Martins Kopf überschlugen sich die Gedanken. Erst die ungeheuren Anschuldigungen aus Byzanz gegen Rom, und nun die seit Langem erträumte Möglichkeit, einmal das Kloster verlassen zu können. Er spürte, wie Tränen der Freude über sein Gesicht liefen. Schnell wischte er sie weg, reinigte sorgfältig die Schreibfeder, verschloss das Tintenfass und rollte knitterfrei das alte Pergament ein. Entschlossen schob er dann alle Gedanken an den brisanten Inhalt beiseite. Auffordernd drängte sich wieder das Läuten der Klosterglocke in sein Bewusstsein und den Kopf voller Gedanken lief er zur Kapelle.

Noch vor der Morgendämmerung spannten sie den Maulesel vor den Holzkarren und brachen auf. Nach einer unruhigen Nacht schritt Martin aufgewühlt neben Franziskus her, er konnte es kaum erwarten, das Leben außerhalb der Abtei kennenzulernen. Außer zu den Klosterbrüdern fehlte ihm jegliche Beziehung zu anderen Menschen. Eine Familie konnte er sich nur schwer vorstellen und bei dem Gedanken an eine Frau überfiel ihn geradezu Panik.

Nach einer Weile erreichten sie den breit ausgefahrenen Handelsweg und sie kamen ohne Störungen schnell voran. Gegen Mittag überholte sie eine Gruppe grölender Reiter, die sie ein faules Kuttenpack nannten. Franziskus beeindruckte das wenig, aus Erfahrung wusste er, dass sich so manch gottloses Gesindel in der Gegend herumtrieb.

Es war schon spät am Nachmittag, als Martin bemerkte, dass der alte Mönch sorgenvoll die schwarzen, tief hängenden Wolken betrachtete. Franziskus hatte sich vorgenommen, noch in der Nacht die Stadtmauer von Clervaux zu erreichen. Früh morgens, wenn die Tore geöffnet wurden, wollte er als erster auf dem Markt sein, um die besten Tuchwaren einhandeln zu können.

Das Wetter prophezeite etwas anderes. Schon Minuten später goss es wie aus Kübeln geschüttet. Schlagartig wurde es kälter und schon bald froren sie in ihren klatschnassen, tief herabhängenden Kutten.

»Wenn wir uns nicht die Lungenpest holen wollen, müssen wir sehen, dass wir eine Unterkunft finden«, brüllte Franziskus gegen den peitschenden Regen an.

Zum Glück erreichten sie kurz darauf eine große heruntergekommene Holzhütte. Eiligst lösten sie das Maultier vom Wagen, rieben es mit Stroh aus dem Sack trocken, und banden es unter dem durchlöcherten Vordach fest. Um bei dem prasselnden Regen in der Hütte gehört zu werden, hämmerte Martin kräftig gegen das Tor. Trotzdem verging eine Ewigkeit, bis ein mürrisches Gesicht öffnete. Der Wirt musterte sie von oben bis unten, wobei seine Miene noch verdrießlicher wurde. Von ihrem Besuch schien er nicht allzu begeistert zu sein.

»Wenn es dann sein muss«, meinte er schließlich, »könnt ihr eure Sachen trocknen. Es gibt aber nichts zu essen und«, er grinste verschlagen, »ich habe schon eine Gesellschaft, ich hoffe, ihr kommt miteinander aus.«

Franziskus rang sich zu einer freundlichen Erwiderung durch und zwängte sich an ihm vorbei in die Hütte. Demütig den Kopf gesenkt, folgte Martin wortlos.

»Oh Gott, verzeih mir, ich glaube, wir sind in die falsche Hütte eingekehrt«, hörte er dann Franziskus mit belegter Stimme rufen. »Das hier ist eine sittenlose Gesellschaft.«

Jetzt sah auch Martin, was der Mönch meinte. Um das Feuer saßen Männer und Frauen, die ihre Kittel und Umhänge zum Trocknen über eine gespannte Leine gehängt hatten. Sprachlos starrte Martin auf das Geschehen, während Franziskus sich bereits nach einer anderen Lagermöglichkeit umsah. Doch es gab nur den einen Raum, in dem es nach Schweiß und sauren Essensresten stank.

»He, ihr zwei Mönchlein, kommt her und wärmt euch mal richtig bei uns auf«, rief eine schon ältere Frau ihnen zu. Dabei machte sie solch einladende

Bewegungen, dass Martin ihre langen Brüste wie die Klöppel der Klosterglocken pendeln sah. Hastig drängte Franziskus ihn in die hinterste Ecke des Raumes.

»Uns bleibt nichts anderes übrig, als hier zu bleiben, bis die Kutten trocken sind«, meinte er aufgebracht. »Aber ich versuche zwei Decken zu bekommen.«

Tatsächlich kam er kurze Zeit später mit zwei dreckigen, verfilzten, aber immerhin trockenen Decken zurück. Erleichtert zogen sie ihre nassen Kutten aus und legten sich die Decken um. Es dauerte dann noch eine Weile, bis es am Feuer ruhig wurde und sie todmüde einschliefen.

Schon in aller Herrgottsfrühe nahmen sie die noch feuchten Kutten von der Leine, zogen sie an und verließen die sündige, aber doch immerhin wärmende Hütte.

»Unserem Herrn sei gedankt, dass wir die Stätte der Sittenlosigkeit heil überstanden haben«, betete Franziskus dann auch gleich mehrmals hintereinander. Martin nickte zustimmend, wobei er an die mahnenden Worte von Bruder Clausus denken musste. Er ahnte, dass es nicht leicht sein würde, den weltlichen Versuchungen zu widerstehen.

Ein Geräusch musste sie aus dem Schlaf gerissen haben. Cathérine schreckte hoch und blickte sich um. Ihr Vater schlief fest im hinteren Bereich des Raumes und ansonsten konnte sie nichts Außergewöhnliches feststellen. Um ihre Gedanken zu ordnen, blickte sie in die Flammen des Feuers, das erst wenig herunter gebrannt war. Lange konnte sie also noch nicht geschlafen haben. Sie dachte an den merkwürdigen Fremden, der zwei Räume weiter seine Kammer hatte, als das schrille Auflachen einer Frau sie aus ihren Gedanken riss. Neugierig geworden, schlug sie die Felldecke zurück, stand leise auf und ging zur Kammertür. Behutsam, um kein Geräusch zu machen, öffnete sie die Tür und blickte in den dunklen Flur. Deutlich hörte sie im Raum des Fremden Stimmen und bemerkte einen fremdartigen Geruch, der sich schwer auf ihre Sinne legte. Blitzartig ging ihr durch den Kopf, dass ihr Vater einmal berichtet hatte, Medici im Orient könnten Duftstoffe herstellen, die stimulierend das Verhalten der Menschen beeinflussen würden. Dieser Geruch hier musste so etwas sein. Hastig schloss sie die Tür und ging zu ihrem Lager, über diese Dinge wollte sie sich keine Gedanken machen. Müde kroch sie in die Höhle der wärmenden Felle und schlief nach kurzer Zeit ein.

Sie wusste nicht, ob sie geträumt hatte, oder ob sie durch etwas geweckt worden war. Verwirrt setzte sie sich auf und horchte in die Dunkelheit hinein. Aus dem Raum des Fremden hörte sie die Schreie einer Frau, die nach einer Weile in ein schwaches Wimmern übergingen. Danach herrschte eine unheimliche Stille.

Cathérine zitterte am ganzen Körper. Sie überlegte, ob sie ihren Vater wecken sollte. Schließlich verwarf sie den Gedanken. Dass der

Fremde mit einer Frau zusammen war und was sie trieben, ging sie nichts an. Sie kroch tiefer unter die schützenden Felle, zog sie sich über den Kopf und wollte nichts mehr hören und sehen.

Schon recht früh am anderen Tag nahm sie den Kübel für die nächtliche Notdurft und ging mit ihren Gedanken bei den Geschehnissen der Nacht in den Innenhof. Beim Entleeren des Kübels bemerkte sie in der Ecke, wo der Wirt das benutzte Stroh aus den Gästekammern hinwarf, ein zerrissenes gelbes Leinen. Ein Tuch, wie es die Huren der Stadt tragen mussten. Sofort fiel ihr das helle Blut auf, das sich auf dem Stoff abzeichnete. Cathérine war sich sicher, dass dieses Tuch der Frau gehörte, die sie nachts hatte schreien hören.

Nun wollte sie doch mit ihrem Vater reden und ihn drängen, eine andere Unterkunft zu suchen. Auf keinen Fall würde sie noch eine Nacht mit dem Fremden unter einem Dach verbringen.

Konzentriert in die Arbeit versunken, wurde Martin durch plötzlichen Lärm gestört. Verärgert klappte er den Windschutz vor der Maueröffnung hoch und blickte auf das Spektakel, das sich auf dem Marktplatz abspielte. Verwundert betrachtete er die vielen Leute, die sich um den Richtplatz drängten, um dem grausamen Schauspiel so nah wie möglich zu sein. Schreiende, bunt gekleidete Gaukler mischten sich unter das Volk, schwenkten auf langen Stecken aufgespießte, mit Schweineblut beschmierte hölzerne Hände und Köpfe und peitschten die Stimmung immer noch weiter an. Entsetzt sah Martin eine abgeschlagene Hand in einer Pfütze Blut liegen und wie Büttel den Gerichteten auf den Schandwagen warfen. Zwei Knechte zerrten währenddessen schon den nächsten sich wild sträubenden Verurteilten zum Richtplatz.

Das grausame Schauspiel wollte Martin sich nicht länger ansehen und widmete sich wieder seiner Arbeit. Schnell schrieb er den Brief zu Ende, drückte das herzogliche Petschaft in das Wachs und wartete geduldig, bis das Siegel hart wurde. Er blickte nochmals nach draußen und sah, wie eine Frau sich an den Schandwagen klammerte. Sie musste noch jung sein, langes schwarzes Haar fiel ihr weit über die Schulter, ihre magere Figur in dem sackförmigen Kittel machte einen armseligen Eindruck. Selbst aus der Entfernung konnte er erkennen, dass sie außergewöhnlich hübsch war. Sicherlich war der Gerichtete ihr Mann oder ein Verwandter, überlegte Martin mitfühlend. Wie das Schicksal dieser Frau aussehen würde, mochte er sich lieber nicht vorstellen.

Unwillkürlich wurde ihm bewusst, dass heute sein letzter Tag in der Kanzlei war. Der Herzog hatte den ausgeliehenen Schreibern ankündigen lassen, dass er sie ab dem kommenden Tag nicht mehr benötige. Martin seufzte verzweifelt, für ihn hieß das wieder zurück in die verschlossene Welt der Abtei. Dabei war ihm in den letzten Tagen immer klarer geworden, dass er nicht mehr im Kloster leben wollte. Obwohl er in der Kanzlei zurückgezogen leben musste, hatte er doch das Geschehen um sich herum mitbekommen. Die freien Menschen, ihre Lebensweise und die Unterhaltung mit ihnen, zogen ihn magisch an. Nur allzu gerne würde er in ihrer Gesellschaft bleiben und ein normales Leben führen. Betrübt schüttelte er den Kopf, es war zwecklos, daran zu denken. Er war Novize, würde bald das Gelübde ablegen und danach würde ihn das Kloster nicht mehr hergeben.

Glücklicherweise wurde er in seiner gedrückten Stimmung von einem Schreiber aus der Kanzlei unterbrochen.

»Martin, ihr solltet Schluss machen, wir müssen zum Fest.« Der dürre, ausgemergelte Carloni rieb sich erwartungsvoll die knochigen Hände. »Es gibt jede Menge zu essen und zu trinken, der Herzog lässt sich da nicht lumpen. Und viele Gäste sind gekommen, es wird interessant sein, diese zu beobachten.«

»Ach ja«, Martin wurde bewusst, dass auch er eingeladen war. »Wenn ihr einen Moment wartet, können wir zusammen gehen«, sagte er. Sorgfältig säuberte er die angespitzten Schreibfedern, verschloss das Tintenfass und legte das Petschaft samt Siegelwachs in das Fach des Schreibpultes. Wehmütig blickte er sich nochmals in die ihm so lieb gewonnene kleine Welt der Schreibkanzlei um und verließ dann niedergeschlagen mit Carloni das Gebäude.

Küchenmeister Jean Lusigne scheuchte seine Köche und Mägde wie eine Hühnerschar durch die Burgküche und Wirtschaftsräume. Schweißtriefend erteilte er immer wieder neue Anordnungen, wobei er im ständigen Wechsel lobte und fluchte.

»Stephan, wenn du noch einmal vergisst, das Spanferkel bei jeder Umdrehung mit Öl zu begießen, wirst du nur noch Kohl putzen. Maximilian, nimm deine Hände von Sybilles Hintern und walke stattdessen den Brotteig. Clementine, die Gänsefüllung ist dir heute besonders gut gelungen, nur nicht ganz so fest pressen.«

Jean Lusigne spürte, dass ihn sein flämisches Blut nicht zur Ruhe kommen ließ. Obwohl er für die Anfertigung der riesigen Mengen an gebratenem Fleisch, Gekochtes und Geschmortes, von den umliegenden Höfen Köche und Mägde als Aushilfen bekommen hatte, lebte er in der ständigen Angst, nicht zeitig fertig zu werden. Erst vor drei Tagen hatte ihn der Truchsess von dem Fest informiert. Dabei hätte er mit etwas mehr Zeit seine Kochkünste wieder einmal zeigen können. Träumerisch sah er die feinen Vögelchen vor Augen, die der unheimlich wirkende Fremde in einem Käfig mitführte. Gebratene Täubchen kunstvoll garniert als Vorspeise, das wäre es gewesen. Doch der Mann mit der Maske machte ihm Angst und er vermied es, in seine Nähe zu kommen. Die Leute munkelten, er wäre ein Magier aus Italien und könnte Katzen in Tauben verwandeln. Schaudernd dachte Jean Lusigne an die Augen des Mannes, die er für einen kurzen Moment durch die Schlitze der Maske gesehen hatte. Es war, als wenn er in flüssiges Feuer geblickt hätte. Kopfschüttelnd brach er die düsteren Gedanken ab und befahl einem

Knecht weitere Fässer Wein aus den Erdhöhlen zu holen. Danach beaufsichtigte er kritisch das richtige Stapeln der Fässer, prüfte, ob ausreichend gespülte Weinbecher bereitstanden und sank erschöpft auf den Küchenschemel.

In glänzender Laune empfing Herzog Rochefort seine Gäste im Rittersaal der gewaltigen Burganlage. Auf seine Einladung hin hatte sich eine große, bunt gemischte Gesellschaft versammelt. Edel gekleidete städtische Ministerialen, wild aussehende Kuriere, mit Kurzschwerter bewaffnete Ritter und einige freizügig gekleidete Frauen suchten seine Aufmerksamkeit zu gewinnen. Rochefort ging durch die Reihen der Tische, sprach jeden an und lobte die geleisteten Dienste seiner Vertrauten, die seit dem Tode seines Onkels etliche Beratungen mit ihm geführt hatten. Besonders lobte er die Arbeit der bescheidenen, unauffälligen Schreiber aus den umliegenden Klöstern, die Tag und Nacht die Dokumente geschrieben und vervielfältigt hatten.

Je später der Abend, umso ausgelassener wurde die Stimmung im Saal. Immer wieder brachten Dienstleute neue Krüge mit Wein und laufend wurden Speisen nachgelegt. Martin kam aus dem Staunen nicht mehr heraus und langte an seinem letzten Tag in Freiheit ordentlich zu. Berauscht und gelöst von seinen Problemen, hörte er dabei sehnsüchtig die Verse der Minnesänger, die über Liebe und Leid, edles Rittertum und über die Lieblichkeit der Frauen geistreich und oft auch anzüglich berichteten.

Es war schon spät, als der Herzog sich an Martin wandte und ihn aufforderte, ihm zu folgen. Rochefort ging zu einem abseits gelegenen Fenstererker, wo sie ungestört reden konnten.

Abschätzend sah er Martin an.

»Ich habe mich über euch informieren lassen«, kam er ohne Umschweife zur Sache. »In den vergangenen Tagen habt ihr für mich viele Briefe geschrieben. Vertrauliche Dokumente. Ist euch bewusst, dass ihr darüber zu schweigen habt?«

Zustimmend nickte Martin und fragte sich, was der Herzog wohl von ihm wollte.

»Gut. Mein Kanzler hat mir berichtet«, fuhr Rochefort fort, »dass ihr schneller und gewissenhafter die Dokumente anfertigt, als die anderen Schreiber. Und dass ihr euch korrekt und zuvorkommend verhalten habt.« Rochefort blickte in die klaren Augen des Novizen. »Einen Mann wie euch brauche ich an meiner Seite. Am Hofe und während meiner Reisen müssen Briefe und Übersetzungen geschrieben werden. Traut ihr euch zu, eine solche Aufgabe zu übernehmen?«

Rochefort machte eine Pause, um seine Worte wirken zu lassen. Belustigt beobachtete er das Aufleuchten im Gesicht des Novizen und studierte darin die feinen Linien, die offenen Gesichtszüge. Innerlich stimmte er dem zu, was der Abt ihm über die Herkunft des Novizen berichtet hatte.

Stumm nickte Martin, völlig verwirrt war er nicht in der Lage, ein Wort herauszubringen.

»Gut, dann werde ich dem Abt mitteilen, dass er euch aus dem Klosterdienst zu entlassen hat. Ich kenne ihn gut, er wird Verständnis für mein Anliegen haben. Und ihr meldet euch gleich in der Früh bei meinem Kanzler und«, mitleidig sah Rochefort auf Martins abgeschabte Kutte, »ihr bekommt andere Kleidung und als mein Sekretär habt ihr besondere Vorrechte. Aber alles das wird euch Graf Forcheau erklären.« Ohne eine Erwiderung abzuwarten, drehte er sich um, ließ den völlig verwirrten Martin stehen und widmete sich weiterhin gute Laune versprühend, seinen Gästen zu.

Martin wollte nach draußen an die Luft, um einen klaren Kopf zu bekommen. Ihm war schwindelig und das nicht nur vom Wein. Dass er der Sekretär des Herzogs werden sollte, war so unglaublich, das musste er erst einmal verkraften.

»He, Martin, wartet, ich gehe mit euch«, hörte er jemand sagen. Er drehte sich um und sah Gernod, ein Vertrauter des Herzogs. Freundschaftlich legte der Ritter einen Arm um seine Schulter und meinte, dass er sich auch etwas bewegen müsste und sie könnten doch zusammen gehen.

Trotz der späten Stunde herrschte auf dem großen Platz zwischen dem lang gestreckten Hauptgebäude und der hoch emporragenden Burgkapelle noch reges Leben. An vielen kleinen Feuerstellen standen Gruppen von Leuten zusammen, brühten sich wärmende Getränke und unterhielten sich lautstark.

Ankommende Händler luden unter lautem Zurufen ihre Pferde ab und trugen die Gepäckstücke in eines der kleinen Lagerhäuser. Überlagert wurde das nächtliche Treiben von dem Rauch der Feuer, gemischt mit den Ausdünstungen der vielen Menschen. Schmale Bäche mit Urin, Kot und schlammigem Regenwasser spülten die Straße immer wieder auf. Vorsichtig umgingen sie die größeren Pfützen und gelangten auf die andere Seite des Platzes. Gernod machte Martin auf zwei Frauen aufmerksam, die ihre Männer fest am Gürtel gepackt hielten und den Außenbezirk ansteuerten.

»Seht die Frauen mit den gelben Tüchern, die wären jetzt auch schon was für uns«, meinte er vergnügt. Verständnislos sah Martin ihn an und Gernod fiel die noch erkennbare Tonsur bei ihm auf.

»Ach, stimmt. Frauen gibt es ja keine im Kloster«, meinte er grinsend, »doch bald werdet ihr welche kennenlernen. Wenn ich das nächste Mal in ein ordentliches Badehaus gehe, nehme ich euch mit.«

Da er sich nichts Genaues darunter vorstellen konnte, schwieg Martin lieber. Er spürte, dass ihm die Nachtluft guttat und sein Kopf schon etwas klarer wurde.

»Ich glaube, ich bin etwas daneben«, äußerte er sich, »der Wein und das viele Essen bin ich nicht gewohnt.« Angeregt unterhaltend gingen sie noch eine Weile, bis Gernod meinte, sie müssten zum Fest zurückgehen. Man könnte sie vermissen und das würde einen schlechten Eindruck machen. Auf dem Rückweg kamen sie an den Wirtschaftsräumen, dem Reich des Küchenmeisters vorbei. Die Luft, dick geschwängert mit dem Geruch aus der Garküche, führte sie dann doch noch zu Jean Lusigne. Erfreut über die nächtliche Abwechslung ließ er sie nicht eher gehen, bis sie seinen krossen Schweineschinken mit frisch gebrautem Bier probiert hatten. Dabei stand sein Mund nicht still und immer wieder erzählte er neue lustige Geschichten aus seiner Heimat. Martin hörte fasziniert zu und fühlte sich so wohl wie noch nie in seinem Leben.

3. KAPITEL

Mit glänzenden Augen blickte Cathérine auf die zahllosen Kerzen, deren Duft den riesigen Raum bis in den letzten Winkel ausfüllte. Die Lichter warfen tanzende Schatten auf die Wände und schwelender Weihrauch erzeugte eine faszinierende, geistliche Atmosphäre.

Ihr Vater zupfte am Ärmel ihres Pelzes und zeigte auf die gewaltigen Pfeiler und Rundbögen.

»Es ist unglaublich, dass ein so großes Bauwerk in nur wenigen Jahren erbaut wurde«, meinte er. »Besonders, wenn man bedenkt, dass der gesamte Marmor in Italien geschlagen wurde und wochenlang transportiert werden musste.«

Ein junger Mann, der neben ihnen stand, hatte das Gespräch mit angehört und zeigte auf das doppelflügelige Eingangsportal.

»Und erst das Tor. Im Kloster habe ich gelesen, dass es einmalig ist. Jeder der beiden Türflügel ist aus reiner Bronze und wurde hier in der Stadt gegossen. Sie sollen unvorstellbar schwer sein und können nur durch eine neu entwickelte Lagertechnik bewegt werden.« Aufmerksam geworden sah Cathérine neugierig den Fremden an. Sie bemerkte, wie er bewundert das Portal betrachtete und staunte, dass er über das Bauwerk soviel erklären konnte. Dabei machte er einen fast schon verträumten Eindruck. Verwirrt musste sich Cathérine eingestehen, dass dieser junge Fremde sie interessierte.

Martin ging plötzlich durch den Kopf, dass er mit seinem Gerede die beiden Fremden vielleicht stören könnte. Er blickte die Frau an und sah in große dunkelbraune Augen, die ihn interessiert musterten. So zwanglos, wie er sich über die Architektur des Gebäudes ausgelassen hatte, so irritiert wurde er nun von der Ausstrahlung dieser Fremden.

»Ich hatte mir eingebildet, ich könnte meiner Tochter Interessantes über dieses Bauwerk berichten«, meinte in diesem Moment der Mann an ihrer Seite, »muss aber zugeben, dass ihr das weitaus besser könnt.« Nach einer kurzen Verbeugung stellte er sich und seine Tochter als burgundische Handelsleute vor, die auf der Durchreise waren.

Martin erwiderte, dass er in der Kanzlei des Herzogs arbeiten würde und noch bis vor kurzem im Kloster gelebt hätte. Heiß fiel ihm ein, dass der Kanzler mit ihm noch einige eilige Dinge klären wollte. Er blickte die beiden Fremden entschuldigend an und erklärte, dass er nochmals in die Kanzlei müsste. Viel lieber wäre er in der Gesellschaft der hübschen Frau geblieben, doch den Kanzler durfte er nicht warten lassen.

Etwas enttäuscht blickte ihm Cathérine nach, der

herzogliche Sekretär hatte Eindruck auf sie gemacht und gerne hätte sie ihn näher kennengelernt.

Gelangweilt musterte sie die vielen fremdartigen Besucher die herein strömten und den Kirchenraum füllten. Normalerweise wäre es für sie interessant gewesen, die unterschiedlichen, manchmal exotisch wirkenden Menschen zu beobachten, aber der junge Mann ging ihr nicht aus dem Kopf. In Gedanken sah sie zu der oberen Galerie des Kirchenschiffes hoch und zuckte zusammen. Unbeweglich stand dort der unheimliche Mann aus dem Gasthof und trotz seiner Maske spürte sie, dass er sie anstarrte. Schnell blickte sie in eine andere Richtung und stellte sich so hinter ihrem Vater, dass der Fremde sie nicht mehr sehen konnte. In dem Moment kündigten vom Hauptportal Bläser den Beginn der Messe an und erleichtert konzentrierte sie sich ganz auf den Einzug des Herzogs.

Fagoth Takloh spürte, wie er sein Verlangen nach der Burgunderin kaum noch zügeln konnte. Eifersüchtig hatte er beobachtet, wie sie sich für einen jungen Mann interessierte und hatte auch bemerkt, wie sie ihm nachsah, als er die Kirche verließ. Durch vorsichtiges Fragen bei den Dienstknechten hatte er erfahren, dass sie nicht verheiratet war und auch keine feste Bindung zu einem Mann hatte. Den ganzen Tag war er ihr heimlich gefolgt, immer in Versuchung, ihr näher zu kommen, doch sein Verstand sagte ihm, seinen Einfluss langsam wirken zu lassen. Dabei war Geduld die Eigenschaft, die er am wenigsten besaß. Fieberhaft überlegte er, wie er eine Situation schaffen konnte, die ihn in ihrer Nähe bringen würde. Er beobachtete den Einzug des Herzogs mit den Mitgliedern des Hofes, als er die Lösung plötzlich vor Augen sah. Sein Mund verzog sich zu einem zufriedenen Lächeln und verstohlen blickte er nochmals zu der Frau hin. Er nahm sich vor, ihr in der nächsten Zeit aus dem Wege zu gehen. Dann aber würden seine Träume, die ihn Nacht für Nacht aufwühlten, Wirklichkeit werden.

Kritisch betrachtete Rochefort die eingravierte Inschrift in dem silbernen Ring. In lateinischer Schrift versprach sie dem Träger ein Leben voller siegreicher Taten, Schutz vor Dämonen und dunklen Mächten. Dabei strahlte der tiefgrüne Krötenstein auf der Ringplatte eine fast schon magische Wirkung aus. Rochefort war sich sicher, der Ring war zweifellos die künstlerische Arbeit eines italienischen Silberschmiedes und musste sehr wertvoll sein. Fragend wandte er sich an seinen Kanzler.

»Graf, glaubt ihr, was der Astrologe behauptet, dass dieser Ring magische Kräfte besitzt und der Stein aus dem Kopf einer Kröte ist?«

Erwartungsvoll blickte er auf seinen Schachgegner, der konzentriert auf das Brett starrte.

Ohne von dem Spiel aufzusehen, schüttelte Forcheau zweifelnd den Kopf.

»Ich glaube, das Schicksal des Menschen wird von Gott bestimmt. Vielleicht hat er aber für einige Auserwählte solch magische Steine geschaffen.«

Rochefort ließ nicht locker. »Woher weiß ich, dass dieser hier nicht irgendein Hokuspokus eines Betrügers ist, der sich mit diesem Geschenk bei mir einschleichen will?«

Forcheau blickte vom Schachbrett auf und lehnte sich entspannt zurück. Seine Mundwinkel verzogen sich zu einem feinen Lächeln.

»Wir werden es bald wissen. Da ihr den Fremden als Hofastrologen eingestellt habt, hielt ich es für angebracht, Genaueres über ihn zu erfahren. Über meine Verbindungen in Rom werden wir bald hören, was wir von ihm zu halten haben. Vor allen Dingen interessiert es mich, warum er immer diese abscheuliche Maske trägt.«

Rochefort sah seinen Kanzler an und ihm wurde klar, dass der Graf nicht gerade ein Freund des Astrologen war. Allerdings musste er zugeben, dass auch er Probleme hatte, einen Menschen in seiner Nähe zu haben, dessen Gesicht er nicht kannte. Doch das Tragen von Masken war in den Adelskreisen Roms üblich und konnte viele Gründe haben. Und an seinem Hofe einen italienischen Astrologen zu haben, hob sein Ansehen gegenüber den anderen Fürsten.

»Nun Graf, ich denke, wir sollten die Nachrichten aus Rom abwarten und bis dahin glauben, wofür er sich ausgibt.«

Entschlossen setzte er seinen Läufer in Angriffsposition zum Turm und blickte auf die komplizierte Schachstellung. Dabei hörte er im Hintergrund das Kratzen der Schreibfeder. Trotz der späten Stunde war sein neuer Sekretär noch am

Arbeiten und wieder einmal wurde ihm bewusst, dass er mit dem jungen Mann eine gute Wahl getroffen hatte. Außer seinem Kanzler hatte er am liebsten den aufgeschlossenen ehemaligen Klosterschüler in seiner Nähe. Martin war gebildet, unkompliziert und konnte sich noch über viele Dinge freuen.

In dem Moment, wo der Graf mit der Dame Schach bot, wurden sie durch einen lauten Tumult abgelenkt. Rochefort blickte fragend seinen Kanzler an, aber auch er konnte sich keinen Reim darauf machen. Rochefort rief nach einem Diener und befahl ihm nachzusehen, was der Lärm zu bedeuten hatte.

Nicht weit vom Burggelände entfernt liefen immer mehr Leute zusammen. Neugierig drängten und stießen sie sich gegenseitig nach vorne, um nahe an die Tatstelle heran zu kommen. Wie ein Lauffeuer hatte es sich in der Stadt verbreitet, dass der Marktmeister in einer dunklen Ecke des Holzmarktes die grausam verstümmelte Leiche einer Frau gefunden hatte.

Felic Clode versuchte mit seinen Gehilfen das neugierige Volk zurückzuhalten und immer wieder rief er den Frauen zu, dass sie ihre Kinder nicht nach vorne lassen sollten. Nach einer Weile bemerkte er erleichtert, dass sich in der Menge eine Gasse bildete und der Marktherr Foulon in seiner städtischen Uniform, begleitet von seinen Dienern mit ihren langen rotweißen Stäben, mürrisch auf ihn zukam.

»Was ist hier los«, fuhr er Clode an, »warum dieser

Auflauf und wieso?« Abrupt brach er ab. Ungläubig blickte er auf die zerfetzten Brüste und den aufgeschlitzten Bauch der Toten.

»Mein Gott noch, was ist hier passiert, wer hat das getan?«, fragte er mit belegter Stimme. Unfähig etwas zu unternehmen, starrte er auf die Frau. Fast schon lächerlich wirkte ihr grotesk verzerrtes Gesicht. Sie lag auf dem Rücken und ihre leblosen Augen blickten zu dem hoch in den Himmel ragenden Turm der Klosterkirche, als ob sie von dort oben noch Hilfe erwartet hätte.

Inzwischen drängten sich drei Mönche hastig durch die Menge und rissen den Marktherrn aus seiner Starrheit. »Wir haben Decken mitgebracht, man kann die Frau doch nicht so liegen lassen«, wandte sich einer an ihn, während die beiden anderen Mönche bereits die Tote zudeckten.

Foulon riss sich zusammen und wandte sich an Felic Clode. »Wann habt ihr die Tote gefunden und weiß einer, wer sie ist?«

»Sie ist eine Hure aus dem Viertel in der Rue Droite«, antwortete Clode. »Als wir die Ladung eines Holzschiffes kontrollierten, musste Jacob mal austreten und sah sie in der Ecke liegen.«

Foulon wandte sich an den bleichen Dienstknecht.

»Meinst du, die Frau hat schon lange dort gelegen?«

Jacob zuckte mit den Schultern. »Ich weiß es nicht, ich war so erschrocken, dass ich mir darüber keine Gedanken gemacht habe. Sofort bin ich zu Clode gelaufen und habe es ihm gesagt. Um nichts in der

Welt hätte ich die Frau angefasst.« Foulon nickte verständnisvoll. Seinem fetten Gesicht war anzusehen, dass er sich auch lieber mit den angenehmeren Dingen des Lebens beschäftigte.

»Das kann ich verstehen«, meinte er, »aber wir müssen herausfinden, wer die Frau zuletzt gesehen hat und ob einer bei ihr war.«

»Ich glaube«, einer der Mönche wandte sich an ihn, »dass sie von einem Fremden von eines der Schiffe, die im Hafen liegen, getötet wurde. Aus der Stadt war es bestimmt keiner.«

»Doch«, brüllte eine Stimme aus der Menge. »Ich habe sie gestern Abend mit Boutro, dem Gehilfen des Henkers gesehen, als sie mit ihm in ein Haus in der Rue Droite verschwand.«

Überrascht sah sich Foulon nach dem Sprecher um. Schon brüllten auch andere aus der Menge, dass der Henkersknecht es war, dieser Unehrliche, nur er kann es gewesen sein. In Blitzesschnelle setzte sich die Parole fort, während die Voreiligen schon in Richtung der Rue Droite liefen.

Von niemand bemerkt stand im Schatten eines Torbogens eine dicht verhüllte Gestalt. Regungslos beobachtete sie zufrieden das Geschehen.

Martin und Gernod wollten sich das Schauspiel der Hinrichtung ersparen. Sie waren auf dem Weg zu einem Badehaus am Place Saint-Paul.

»Glaubt ihr wirklich«, wandte sich Martin an Gernod, »dass der Henkersknecht die Frau getötet hat? Bis zur Befragung durch die Folter hat er immer wieder gesagt, dass er es nicht gewesen ist.«

»Nun«, meinte Gernod, »man hat ihn zusammen mit der Hure kurz vor ihrer Ermordung gesehen. Und er ist ein Unehrlicher ohne Familie, isoliert von der Gesellschaft, keiner will etwas mit ihm zu tun haben. Wer weiß, was in einem solch einsamen Menschen vorgeht.«

Zweifelnd schüttelte Martin den Kopf.

»Ich glaube nicht, dass er der Mörder ist.« Betrübt blickte er in Richtung des städtischen Kerkers.

Verblüfft blickte Gernod ihn an.

»Denkt ihr etwa, dass einer die Frau umgebracht und so geplant hat, dass die Schuld auf den Henkersknecht fallen musste? Das kann ich mir nicht vorstellen.«

Martin ließ sich nicht beirren.

»Gernod, denkt doch mal darüber nach, dass keiner sagen konnte, wer denn eigentlich auf dem Marktplatz gerufen hat, Boutro mit der Hure gesehen zu haben«, gab er zu bedenken. »Auch die schnelle Reaktion, wie sofort einige Leute die Menge gegen den Mann aufhetzten, das muss einem doch zu denken geben. Und am Gerichtstag ist kein einziger Zeuge erschienen. Ich glaube, dass hinter dem Ganzen ein skrupelloser Mörder steckt. Mit ein paar Münzen hat er die Stimmung der Leute aufgeheizt und einen Unschuldigen dem Henker ausgeliefert.« Martin hatte sich in Rage geredet und Gernod war froh, als sie das Badehaus erreichten. Der Vorsteher des Hauses, bekleidet mit einem langen, hellblauen Umhang und einem hohen spitzen Hut, öffnete ihnen das Tor und musterte sie kritisch. Als Gernod sich und Martin vorstellte, hieß er sie herzlich willkommen und bat sie herein.

Es bedurfte dann auch keiner großen Anstrengung mehr, Martin von seinen Gedanken an den Henkersknecht abzulenken. Im Kloster war es ihm immer unangenehm gewesen sich unter den anzüglichen Blicken einiger Klosterbrüder waschen zu müssen. Hier sah er eine andere, eine ihm unbekannte Welt.

Schon beim Betreten des Gebäudes hatte er das Gefühl ins falsche Haus zu kommen. Lauter, ausgelassener Lärm schlug ihnen entgegen und er meinte den Gesang eines Spielmanns zu hören. Verwundert blickte er auf Gernod, der aufgekratzt dem Vorsteher folgte. Aus der Eingangshalle führte er sie in den hinteren Teil des Hauses, zeigte ihnen die hölzernen Gestelle für ihre Kleidung und handelte anschließend mit Gernod den Preis aus.

Besonders angenehm empfand Martin die Wärme im Gebäude. Er blickte den Gang entlang, der zur eigentlichen Badestube führte und betrachtete neugierig die schmalen Nischen zu beiden Seiten des Flures. Sie waren mit roten oder grünen Vorhängen zugezogen und er überlegte, wozu sie gut sein sollten.

Eine Frau, die ihnen angewärmte Tücher brachte und beim Entkleiden half, lenkte ihn ab. Martin wurde immer verwirrter, er wusste nicht wie er sich verhalten sollte.

Gernod stupste ihn in die Seite.

»Mir wird es kalt, es wird Zeit, dass wir ins warme

Wasser kommen.« Gernod beauftragte die Dienerin sein Schwert gut wegzuschließen und ging dann in den Baderaum.

Martin kam aus dem Staunen nicht mehr heraus. In großen, aneinander gereihten Holzbottichen saßen Männer und Frauen im dampfenden Wasser. Auf langen, glatten Bohlen, die in der Mitte auf den Bottichen auflagen, sah er gebratene und kalte Speisen stehen, während hübsche, leicht bekleidete Dienerinnen aufmerksam Wein einschenkten.

Entspannt genossen sie das angenehm temperierte Badewasser, beobachteten dabei das Geschehen ringsum, bis Gernod nach einer Weile meinte, dass es Zeit für einen guten Wein wäre. »Der städtische Gerichtsherr, der mir das Badehaus empfohlen hat, meinte, dass der Burgunder besonders gut sei«, sagte er zu Martin und winkte eine Dienerin zu sich.

Von den vielen Eindrücken immer noch etwas verwirrt, stimmte Martin mechanisch zu. Er bemerkte, wie aus einer der Nischen ein Mann und eine Frau herauskamen und während der Mann in einen Badebottich kletterte, wandte sich die Frau bereits einem anderen Mann zu.

In diesem Moment teilte sich der Vorhang am Ende des Raumes und ein Spielmann mit seiner Laute bewegte sich leichtfüßig durch den Mittelgang. Seine Stimme war dünn und verwaschen, seine anrüchigen Texte erzeugten lautes Gekicher und Gelächter.

Gernod zeigte auf zwei ältere Männer, die Schach spielten.

»Seht euch die beiden Alten an, die machen es

richtig. Anstatt zu Hause alleine vor sich hin zu brüten, genießen sie hier die Annehmlichkeiten des Bades und widmen sich ihrem Spiel.«

Gedankenverloren blickte er Martin an.

»Schade, dass mir das nicht auch vergönnt sein wird«, murmelte er vor sich hin.

Verwundert schüttelte Martin den Kopf.

»Warum solltet ihr das nicht erleben? Ihr werdet bestimmt uralt.« Bei dem Gedanken musste er unwillkürlich grinsen. »Nur werdet ihr kaum Schach spielen, sondern müsst euch um eure Familie kümmern, die einige Badebottiche ausfüllen wird.«

Niedergeschlagen schüttelte Gernod den Kopf.

»Schön wäre es, aber der Astrologe hat mir etwas anderes prophezeit.«

Nun doch besorgt, sah Martin ihn prüfend an. Er war es nicht gewohnt, seinen sonst gut gelaunten Freund so deprimiert zu sehen. Er wollte nachfragen was das auf sich hatte, als er bemerkte, wie eine junge Frau entlang den Badezubern geschlendert kam und direkt vor ihm stehen blieb. Sie lächelte ihn an, streifte ihr Leinentuch ab und fragte ihn, ob er ihr helfen würde in den Bottich zu steigen. Sie streckte ihm die Hand entgegen und kletterte ins warme Wasser. Dabei berührte sie ihn und blieb so eng neben ihm stehen, dass Martin Mühe hatte seine Gefühle zu unterdrücken. Unbeschwert spaßte Jeanne mit ihm herum und als sie nach einer Weile meinte, sich mit ihm in einer der Nischen zurückziehen zu wollen, zögerte Martin nicht lange.

Als er später zu seinem grinsenden Freund wieder

in den Badezuber kletterte, beobachtete er, dass Jeanne sich einem anderen Badegast zuwandte. Erst war er furchtbar enttäuscht gewesen, als sie ihm erklärte, dass es auch ihr Spaß gemacht habe und er bald wiederkommen solle. Sie müsste sich nun aber auch um andere Gäste kümmern. Dann jedoch hatte er die Aufgaben der Frauen in diesem Hause erkannt und fand sie ausgesprochen angenehm.

Zwischen ihm und Gernod fiel weiter kein Wort über seine erste Erfahrung mit einer Frau. Ausgelassen unterhielten sie sich mit ihren Nachbarn, erzählten Geschichten und ließen es sich gut gehen. Nach einiger Zeit verschwand dann auch Gernot in einer der Nischen.

Spät in der Nacht gingen sie durch die ruhige Stadt zurück zu ihrem Quartier. Mit blanken Augen sah Martin in den Sternenhimmel, wobei ihn Gernod beobachtete. Er freute sich über die Erlebnisse, die Martin an dem Abend gemacht hatte, und wünschte sich so mal einen Sohn. Die dunklen Prophezeiungen des Astrologen scheuchte er weg und nannte sich einen Dummkopf, dass er an solch einen Unsinn geglaubt hatte.

4. KAPITEL

Sie wollte sich gerade hinter einem Busch hocken, als sie drei verwildert aussehende Fremde bemerkte, die plötzlich am Lagerplatz auftauchten und sich blitzschnell den schlafenden Männern näherten. Entsetzt bemerkte Cathérine die Holzknüppel in ihren Fäusten und dann geschah alles so schnell, dass es ihr wie ein böser Traum vorkam. Sie stieß einen Schrei aus und rief zu ihrem Vater hin, als sie in dem Moment von hinten zu Boden gerissen wurde. Sie sah noch, wie ihr Vater aus dem Schlaf hochfuhr und die Köpfe der Dienstknechte zerschmettert wurden. Schwer schlug sie mit dem Rücken auf die Erde und kämpfte dagegen an, das Bewusstsein zu verlieren.

»Verdammtes Weib«, hörte sie den Mann fluchen und schrie auf, als er sich auf sie warf. Panik überfiel sie, einen Moment war sie unfähig klar zu denken. Dann schoss ihr durch den Kopf, was ihr Vater sie gelehrt hatte.

Mit Überwindung drückte sie sich an den Mann und zog hinter seinem breiten Rücken aus ihrem Rock den orientalischen Dolch, den ihr Vater ihr zum achtzehnten Geburtstag geschenkt hatte. Sie spürte, sie musste sich beeilen. Blitzschnell hob sie den Arm und stieß die beidseitig geschliffene Waffe mit aller Kraft dem Mann in den Rücken.

Das ungläubige Gesicht ihres Vaters, ihr Landgut in Burgund, die zermalmten Köpfe der Dienstknechte tauchten dabei wie Blitze auf. Als sie merkte, dass der Mann sich nicht mehr rührte, ließ sie den Dolch fallen und stieß ihn von sich.

Sie wusste nicht, wie lange sie wie tot auf dem Boden gelegen hatte, als vom Lager her Lärm in ihr Bewusstsein drang. Durch die Zweige des Strauches blickte sie zum Lagerplatz und musste sich zusammenreißen, um nicht zu ihrem Vater zu laufen. Bewegungslos lag er auf dem Boden, sein Kopf war nur noch eine blutige Masse. Mit Gegröle rissen die Mörder die Waren von dem Wagen, betrachteten sie kurz und ließen sie achtlos in den Dreck fallen. Einer von ihnen blickte in ihre Richtung. »Roufe, wo bleibst du, lass noch was von dem Weib übrig, wir wollen auch unseren Spaß haben«, brüllte er und vor lauter Furcht hätte Cathérine fast aufgeschrien. Sie musste weg, ehe die Kerle sie zu fassen bekamen. Nochmals blickte sie zu ihrem Vater hin und studierte dann die abstoßenden Gesichter der Männer. Unauslöschlich vergrub sie die Gesichtszüge in ihr Gedächtnis, drehte sich um und lief tränenüberströmt in den Wald.

Nach einer Weile blieb Cathérine erschöpft stehen. Weder wusste sie wie lange sie gelaufen war, noch wo sie sich befand. Anfangs hatte sie noch Rufe und brechende Äste hinter sich gehört, die sich aber schnell verloren. Den Mördern war die Beute zu wichtig, um lange hinter ihr herzulaufen. Sie wurde etwas ruhiger und überlegte, was sie machen musste. Nach dem frühen Tod ihrer Mutter war sie unter Männern aufgewachsen und hatte gelernt, in schwierigen Situationen wie ein Mann zu denken und zu handeln.

Hinter den Bäumen stand tief am Horizont die Sonne und sie versuchte herauszufinden, in welcher Richtung das Lager sein könnte. Ihr war klar, die Mörder konnten den Wagen mit der Handelsware nicht mitnehmen. Der Vierräder war so schwer gebaut, dass er nur auf dem Handelsweg fahren konnte, dort aber würde das Pack sofort auffallen.

Also mussten noch Sachen im Lager sein, die sie mitnehmen und eintauschen konnte, überlegte sie. Heftig zuckte sie zusammen, sie hatte das schrille Wiehern eines Pferdes gehört. Das Tier musste alleine sein und Angst haben. Doch kein Mensch würde freiwillig sein Pferd sich selbst überlassen, es musste eines ihrer Tiere sein. Immer auf Deckung achtend ging sie in die Richtung, aus der sie das Pferd gehört hatte und blieb nach einer Weile abrupt stehen. Überrascht blickte sie auf den Lagerplatz. Sie war im Kreis gelaufen. Hinter einem Baum suchte sie Deckung und beobachtete eine Weile die Lichtung. Kein Mensch war zu sehen, nur den Hengst ihres Vaters sah sie angebunden an einem Baum stehen. Sheran hatte sie bereits ausgemacht, er blähte die Nüstern und schmiss voller Freude den Kopf in die Höhe. Langsam ging Cathérine auf ihn zu, sagte beruhigende Worte und umklammerte liebevoll seinen Hals. Dann fing sie hemmungslos an zu schluchzen. All der Schmerz, den sie in den letzten Stunden zurückgehalten hatte, brach aus ihr heraus. Es dauerte lange, bis sie sich beruhigte und den Kopf des Tieres streichelte.

»Sheran, mein Großer, ich bin ja da«, flüsterte sie ihm leise ins Ohr. Dabei bemerkte sie, dass seine Flanken rote Striemen hatten. Sie mussten ihn mit Riemen geschlagen haben, waren aber nicht so nahe an ihn herangekommen, um ihn töten zu können. Schnell band sie ihn los, damit er sich bewegen konnte.

Mit äußerster Willensstärke drehte sie sich anschließend um und ging zu der Leiche ihres Vaters. Lange blickte sie ihn unendlich traurig an, sammelte dann einige große Tannenzweige und legte sie behutsam über seinen Körper. Bei der ersten Gelegenheit wollte sie ihn und die Knechte begraben lassen. Cathérine fühlte nur noch trostlose Einsamkeit in sich und ohne es richtig wahrzunehmen, stopfte sie einige Dinge in einen Leinensack, prägte sich die Lage der Lichtung ein und lenkte Sheran in Richtung der Handelsstraße.

In bester Laune ritten Martin, Gernod und der junge Jean auf dem ausgefahrenen Handelsweg.

»Gernod«, rief Martin und zeigte nach Norden, »das da hinten könnte Burg Troyes sein.« An dem hohen Bergfried erkannte Gernod die Burg und dachte an die Zeit zurück, als er vor Jahren gegen die

Polen gekämpft hatte und sich in der Burg eine Armverletzung ausheilen musste.

»Stimmt, das ist sie, in drei bis vier Stunden sind wir da«, antwortete er.

Doch Martin hörte ihm schon nicht mehr zu. Er hatte eine Gruppe Leute entdeckt, die abseits vom Weg an einem Waldrand lagerten und sich nach allen Seiten hin ausgebreitet hatten. Ihrem Gegröle nach schienen sie in bester Laune zu sein. Neugierig geworden, wollte er sich die Leute einmal aus der Nähe ansehen.

Gernod, der sofort erkannte, dass es sich um Gesindel handelte, versuchte ihn aufzuhalten.

»Martin bleibt hier, das gibt nur Ärger«, rief er. Ohne auf ihn zu hören, ritt Martin auf das Lager zu und blickte verwundert auf die heruntergekommenen Gestalten, die es sich auf ausgebreiteten Tüchern und Teppichen bequem gemacht hatten. Solch einen Luxus können sich nur reiche Leute leisten, ging es ihm durch den Kopf. Dabei sahen die Leute eher wie verkommene Tagediebe aus. An einem dreifüßigen Eisengestell sah er einen mit Gravuren versehenen Kupferkessel hängen, der alleine schon ein Vermögen wert war. Ein Riese von einem Mann stellte sich ihm in den Weg.

»He, was willst du hier, siehst du nicht, dass du uns beim Essen störst? Mach, dass du weiter kommst.« Seine Hand griff unter die viel zu klein geratene Seidenjacke und Martin konnte den verzierten Griff eines Dolches erkennen. Und dann traute er seinen Augen nicht. Ungläubig starrte er auf die Kette, die der Mann auf der Brust trug und erkannte sie sofort wieder. Der Kaufmann aus Burgund hatte sie getragen, als er ihm und seiner Tochter die Kathedrale erklärte. Damals war ihm die außergewöhnliche Kette mit den drei Silberplatten, auf denen Wappen aus Burgund eingraviert waren, aufgefallen. Schlagartig wurde Martin klar, was geschehen sein musste.

Fassungslos zeigte er auf die Kette.

»Woher habt ihr die Kette? Noch vor kurzem habe ich diese bei einem anderen Mann gesehen«, sagte er mit belegter Stimme. Hätte Martin mehr Erfahrung gehabt, wäre ihm die Veränderung im Gesicht des Mannes aufgefallen. Ohne zu antworten, sprang er auf Martin zu, packte ihn an den Beinen und versuchte ihn aus dem Sattel zu zerren. Gerade noch gelang es Martin sich am Sattel festzuhalten, als er hörte, das Gernod ihm etwas zurief. Mit dem Schwert in der Hand tauchte der Ritter an seiner Seite auf und spaltete dem Angreifer den Kopf. Erst jetzt erfasste Martin die Situation und sah, wie Gernod sofort von einigen Leuten hart bedrängt wurde. Aufgewühlt trat er seinem Pferd so fest in die Flanken, dass es aufbäumte und in den Pulk hinein sprang. Mit ohnmächtiger Wut schlug Martin auf die Gegner ein und versuchte Gernod den Rücken freizuhalten. Nachdem sie sich etwas Freiraum verschafft hatten, zeigte Gernod auf die freie Fläche hinter ihnen.

»Wir reiten zurück, wir müssen Freiraum gewinnen«, brüllte er. Einen Steinwurf entfernt hielten sie an und beruhigten die Pferde. Erleichtert stellten sie fest, dass keiner von ihnen verwundet war, nur das Pferd von Jean hatte am rechten Schenkel eine leichte Stichwunde. Aufgeregt berichtete Martin von der Halskette und das er befürchtete, dass der burgundische Kaufmann und seine Tochter von dem Gesindel überfallen wurden.

»Sie müssen sie getötet haben, freiwillig hätte der Burgunder sich nie von der Kette getrennt. Und wer weiß, was sie mit seiner Tochter gemacht haben.« Sein Magen krampfte sich zusammen und er versuchte die Bilder, die sich in seinem Kopf bilden wollten, zu unterdrücken.

Ein wütendes Aufheulen unterbrach seine Gedanken. Die Meute hatte sich zusammengetan und stürmte blindlings auf sie zu. Um den Abstand zu vergrößern, befahl Gernod, weiter zurückzureiten. Dann straffte er die Zügel und blickte auf seine zwei jungen Begleiter.

»Wir dürfen die Meute nicht näher herankommen lassen, wir müssen sie niederreiten. Martin, ihr greift von der rechten Seite an und du Jean von der anderen Seite. Ich reite mitten in sie hinein. Ihr dürft nicht zum Stehen kommen, schlagt auf die Köpfe und Arme.« Auf das Zeichen von Gernod stürmten sie im vollen Galopp in die Horde hinein und ritten sie gnadenlos nieder. Diejenigen, die noch fähig waren zu laufen, flüchteten in den Wald, andere wälzten sich stöhnend auf der Erde.

Während Gernod und Jean die Flüchtenden im Auge behielten, stieg Martin vom Pferd, eilte zu einem Verletzten und drückte ihm die Dolchspitze an den Hals.

»Was ist passiert, wo sind die Leute, deren Sachen hier herumliegen und wo ist die Frau, die zu der Gruppe gehörte?«, fragte er aufgewühlt.

Der Mann, Martin schätzte, dass er nicht viel älter als er selbst war, schüttelte unmerklich den Kopf.

»Ich war dagegen, aber Buk, der die Kette trägt, hat sie mit seinen Leuten überfallen«, stammelte er. »Buk hat geprahlt, dass er viele Münzen bekommen hat, damit er die Männer tötet.«

»Lebt die Frau noch?«, drängte Martin.

Doch ehe der Mann antworten konnte verlor er das Bewusstsein und kippte zur Seite.

Verzweifelt erhob sich Martin und blickte auf die Sachen am Boden. Wenigstens die Kette wollte er mitnehmen und sie eines Tages dem Hause des Burgunders übergeben. Sie rollten auch die wertvollen Teppiche auf, banden diese auf die Packpferde und fanden noch einige Waffen, die ebenfalls dem Kaufmann gehört haben mussten. Den orientalischen Kupferkessel nahmen sie als letztes mit. Ohne sich weiter um die Verletzten zu kümmern, machten sie sich wieder auf den Weg nach Troyes.

Als besondere Geste empfing sie der Burggraf bereits in der Vorburg mit großer Herzlichkeit.

»Ich freue mich, den Sekretär des Herzogs und einen seiner Vertrauten bei mir als Gäste begrüßen zu können«, sagte er freudestrahlend. Seine Augen in dem breiten Gesicht blickten sie so gutmütig an, dass

Martin ihn unwillkürlich mit Bruder Clausus verglich.

Besorgt sah Troyes auf ihre abgerissene Kleidung.

»Aber ihr seht aus, als wenn ihr Ärger hattet. Ich wette, es waren einige von dem Gesindel, das sich hier in letzter Zeit herumdrückt. Doch warum habt ihr keine Kriegsleute bei euch?«

Gernod erklärte ihm die Verhältnisse.

»Der Herzog ist unterwegs nach Rochefort. Und ihr wisst ja wie das ist, so ein großer Tross kommt nur langsam voran, deshalb sollten wir vorreiten, um von der Gegend eine Karte anzufertigen. Doch dafür brauchen wir Ruhe und haben auf Begleitung verzichtet.«

Bedenklich schüttelte Troyes den Kopf.

»In diesen unsicheren Zeiten ist das gefährlich, ich würde euch raten, immer einige Krieger an der Seite zu haben.« Während sie zum Hauptgebäude ritten erzählte der Graf ihnen lautstark von dem Räuberpack, das in letzter Zeit die Gegend unsicher machte. »Da sind die übelsten Mordbrenner unterwegs, selbst in meiner Burg haben sie versucht, sich einzuschleichen.« Schadenfroh lachte er laut auf. »Ich habe die Lumpen aber schnell erkannt und sie mit den Hunden von der Burg gejagt.«

Martin, der ihn seitlich musterte, konnte sich bei dessen kraftvoller Gestalt gut vorstellen, wie das wohl abgelaufen sein musste.

Sie erreichten das Hauptgebäude und die bereit stehenden Knechte nahmen den Zaum ihrer Pferde und hielten ihnen beim Absteigen die Steigbügel. Gernod registrierte zufrieden diesen Dienst, der nur besonders geschätzten Gästen entgegengebracht wurde. Am Eingangstor empfing sie bereits Gräfin Gabrielle und zeigte ihnen hierdurch ebenfalls ihre besondere Wertschätzung.

Martin musterte sie unauffällig. Im Gegensatz zu ihrem Mann war sie eine geradezu dünne Person. Ihre Taille wurde vorne durch große, an einem Gürtel hängende Schlüssel, fast völlig bedeckt. Dies konnte nur bedeuten, dass sie die Herrin über die Schlösser der Burg war. Herzlich umarmte Gabrielle die Gäste und tat so, als ob sie die abgerissene Kleidung nicht bemerken würde. Dezent gab sie den Dienstboten einige leise Anordnungen, während der Graf mit einladender Geste seine Gäste in die Kaminecke der großen Halle bat.

»Bevor die Diener und Weiber über euch herfallen, solltet ihr erst einmal etwas Vernünftiges trinken«, meinte er gutmütig. Dabei ließ er es sich nicht nehmen, die Becher selbst einzuschütten und ihnen den Wein zu reichen.

»Ich weiß, wie das ist, wenn man den ganzen Tag nur Staub geschluckt hat und die Kehle sich anfühlt wie ein Nagelbrett«, sagte er lachend. Er hob den Becher und brachte einen langen Toast auf den Herzog aus. Neugierig wollte er dann anschließend die Neuigkeiten vom Hofe wissen. Besonders interessierte ihn die Auseinandersetzung des Herzogs mit dem Kanzler des Papstes. Wie ein Lauffeuer hatte sich der Streit bereits herumgesprochen.

Als die Gräfin zurückkam, wandte sie sich resolut an ihren Mann.

»Ihr könnt später weiter reden, jetzt wird unseren Gästen erst einmal ein warmes Bad und frische Kleider guttun.« Ohne auf seinen Einspruch einzugehen, bat sie Martin und Gernod ihr zu folgen.

Erfahren in diesen Dingen, konnte sich Gernod ein Grinsen nicht verkneifen. Er wusste, was nun folgte. Gabrielle führte sie dann auch durch alle Räumlichkeiten, wobei sie stolz auf die in den Kemenaten ausgelegten und aufgehängten Teppiche und auf die mit feinen Darmhäuten bezogenen Fenster hinwies. Überall herrschte peinlichste Sauberkeit, wobei die Räume eine gemütliche Atmosphäre ausstrahlten. Sogar die steinernen Fußböden der Sitzecken in den dicken Mauernischen waren mit Rosenblättern ausgestreut und sorgfältig ausgerichtet lagen auf den kalten Steinbänken dicke, bunt gestickte Kissen.

Gernod zollte der Burgherrin, die es fertig gebracht hatte, in diesen kalten Steinmauern soviel Wärme hineinzubringen, großen Respekt. Er ließ sie es dann auch mit bewundernden Worten wissen.

Martin, in seinem Leben das erste Mal in einer solchen Burg, sah sich alles interessiert an, enthielt sich aber jeglicher Meinung. Seine Gedanken kreisten unentwegt um die Burgunderin.

Gabrielle ließ bei der Besichtigung die Kemenaten ihrer Zofen aus. Sie war eine erfahrene Frau und wusste um den Notstand der Männer in Bezug auf Frauen. Sie wollte sie nicht auch noch auf die Versuchung hinweisen. Nach dem Bad ließ sie es allerdings zu, dass zwei schon ältere Zofen die Gäste mit wohltuenden Ölen einrieben. Danach sank Martin todmüde auf sein Lager und schlief sofort ein.

Als eine Dienerin ihn später weckte, wollte er gar nicht wach werden. Sie hatte für ihn frisch geplättete Unterwäsche, ein weißes, mit dem Wappen der Burg besticktes Leinenhemd und sagte ihm, dass er im Speisesaal erwartet würde.

Martin stieg die Treppe hinunter, als ihm einfiel, dass er sein Essgerät vergessen hatte. Eilig machte er kehrt und wäre fast mit einer Frau zusammengestoßen, die es offensichtlich eilig hatte. Auf der engen Wendeltreppe drückte er sich an die Wand, um sie vorbeizulassen. Dann traute er seinen Augen nicht, ungläubig starrte er sie an.

Cathérine fasste sich zuerst.

»Was macht ihr denn hier und wieso seht ihr mich wie ein Gespenst an?«, sagte sie leise.

Martin hörte wie ihre Stimme wegbrach und riss sich zusammen.

»Entschuldigt, aber ich habe nicht damit gerechnet, euch hier zu treffen.«

Ihr Gesicht verdunkelte sich dann auch sofort. Mit Tränen in den Augen stammelte Cathérine einige bedeutungslose Worte und meinte verlegen, dass die Gräfin auf sie warten würde. Dann eilte sie die Treppe hinunter. Die Gefühle in Martin wirbelten durcheinander, er fühlte zugleich Freude und Mitleid. In Gedanken verloren ging er in seine Kammer, band das Essgerät an seinen Gürtel, und eilte zum Saal.

Die Speisen wurden bereits aufgetragen, während die gräfliche Familie erst bei seinem Eintreffen an der

Tafel Platz nahm. Gabrielle wies die Plätze so zu, dass Gernod neben ihrem Mann und Martin zwischen ihr und Cathérine zu sitzen kamen.

Zufrieden bemerkte Martin, das Cathérine von den Dienern ebenfalls zuvorkommend bedient wurde. Während des Essens nahm ihn die Gräfin dann ganz in Anspruch. Sie konnte nicht oft genug hören, was die Damen am herzoglichen Hofe an Kleidung trugen, wie sie ihre Wohnräume und Bäder gestalteten und wollte neues über Dichtung und Minnegesang wissen. Gernod und der Graf unterhielten sich derweil so ausgelassen, dass Troyes immer öfter mit seiner schweren Faust so gewaltig auf die Tischplatte schlug, dass die Salz- und Pfefferfässer in die Höhe sprangen.

Cathérine hörte der Unterhaltung meist schweigend zu. Sie sah immer wieder zu Martin hinüber und war völlig verwirrt. Seit der Ermordung ihres Vaters waren ihre Gefühle wie abgestorben. Selbst dem Grafenpaar, das sie wie eine Tochter aufgenommen hatte, konnte sie ihre Not nicht offen zeigen. Doch zu dem Sekretär des Herzogs fühlte sie sich so stark hingezogen, dass sie gerne mit ihm über ihren Kummer gesprochen hätte.

Endlich kam der Augenblick, wo Graf Troyes die Tafel aufhob und sich mit Gernod an einen Schachtisch zurückzog. Sogleich benutzte Gabrielle die Gelegenheit, sich bei Martin und Cathérine für eine Weile zu entschuldigen.

Bevor jemand Cathérine in Beschlag nehmen konnte, bat Martin sie, sich mit ihm in einer der ruhigen Fensternischen zu setzen. Das war zwar nicht ganz schicklich, aber er war zu einem Entschluss gekommen. Und dazu mussten sie alleine sein. Er bemühte sich, sie unbefangen anzusehen und wählte sorgfältig seine Worte.

»Ich fürchte, seit wir uns in Clervaux gesehen haben, habt ihr Schreckliches erlebt. Vielleicht möchtet ihr mit mir darüber reden?« Als er sah, wie ihre Augen feucht wurden, nahm er ihre Hand und hielt sie fest. Cathérine senkte den Kopf und nach einer Weile berichtete sie stockend von den furchtbaren Geschehnissen. Martin hörte schweigend zu. Nur als er hörte, wie sie von einem der Mörder überwältigt wurde, konnte er einen wütenden Ausruf nicht unterdrücken.

»Und nun«, flüsterte Cathérine, »werde ich vorerst hier bei der Gräfin bleiben, bis sich die Gelegenheit ergibt, nach Burgund zu reisen. Aber«, entschlossen hob sie den Kopf, »ich werde nicht eher zurückkehren, bis die Mörder meines Vaters gefunden werden.«

Martin schüttelte den Kopf.

»Darauf braucht ihr nicht zu warten, die leben nicht mehr, zumindest der Anführer nicht. Ihm habe ich eure Familienkette abgenommen. Und ich glaube, dass unter den Toten auch die beiden anderen Mörder waren.«

Ungläubig starrte ihn Cathérine an und er erzählte ihr die Begegnung mit der Bande. Sofort bat sie ihn, die Kette und die Teppiche sehen zu können, als in dem Moment die Gräfin zurückkehrte und sich zu ihnen setzte. Sofort spürte Gabrielle die Vertrautheit der beiden, ließ sich aber nichts anmerken.

Hocherfreut über sein gelungenes Schachmatt, griff Troyes noch öfters zum Wein, toastete auf das Wohl des Herzogs und des Landes, bis Gabrielle ihn schließlich genervt zur Tür drängte und damit für alle das Zeichen zur Nachtruhe gab.

»Ach«, sie wandte sich Cathérine zu. »Würdet ihr heute die Aufgabe übernehmen, die Gäste zu ihren Kammern zu begleiten und dafür sorgen, dass alles zu ihrer Zufriedenheit geschieht?« Verschmitzt blickte sie zu Martin hinüber und übersah auch nicht das glühende Rot auf dem Gesicht von Cathérine.

Obwohl es üblich war, dass besondere Gäste von den Zofen zu Bett gebracht wurden, lehnte Martin höflich ab und setzte sich mit Cathérine auf die Bank vor seiner Kammertür.

»Was haltet ihr davon«, seine Stimme hörte sich brüchig an, »wenn ihr morgen mit uns nach Rochefort kommt?«, meinte er plötzlich.

Überrascht blickte Cathérine ihn an.

»Beatrix, die Herzogin, würde sich bestimmt freuen, wenn ihr sie etwas unterstützen würdet«, erklärte Martin. »Sie liebt gesellschaftliches Leben, ist kaum älter als ihr und fühlt sich oft überlastet.«

»Aber«, Cathérine fühlte sich unfähig klar zu denken. »Ich muss doch zurück nach Burgund.«

»Habt ihr denn keinen Verwandten, der euch dort eine Weile vertreten kann?«, meinte Gernod, der aus seiner Kammer kam und ihren Einwand gehört hatte.

Irritiert blickte Cathérine ihn an. Sie hatte den

Ritter noch nicht näher kennengelernt und wusste ihn nicht einzuschätzen.

»Gernod ist mein Freund«, erklärte Martin, der ihre Unsicherheit bemerkt hatte. »Er war es, der den Mördern eures Vaters die Köpfe eingeschlagen hat.«

Lachend winkte Gernod ab.

»Übertreibt mal nicht, ihr selbst habt auch ordentlich draufgehauen.«

Cathérine, die beide Männer ansah, spürte ihre Freundschaft und fasste sofort zu Gernod Vertrauen. Sie betrachtete seine hochgewachsene, kräftige Gestalt und konnte sich gut vorstellen, dass dieser Mann ein gefürchteter Gegner sein konnte. Martin und sie rutschten auf der Bank zusammen, damit sich Gernod zu ihnen setzen konnte. Lange unterhielten sie sich über die Geschehnisse und wie schön es wäre, wenn Cathérine mit ihnen käme. Bei dieser Vorstellung wurde sie ganz aufgeregt und nach langem hin und her stimmte sie schließlich zu.

»Ihr habt recht, es wird gut sein, eine Weile in Rochefort zu bleiben, doch vorher werde ich meinen Vater und die Dienstknechte begraben.«

5. KAPITEL

Angespannt musterte Fagoth Takloh die ankommenden Reiter. Um nicht von ihnen bemerkt zu werden, hatte er sich tief in den Schatten des Gebäudes zurückgezogen. Reitende Boten hatten hohe Abgesandte des Papstes gemeldet, aber da gab es viele.

Ihn interessierte nur einer.

Dann sah er ihn.

Auf einem prächtigen arabischen Schimmel ritt schlicht gekleidet der Mann, der im Lateran alle Fäden in der Hand hielt. Fagoth Takloh, der in den Fürstenhäusern Roms zu Hause war, erkannte sofort die Kostbarkeit des Stoffes, aus dem das einfach geschnittene Gewand gefertigt war.

Das Kreuz auf der Brust des päpstlichen Kanzlers sprang ihm wie ein loderndes Schwert feuerrot entgegen, die Farbe war so intensiv, wie er sie noch nie gesehen hatte. Vermutlich eine neue Pigmentfärbung aus dem Orient, überlegte er. Nun, er kannte den luxuriösen Anspruch Rolandos nur allzu gut. Sehnsüchtig dachte er an sein eigenes glanzvolles Leben, das er in Rom geführt hatte. An die prunkvollen Feste und die fantasievollen Orgien mit den schönsten und teuersten Huren Roms.

Bis zu jener Nacht, in der alles endete.

Er unterdrückte die dunklen Gedanken und widmete seine Aufmerksamkeit wieder den Gesandten zu. Neben Rolando ritt ein römischer Kardinal, den er ebenfalls als einer der engsten Vertrauten des Papstes erkannte. Er überlegte, ob er jetzt schon versuchen sollte, sich Rolando unauffällig zu zeigen. Als dieser in seine Richtung blickte, schob er sich so weit aus dem Schatten heraus, dass er bemerkt werden musste. Trotz seiner Maske würde Rolando ahnen, wer er war. Doch ohne jede Reaktion ritt der päpstliche Kanzler an ihm vorbei.

Wut fühlte Fagoth Takloh in sich aufsteigen. Zumindest eine Andeutung, dass er ihn bemerkt hatte, hätte Rolando machen können. Wie schon so oft fühlte er sich von dem arroganten Kanzler missachtet. Dabei war er es, der schon oft dem Papst mit gefährlichen Missionen aus der Patsche geholfen hatte. Rolando dagegen zog seine Fäden geschickt im Hintergrund. Schließlich drehte Fagoth Takloh sich um und schlug den Weg zur Burg ein.

Vor Zorn im Gesicht rot angelaufen, sprang Forcheau so plötzlich aus seinem Lehnstuhl, das Rochefort dachte, er würde sich auf den päpstlichen Kanzler stürzen. Aufgelöst stampfte Forcheau durch den Raum, wobei die rundgelaufenen Holzbohlen ächzend seine gereizte Stimmung wiedergaben. Das Pergament in der Luft schwenkend, sah er vernichtend Rolando an.

»Benefizien.«

Forcheau spuckte das Wort förmlich heraus.

Mit zusammengekniffenen Augen blickte er in die Runde der versammelten Fürsten und Bischöfe.

»Benefizien bedeutet Lehen. Das heißt, der Papst betrachtet unseren Herzog als seinen Lehensmann.«

»Na, und«, fiel ihm hitzig Rolando ins Wort.

»Stimmt es etwa nicht, dass der Herzog der Untertan unserer Heiligkeit ist, genauso wie euer König es war?« Er wollte weiterreden, doch der Tumult, der nun entstand, ließen seine Worte untergehen. Durch seine Äußerung fühlten sich auch die Fürsten zu Dienern des Papstes herabgesetzt und der heißblütige Graf Cleroné wollte sich schon auf Rolando stürzen.

»Halt!«

Rochefort stellte sich zwischen ihm und Rolando. Mit strenger Miene blickte er den päpstlichen Kanzler an.

»Ihr werdet sofort das Land verlassen.«

Seine Stimme wurde schärfer.

»Und sagt eurem päpstlichen Herrn, dass ich bestimme, was in meinem Land geschieht. Sagt ihm, dass wir zukünftig die Investituren selbst vornehmen werden. Meine Kirchenfürsten und ich werden bestimmen, wer und wo Bischof wird oder ein anderes kirchliches Amt bekommt.«

Rolando wurde leichenblass.

Ungläubig starrte er den Herzog an. Mit seinen Worten hatte sich Rochefort über die jahrhundertealten Rechte des christlichen

Oberhauptes in Rom hinweggesetzt. Rolando wollte zu einer scharfen Erwiderung ansetzen, als Rochefort sich bereits abwandte, den Grafen Cleroné zur Seite zog und ihm leise einige Anweisungen gab.

Cleroné hörte ihm aufmerksam zu, nickte zustimmend und verließ anschließend mit zwei Vertrauten den Saal.

Die Blicke der beiden geistigen Größen in der Runde kreuzten sich. Forcheau jubelte innerlich. Er hatte dem päpstlichen Kanzler eine empfindliche Niederlage beigebracht. Mit seiner Auslegung des Begriffes Benefizien als Lehen, hatte er die seit langem geplante Spaltung zwischen Rom und der Landeskirche endlich erreicht. Belustigt dachte er daran, dass er auch eine verbindlichere Form der Übersetzung hätte wählen können.

Rochefort winkte den Truchsess zu sich.

»Lasst die Tafel auftragen und gebt auch den päpstlichen Boten zu essen. Setzt sie aber so, dass sie mit keinem Kontakt haben.«

Gerade hatte der Minnesänger einige Strophen zum Besten gegeben, als Cleroné zurückkam und dem Herzog mehrere Schriftrollen übergab.

»Diese Schriftstücke haben wir in der Kleidertruhe des päpstlichen Kanzlers gefunden. Sie tragen alle das Siegel des Papstes.«

Ohne Bedenken forderte Rochefort seinen Kanzler auf die Schriftstücke zu öffnen und vorzulesen. Mit der anschließenden Reaktion von Forcheau hatte er allerdings nicht gerechnet. Ungläubig blickte dieser auf die Schriftstücke, wobei eine tiefe Kerbe seine sonst so glatte Stirn spaltete.

»Es ist ungeheuerlich«, presste er heraus, »mit diesen Schriftstücken ermächtigt der Papst seine Gesandten, eine umfassende Überprüfung unserer Landeskirche vorzunehmen.« Wütend hielt er das Dokument in die Höhe, damit es alle sehen konnten.

»Weiter gibt er ihnen das Recht«, Forcheau war so erregt, das seine Stimme zitterte, »das Interdikt, also die Gottesdienstsperre, nach ihrem eigenen Gutdünken in unseren Städten verhängen zu können.«

»Graf«, unterbrach Rochefort ihn scharf, »lest lauter, damit alle Kirchenfürsten es verstehen können. Sie müssen wissen, was ihr Führer in Rom mit ihnen vorhatte.«

Während Forcheau die Schriftstücke laut vorlas, breitete sich eine unheimliche Stille aus. Der Saal knisterte vor Spannung. Als er schließlich die Schriftstücke sinken ließ, brach ein ungeheurer Tumult aus. Zwei der Landesbischöfe forderten, dass man die Legaten sofort hängen sollte. Andere forderten lautstark den sofortigen Kriegszug gegen Rom.

Rochefort sorgte schließlich für Ruhe.

Er winkte Cleroné zu sich und gab ihm den Auftrag, die päpstlichen Gesandten sofort aus der Burg zu schaffen.

»Sorgt dafür, dass sie und ihr Gefolge bis zur Grenze scharf bewacht werden und sie dürfen unterwegs mit keinen anderen Kirchenleuten zusammenkommen.«

Trotz den Drohungen gegen sie verließen die beiden römischen Kardinäle mit hocherhobenen Köpfen und arroganten Mienen selbstbewusst den Versammlungsraum. Forcheau blickte Rolando lange nach, ihm war klar, dass er noch lange nicht gesiegt hatte.

Fagoth Takloh, der sich im Hintergrund des Saales aufhielt, gönnte Rolando die Niederlage. Allerdings würde es nun unmöglich sein, mit ihm Kontakt aufzunehmen, seine eigene Sicherheit durfte er nicht gefährden. Er beschloss, sobald das Wetter es erlaubte, eine Taube nach Rom steigen zu lassen. Dann wandte er sich dem nächst Besten in der Runde zu, und schimpfte fürchterlich über den respektlosen Auftritt der päpstlichen Gesandten und über die Anmaßung des Papstes. Anschließend blieb er längere Zeit an der Seite des Herzogs, erzählte ihm von den günstigen Konstellationen der Sterne und versprach, ein ausführliches Horoskop im Hinblick auf die anstehenden Unternehmungen zu erstellen.

Am Abend wurde er dann immer unruhiger. Er musste raus aus dieser Gesellschaft, sein pulsierendes Blut ließ ihn nicht mehr ruhig sitzen. Aber er bemerkte, wie ihn Forcheau immer wieder verstohlen musterte. Ihm wurde zunehmend klarer, dass er sich nicht vor dem Herzog, sondern vor dem Kanzler in Acht nehmen musste.

Als endlich das Interesse des Herzogs an seinen astrologischen Auslegungen nachließ, wartete er einen günstigen Moment ab und verließ unauffällig das Gebäude. Im tiefen Schatten der Wehrgänge wandte er sich zielsicher dem Gesindehaus zu in dem die Dienstmägde wohnten.

Lange hatte Fagoth Takloh an der Auslegung gearbeitet und betrachtete stirnrunzelnd die fertige Arbeit. Ihm kam die Zeit in den Sinn, als er an der Universität zu Bologna die Astrologie studierte und ihm das Erstellen von Horoskopen bedeutend leichter gefallen war. Nun seit Jahren aus der Übung musste er sich viele Dinge wieder in Erinnerung rufen.

Missgestimmt überdachte er die Aussage der Gestirne. Die günstige Konstellation von Mars, dem Planet des Krieges zu der Sonne, deren Kraft das Schicksal des Fürsten lenkte, stand in enger, überaus mächtiger Konjunktion. Das konnte nur bedeuten, dass Roger von Rochefort aus noch vielen Kriegszügen siegreich hervorgehen würde. Weiterhin verriet ihm die Auslegung, dass an dem Tag der Hochzeit des Herzogs, die Venus und Sonne überaus mächtig zueinander standen, ein untrügliches Zeichen für eine glückliche und lange Ehe.

Nun, dachte er zynisch, Rom würde noch lange auf die Unterwerfung des Herzogs warten müssen. Dann zuckte er heftig zusammen und verfluchte die stechenden Schmerzen, die in den letzten Tagen stärker geworden waren. Die Droge wirkte nur noch kurze Zeit und er beschloss, die Dosis zu erhöhen. Durch einen Schatten, der auf das Pergament fiel, bemerkte er, dass jemand gekommen war. Er blickte auf und sah erstaunt den Sekretär des Herzogs.

Martin entschuldigte sich für die Störung und sah auf die Zeichnungen, die der Astrologe vor sich liegen hatte.

Fagoth Takloh winkte ab.

»Ihr stört überhaupt nicht, es freut mich, dass ihr euch für die astrologische Wissenschaft interessiert«, meinte er zuvorkommend. Ihm war es nur recht, wenn der Sekretär Interesse an seiner Arbeit zeigte. Er hatte bemerkt, dass dieser oft mit der Burgunderin zusammen war, über ihn konnte er vielleicht schneller sein Ziel erreichen. Zuvorkommend bat er Martin sich zu setzen und betrachtete dessen ausgeprägtes, männliches Gesicht. Die hohe Stirn mit den gleichmäßig geschnittenen Gesichtszügen und den gut gebauten Körper. Eifersucht flammte in ihm auf und nur schwer gelang es ihm, seine freundliche Haltung zu bewahren.

Martin zeigte auf die astrologische Darstellung.

»Wenn ich die vielen Zeichen so sehe, wüsste ich nichts damit anzufangen, was bedeuten sie?«

Ausführlich erklärte der Astrologe ihm den Unterschied zwischen Planeten und Sternzeichen und zählte die fünf Planeten und die zwölf Sternzeichen auf, die den Tierkreis bildeten. Interessiert hörte Martin zu, lernte, dass die Planeten mit verschiedenen Geschwindigkeiten über den Himmel ziehen, während die Sternzeichen sich immer in den gleichen Abständen zueinander bewegen. Nun verstand er auch die zwölf Quadrate, die der Astrologe um den Mittelpunkt des Horoskops gezeichnet hatte.

Weiterführend wollte Fagoth Takloh ihm die Bedeutung der zwölf astrologischen Häuser erklären, als die klare, scharfe Stimme des Kanzlers ihr Gespräch unterbrach.

»Martin, ihr habt noch einige Briefe zu schreiben, die Boten müssen sie heute erhalten. Ich würde euch empfehlen, sofort mit der Arbeit zu beginnen.«

Martin wusste, wenn der Kanzler eine Empfehlung aussprach, kam das einem Befehl gleich.

»Ich komme sofort«, antwortete er und sah den Astrologen bedauernd an. »Schade, dass ich euren Ausführungen nicht weiter zuhören kann, aber ihr habt ja gehört, es wartet Arbeit auf mich.« Er drehte sich um und ging zu dem ungeduldig wartenden Kanzler.

Verärgert blickte Fagoth Takloh ihnen nach. Er ahnte, dass Forcheau ihnen schon eine Weile zugehört haben musste und den Sekretär absichtlich wegbefohlen hatte. Nach wie vor war der eingebildete Kanzler ihm gegenüber misstrauisch.

Forcheau blickte Martin vorwurfsvoll an.

»Ich hoffe, ihr habt diesen Unsinn, den euch der Astrologe erzählt hat, nicht geglaubt. Ihr habt doch im Kloster gelernt, dass alle Geschehnisse von Gott gelenkt werden. Wie kann man dann nur glauben, dass die Himmelskörper mit dem Schicksal der Menschen zu tun haben könnten? Wo bliebe der freie Wille des Menschen, wenn seine Wege von den Sternen gesteuert würden?«

»Aber«, warf Martin ein, »es könnte doch sein, dass die Planeten und Sterne Werkzeuge Gottes sind.

Diese könnten den Menschen Zeichen senden, sozusagen als Verbindung zu ihm.«

Verblüfft über Martins Auslegungsvermögen blieb Forcheau abrupt stehen. Erstaunt blickte er in die klaren Augen seines Gegenübers. Er musste sich eingestehen, dass dieser ihn sichtlich beeindruckte. Eine solche Auslegung der astrologischen Bedeutung im Hinblick auf Gott hatte er noch nie gehört. Nur war sie weder zu beweisen, noch stand sie in den alten Schriften geschrieben. Er schüttelte den Kopf, während seine Miene eine Spur freundlicher wurde.

»Ihr habt da eine sehr kluge Überlegung angestellt, aber es wird niemals erforscht werden können, ob dieser Gedanke etwas für sich hat.«

Seine spitzen Backenknochen traten noch stärker hervor.

»Ich habe oft in wissenschaftlichen Vorträgen erlebt, dass Astrologen über das gleiche Horoskop verschiedene Auslegungen hatten, wobei jeder seine eigene Studie fanatisch für die richtige hielt. Das zeigt, dass sie alle Scharlatane sind und ich rate euch, lasst euch nicht ein mit diesen Leuten und ihrer sogenannten Wissenschaft.« Damit wandte er sich abrupt ab, steuerte die Räumlichkeiten der Kanzlei an und ließ einen nachdenklich gewordenen Martin zurück.

6. KAPITEL

Besorgt bemerkte Beatrix den Schatten, der auf dem blassen Gesicht lag. Voller Zuneigung legte sie ihre kleine Hand auf den Arm von Cathérine.

»Ihr müsst versuchen, die Geschehnisse der Vergangenheit zu vergessen. Hier seid ihr unter Freunden, die sich über eure Gesellschaft freuen. Und«, sie lächelte Cathérine an, »wie ich bemerkt habe, ist euch unser junger Sekretär nicht ganz gleichgültig und ihr ihm wohl auch nicht.« Sie bemerkte die leichte Röte, die sich auf das Gesicht von Cathérine legte und wusste, dass sie das richtige Thema getroffen hatte.

»Nun«, meinte sie weiter, »mit Martin habt ihr einen guten Freund gewonnen. Er ist gebildet, unkompliziert und ein angenehmer Gesellschafter. Ich habe den Eindruck, sein asketisches Klosterleben hat seinen Blick für das weltliche Geschehen besonders geschärft. Obwohl ihn das Schicksal schwer getroffen hat, weiß er die guten Dinge, die ihm täglich begegnen, zu schätzen.« Als sie den erstaunten Blick bemerkte, wurde ihr bewusst, das Cathérine darüber nichts wissen konnte.

»Es war so, das Martin, als er etwa zwei Jahre alt war, vor dem Tor des Klosters gefunden wurde, und kein Mensch konnte oder wollte etwas über seine Herkunft sagen«, erklärte sie. »Für ihn muss es bedrückend sein, nicht zu wissen, wer seine Eltern sind, aus welchem Hause er stammt, ob er noch irgendwo Familie hat.«

»Aber«, Cathérine blickte sie bekümmert an, »dann ist sein Schicksal ja noch schlimmer als meins.«

Beruhigend drückte Beatrix ihren Arm.

»Ich bin mir sicher, dass irgendwann auch Martin einmal erfahren wird, woher er stammt, ich fürchte nur, dass es eine traurige Wahrheit sein wird.«

Abrupt wurden sie von einem Spielmann, der in großen Sprüngen in die Mitte des Saales hineinsprang, unterbrochen. Die grell gekleidete bunte Gestalt wirbelte einige Male im Kreis herum, schlug dabei auf die glänzend polierte Laute und hatte innerhalb kurzer Zeit die Aufmerksamkeit der gesamten Gesellschaft auf sich gezogen. Die schlanke, muskulös gebaute Gestalt trug eine giftgrüne, mit feuerroten Lilien verzierte Jacke und eine hautnah anliegende dünne Seidenhose. Sofort erregte er die Fantasien der Damen. Sich galant vor dem Herzog und der Herzogin verbeugend, trug er mit wunderschöner Stimme seine Singverse vor. Cathérine betrachtete sein gut geschnittenes Gesicht und vermutete, dass er aus gehobenen Kreisen stammte.

So beeindruckend sein spektakulärer Auftritt war, so stechend hart waren seine Texte. In kunstvoll gesetzten Versen besang er die ungeheure Anmaßung des Papstes, den Herzog als Lehensmann zu bezeichnen. Er verspottete den Papst und lobte den Herzog für seine Tatkraft. Beatrix blickte zu ihrem Mann hinüber und bemerkte eine gewisse Zufriedenheit, die sich auf seinem Gesicht abzeichnete. Wenn auch nur ein Spiel, schien es ihn doch zu beeindrucken. Schon wollte sie sich entspannt zurücklehnen, als der Spielmann die Saiten seines Instrumentes besonders hart anschlug.

Mit meisterhaft gekonnt nun harter, kehliger Stimme, brachte er derbe Verse über die ach so stolzen Lombarden und die räuberischen Normannen zum Besten. Schilderte in bunten, bildhaften Darstellungen die große Gefahr und die furchtbaren Grausamkeiten, die ihnen von diesen Völkern drohten. Auch die Römer besang er und stellte sie als ungezügeltes, sittenloses Volk dar. Bevor die Dichtung noch dramatischer wurde, schwenkte er in seiner Stimmung wieder um, seine Stimme wurde weich und melancholisch. Er besang die Liebe zwischen dem Herzog und seiner jungen Frau in so romantischer Weise, dass selbst die abgehärteten Männer im Saal verklärt auf Roger und Beatrix blickten.

Cathérine, die bis zu diesem Augenblick noch kritisch den Texten des Spielmannes gefolgt war, wurde nun aufgrund seiner grandiosen künstlerischen Leistung ganz in seinen Bann gezogen. Sie konnte verstehen, dass einige Hofdamen neben ihr mit glühenden Blicken jede Bewegung des Spielmanns verfolgten.

Dann, so plötzlich wie er begonnen hatte, beendete er sein Spiel mit einem harten Saitenschlag, zog sich blitzschnell zurück, fasste eine hübsche Dienstmagd am Arm und verließ mit ihr den Saal.

Martin, der weniger beeindruckt den Auftritt verfolgt hatte, spürte die Leere, die sich nach dem Abgang des Spielmanns im Saal breit machte. Er beobachtete, wie der Herzog sich leise mit Beatrix unterhielt und der Kanzler etwas zu einem bunt gekleideten Fremden sagte, der daraufhin den Saal verließ. Wenige Minuten später marschierte eine Gruppe junger Gaukler in lustigen Tierkostümen herein. Tanzend und hüpfend schafften sie es mit originellen Tiernachahmungen, die Gäste in kurzer Zeit von dem nachhaltigen Auftritt des Spielmanns abzulenken.

Ohne eine Regung zu zeigen, war Fagoth Takloh sich indessen sicher, dass der Auftritt des Mannes nicht zufällig geschehen war. Nachdenklich glitt sein Blick zu dem Kanzler hin und er überdachte die Warnungen im Minnelied vor den Lombarden und Normannen. Auch der Machtanspruch des Papstes wurde besonders hervorgehoben. Das konnte nur bedeuten, dass sie gezielt an den Herzog gerichtet waren. Er dachte an den Spielmann, der mit einer Magd aus dem Saal verschwunden war und verspürte plötzlich eine Unruhe, die ihn wie eine Sucht befiel. Seine Augen hinter der Maske fingen an zu glühen und als er nach einer Weile sicher war, dass niemand auf ihn achtete, verließ er heimlich den Saal.

Spät in der Nacht, als alle Mitglieder des Hofes und die Gäste sich zur Nachtruhe begeben hatten, saß Martin tief in Gedanken versunken vor dem rußgeschwärzten Zentralkamin. Es war merklich kühl geworden und fröstelnd nahm er die Restwärme in sich auf. Wie so oft in den letzten Tagen kamen ihm wieder die Worte in den Sinn, die der junge Straßenräuber ihm zugeflüstert hatte. Demnach war für die Ermordung von Cathérines Vater und seiner Dienstknechte viel Geld bezahlt worden. Aber wer konnte Interesse daran gehabt haben, die Männer zu töten, fragte Martin sich zum wiederholten Male. Dass die Mörder bezahlt wurden, hatte er Cathérine verschwiegen. Sie durchlebte so schon schwere Momente und er wollte sie nicht noch mehr belasten. Was ihm Sorgen bereitete, war die Ungewissheit, ob sie in Gefahr war, ob er sie beschützen musste. Aufgewühlt stand er schließlich todmüde auf, um in seine Kammer zu gehen. Gewohnheitsmäßig blickte er nochmals durch die Maueröffnung nach draußen und sah fasziniert den Sternenhimmel, der gefüllt mit unzähligen Lichtern, die Erde in ein mystisches Licht eintauchte. Ihm kamen die Erklärungen des Astrologen in den Sinn und er bedauerte es, dass der Kanzler sie unterbrochen hatte. Bereits wollte er sich abwenden, als er in der Nähe der Waffenkammer einen Lichtschein bemerkte. Der Größe nach musste dort jemand mit einem Kienspan herumgeistern. Eigentlich nicht ungewöhnlich, die Burgwachen wechselten bei der Wachablösung dort die langen Spieße, die sie mit auf den Wehrgang nahmen. Heute aber, wo so viele Fremde im Burggelände waren wollte Martin sichergehen, dass sich keiner an die Waffen der Burg heranmachte.

Leise stieg er die Steintreppe zum Burghof hinunter und hielt sich schützend im Schatten der Ringmauer. Als er die Wirtschaftsgebäude erreichte, erlosch der Lichtschein. Martin blieb stehen und blickte angespannt zur Waffenkammer hin. Er spürte, etwas stimmte nicht. Von den Burgwachen konnte es keiner sein, er kannte die Kerle und wusste, welchen Lärm sie selbst in der Nacht noch machten. Hier wollte jemand nicht bemerkt werden.

Vorsichtig hielt er sich aus dem Mondlicht heraus und horchte in die Nacht hinein. Als sich nichts rührte, kam er schließlich zu der Überzeugung, dass ein offenes Auftreten das Beste wäre. Er löste sich aus dem Schatten und ging zur Waffenkammer hinüber. Langsam drückte er die quietschende Tür auf und blickte angespannt in den lang gestreckten Raum. Alles war ruhig und er kam zu dem Schluss, dass es doch ein Gast gewesen sein musste, der draußen auf dem Weg zum Abort war. Erleichtert atmete er auf, als ihm einfiel, dass in dem Gebäude der Gerichtsraum war. Sicherheitshalber wollte er auch den noch kontrollieren und ging weiter in den Raum hinein. Dabei bemerkte er zunehmend einen üblen Gestank. Irritiert blieb er stehen, überlegte, woher der kommen könnte und ob er nicht besser am Morgen bei Licht sich umsehen sollte. Doch etwas trieb ihn an, die Ursache festzustellen. Ohne ein Geräusch zu machen, erreichte er eine Treppe, und stieg sie so weit hinunter, bis er den Vorraum des Gerichts überblicken konnte. Die Szene, die sich ihm dann bot, ließ ihn einen Schritt zurücktaumeln. Entgeistert starrte er auf den nackten Körper, der wie in einem Geisterstück über dem Boden schwebte. Mit Blick auf das grotesk verzerrte Gesicht erkannte er die junge hübsche Dienstmagd, die am Abend auf dem Fest den Männern noch schöne Augen gemacht hatte. Wie eine Ehebrecherin war sie gepfählt worden. Martin spürte wie ihm übel wurde und eilte die Treppe hoch zurück in die Waffenkammer. Nachdem er sich etwas gefangen hatte, überlegte er, ob er die Burgwachen alarmieren sollte, was jedoch zu einem Auflauf führen würde. Und das musste vermieden werden. Es durfte nicht bekannt werden, dass in Anwesenheit fürstlicher Gäste ein solch bestialischer Mord geschehen war. Er beschloss, Gernod und einige verschwiegene Dienstknechte zu holen, um vor dem Morgengrauen die Tote außerhalb der Burg begraben zu können. Als er das Außentor öffnete, bemerkte er an einem Holzsplint ein abgerissenes Stück giftgrüner Stoff mit feuerroten Lilien. Blitzartig stand ihm die Szene vor Augen, als der Spielmann mit der Dienstmagd den Saal verlassen hatte. Erschüttert steckte er den Stoffrest in seinen Gürtel und ging die Männer holen.

Erst drei Tage später, als alle Gäste abgereist waren, hielt Martin es für angebracht, dem Kanzler das schreckliche Verbrechen zu melden. Forcheau blickte ihn fassungslos an. Als Martin ihm den Zipfel Stoff zeigte, meinte auch er, dass nur der Spielmann

70

der Mörder sein könnte.

»Habt ihr ihn schon festgenommen und verhört?«, fragte er angespannt.

Martin schüttelte den Kopf.

»Wir haben überall nach ihm gesucht, aber er ist nirgendwo zu finden. Es ist unerklärlich. Die Torwachen meldeten, dass an dem Abend des Festes keiner das Burggelände verlassen hat. Alle Tore waren geschlossen.«

Nachdenklich zog Forcheau die Stirn kraus.

»Mir gibt die bestialische Art des Mordes zu denken«, bemerkte er, wobei seine Überlegungen in eine bestimmte Richtung gingen. »Wer Frauen auf diese Art umbringt, muss ein Frauenhasser sein.« Ein schlimmer Verdacht schlich sich in seinen Kopf. Unruhig schritt er durch das Archiv, wobei die rundgelaufenen Hölzer knarrend seine Erregung wiedergaben. Martin traute sich nicht ihn anzusprechen. Unvermittelt blieb Forcheau nach einer Weile stehen und schlug sich die Hand vor die Stirn.

»Bei Gott, es wird doch hoffentlich nicht so sein, dass der Henkersknecht in Clervaux unschuldig war, und der wirkliche Mörder noch herumläuft. Und das im Umfeld des Hofes.« Er ließ sich in einen Lehnstuhl fallen und sah nervös durch die Mauerluke nach draußen. »Hier gibt es viele Leute, es ist nicht auszudenken, wenn einer von ihnen die Frauen getötet hat.«

Durch laute Stimmen, die aus der Richtung der Mühle kamen, wurde er unterbrochen. Er sah den

Verwalter Closé in Begleitung eines hageren Mannes eilig auf das Gebäude zukommen.

»Die beiden sollen sich sofort bei mir melden«, sagte er zu der Dienstmagd, die den Kamin säuberte.

»Ich will wissen, was da los ist.«

Noch ganz hinter Atem kamen der Verwalter und der Müller in den Raum und sahen Forcheau respektvoll an. Mit einer Handbewegung forderte er den Verwalter auf zu berichten.

»Wir haben den Mörder gefunden«, meldete Closé aufgeregt. Er bemerkte den ungeduldigen Blick des Kanzlers und beeilte sich, die Sache zu erklären.

»Gegen Mittag blieb plötzlich die Mühle stehen, irgendetwas blockierte das Wasserrad. Als der Müller mir das meldete, habe ich Pferde vor das Rad spannen lassen, um es wieder ans Laufen zu bringen.

Nun, es war schrecklich.«

Closé versuchte sich zu beruhigen.

»In einer Radschaufel lag der Körper des Spielmanns. Das heißt, wir haben ihn eigentlich nur an der giftgrünen Kleidung erkannt. Das Mühlrad hat ihm den Kopf abgerissen und nur der Rumpf war hängen geblieben.«

Abschätzend wandte Forcheau sich an den Müller.

»Was glaubt ihr, wie das geschehen sein könnte?«

Martin bemerkte die angespannte Haltung des Kanzlers. Offensichtlich hoffte Forcheau, dass sein Verdacht, dass der Mörder im Umfeld des Hofes lebte, sich als Irrtum herausstellen würde.

»Nun«, begann der Mann und Martin bemerkte, dass er sich dem Kanzler gegenüber gehemmt fühlte.

»Direkt neben dem Wasserrad führt ein Holzsteg über den Bach. Den benutze ich immer, um die Radschaufeln zu säubern. Über diesen Steg muss der Spielmann gegangen sein, ist dabei ausgerutscht und in das Mühlrad gefallen.«

Martin sah zu Forcheau hin und glaubte Erleichterung auf seinem Gesicht zu sehen.

Der Verwalter bestätigte die Worte des Müllers und er glaube, dass der Spielmann der Mörder war und fliehen wollte.

Forcheau war sichtlich erleichtert. Aufgeräumt klopfte er dem Müller auf die Schulter, zog seine Börse hervor und gab ihm eine Münze.

»Hier, die ist für den Schrecken, den ihr hattet. Kauft euch Wein und einen Schinken und vergesst das Ganze schnell wieder.«

7. KAPITEL

Am Abend vor der Abreise hatten sich die engsten Vertrauten im großen Saal versammelt und Rochefort stellte zufrieden fest, dass noch alle Fürsten zu ihm hielten. Er hatte es tatsächlich geschafft, sie für seine Pläne zu begeistern.

»Großartig«, rief er gut gelaunt in die Runde und hämmerte mit der Faust auf die schwere Tischplatte.

»Da ihr zu eurem Wort steht, können wir nun mit einem starken Heer nach Süden ziehen.«

Martin beobachtete, wie Beatrix strahlte. Er erinnerte sich, dass Cathérine ihm erzählt hatte, dass die junge Herzogin schon oft von Italien mit seiner märchenhaften Landschaft gesprochen hatte. Dass sie sich nach der Wärme und der fremdländischen Ausstrahlung des Landes sehnte.

Nach der Ankündigung des Herzogs entstand im Saal eine lebhafte Diskussion. Jeder hatte seine eigenen Vorstellungen von den Erlebnissen, die ihn im Süden erwarteten. Beim Küchenmeister bestellte Rochefort etwas Besonderes zu essen und ließ den besten Wein holen. Anschließend winkte er Martin zu sich und diktierte ihm schnell noch einige

Anweisungen. Skeptisch blickte Forcheau in die Runde. Er stellte sich bereits die Reaktion der Lombarden vor, wenn der Herzog seine Rechte bei ihnen einforderte. Es könnte zum Krieg mit ihnen kommen, grübelte er. Und dann war da noch die fragliche Figur des Papstes. Durch den Einfluss seines Kanzlers Rolando konnte auch von dieser Seite Widerstand kommen.

Entschlossen wandte er sich an Rochefort. Er gab zu bedenken, dass es in der angespannten Lage mit Papst Marcellinus äußerst fraglich sei, auf welcher Seite er sich bei einem Streit mit den Lombarden stellen würde. Nachdenklich blickte Rochefort seinen Kanzler an und nickte schließlich.

»Ihr habt recht, wir müssen damit rechnen, das Mailand sich mit seinen Verbündeten uns entgegenstellen wird. Unter der schwachen Regierung meines Onkels sind die Lombarden stolz geworden. Sie werden es nicht zulassen wollen, dass ich die Lehen wieder einsetze. Trotzdem werde ich meine Rechte einfordern.«

Entschlossen blickte er seinen Kanzler an.

»Ihr müsst alle Kriegsheere die zur Verfügung stehen zusammenziehen. Plant es so, dass wir noch vor dem Winter über das Gebirge kommen. Setzt den Zeitpunkt aber nicht zu nah, ich möchte vorher noch die Erweiterung meiner Burganlage in Beaufort planen und meine Frau möchte auf diesem Weg Arlon kennenlernen.«

Erleichtert darüber, dass sich der Herzog so intensiv seinem Kanzler widmete, bekam Martin

Gelegenheit, seine Schriftsätze in die richtige Reihenfolge zu bringen. Dabei freute er sich ebenfalls auf die Reise und war heilfroh, dass sie nicht in den kalten Norden mussten, um Krieg gegen verwilderte Stämme zu führen. Und er dachte an Cathérine. Manchmal konnte er es immer noch nicht fassen, dass er die Klostermauern hinter sich gelassen hatte und eine Frau kennenlernte, die ihm alles bedeutete. Mit dem Leben zufrieden, führte er die Schreibfeder noch schneller über das feingeglättete Pergament, wurde dabei aber oft abgelenkt durch den Lärm im Saal. Schließlich konnte er sich nicht länger konzentrieren, säuberte die Schreibfeder, rollte das Pergament ein und setzte sich in die Runde um Gernod, wo es am lustigsten zuging.

Seit Tagen lief Kardinaldiakon Rolando mit einer verbissenen Miene ruhelos durch den Lateran. Jeder ging ihm aus dem Weg, um nicht Opfer seines plötzlichen Jähzorns zu werden. Verzweifelt suchte er nach einer anderen Lösung, als das von Marcellinus angestrebte Bündnis mit Rochefort. Täglich noch dachte er an die Erniedrigung, als er unter den Augen der Bischöfe vom Herzog des Landes verwiesen wurde. Und nun sollte er diesen Bastard um Hilfe bitten.

Resigniert schüttelte er schließlich den Kopf. Es blieb ihnen nichts anderes übrig, die Normannen würden bald vor den Toren Roms stehen. Er sah sie schon den Lateran stürmen, sah die heiligen Stätten in Feuer und Rauch aufgehen und seine Bewohner an langen Baumreihen hängen. Nein, soweit durfte es nicht kommen, sie brauchten den verhassten Rochefort mit seinem Heer. Entschlossen ging er zu den privaten Räumen des Papstes und sah im Kreuzgang den vor sich hin dösenden Kardinal Torsi Miere. Auch so ein Heuchler ging es ihm durch den Kopf. Ein Mann, der nur durch die Zahlung einer großen Summe den Kardinalshut bekommen hatte. Ein Spion der Kaste, die den nächsten Papst stellen wollte. Verächtlich schüttelte den Gedanken ab, diesem Problem würde er sich später widmen.

Beim Verlassen des Waldgebietes zügelten sie die Pferde. Ihnen bot sich ein Anblick wie von Gott geschaffen. Die Sonne stand glutrot tief im Westen und beleuchtete das unter ihnen ausgebreitete Tal in ein rotglühendes Farbenspektrum.

»Dort unten«, rief Martin begeistert, »sehe ich schon die Burg und dahinter die Stadt mit der großen Kirche.« Fasziniert blickten sie auf die märchenhafte Landschaft. Umrahmt von angrenzenden Wäldern wirkte die Stadt mit der davor gelagerten Burganlage wie eine Insel in einem riesigen grünen Meer.

Martin zeigte auf die Gebäude, die von Nebenarmen der Noire umschlossen wurden.

»Das Burggebäude habe ich mir eigentlich größer vorgestellt«, meinte er erstaunt.

Belustigt schüttelte Gernod den Kopf.

»Ihr könnt sie nicht mit einer Festungsanlage wie Rochefort vergleichen. Burg Beaufort dient weniger der Verteidigung, sondern ist mehr gesellschaftlicher

Treffpunkt und Verwaltungszentrum für die umliegenden Güter.«

»Immerhin«, Martin beschrieb mit dem Arm einen Bogen, »hat die Burg dadurch, dass sie vom Wasser umgeben ist eine sehr verteidigungsgünstige Lage. Der Kanzler hat mir erklärt, dass sie ein wichtiges Handelszentrum ist. Dort treffen sich die beiden großen Handelsstraßen, die eine Verbindung von Westen nach Osten bilden.«

»Und ich«, Gernod rieb sich erwartungsvoll die Hände, »freue mich schon auf die Annehmlichkeiten, die uns die Stadt zu bieten hat. Ich habe gehört, dass in den Badehäusern lustige junge Frauen die Gäste verwöhnen. Ihr allerdings«, meinte er grinsend, »werdet wohl auf das Vergnügen verzichten müssen. Cathérine würde das sicherlich nicht so gerne sehen.« Verstohlen blickte er auf das Profil seines Freundes, der so tat, als wenn er nichts gehört hätte.

Erwartungsvoll beobachtete Martin die Reiter, die aus Richtung der Burg ihnen entgegenritten und studierte dabei interessiert die Landschaft.

»Ich glaube, in den nächsten Tagen werde ich von hier oben eine Skizze des Burggeländes machen«, meinte er zu Gernod. »Die wird bei der Planung der Erweiterung, die der Herzog vorhat, nützlich sein. Von hier aus sieht man gut die Bodenformen und den Untergrund des Geländes. Es wird sowieso ein Problem sein, auf dem sandigen, feuchten Untergrund haltbare Fundamente zu setzen.«

Erstaunt blickte Gernod ihn an und dachte, woher Martin dieses Verständnis für Baumaßnahmen haben könnte. Bis vor kurzem hatte er doch nur die Klostermauern gekannt.

Mittlerweile hatten sich Reiter ihrer Vorhut um sie versammelt und blickten ebenfalls beeindruckt auf das Panorama. Gernod ließ sie eine Weile den Anblick genießen und befahl dann zum Aufbruch. Er wollte möglichst schnell Beaufort erreichen, um mit dem Verwalter die Vorbereitungen für die Lagereinrichtungen des Heeres zu besprechen.

Auch Martin konnte seine Ungeduld kaum bremsen. Er war neugierig auf die Räume, die der herzoglichen Familie zur Verfügung standen. Zum ersten Mal würde auch er in einer der Kemenaten wohnen. Rochefort wollte ihn neuerdings ständig in seiner Nähe haben, um ihm drängende Entscheidungen sofort diktieren zu können. Für ihn hieß das, gleichzeitig auch bei Cathérine zu sein, die ebenfalls im Wohnbereich der Herzogsfamilie lebte.

Überzeugt davon, dass der junge Herzog mit seiner noch jüngeren Frau Wert auf Bequemlichkeit und Luxus legte, hatte Baumeister Carlo Jarossé die Erweiterung der Burganlage in erster Linie in der Vergrößerung des Wohngebäudes gesehen. Er hatte einen großen Festsaal, sowie nach neuesten byzantinischen Modellen ein luxuriöses Dampfbad und neue Kemenaten geplant. Und nun bemerkte er entsetzt die ablehnende Miene des Herzogs.

»Ich will mehr Wehrbauten«, donnerte Rochefort los. Gereizt blickte er auf die ausgebreiteten Baupläne. »Was nutzt mir der Luxus, wenn die Feinde aus dem Osten vor den Toren stehen.«

Martin, der das Protokoll schrieb, bemerkte wie das Gesicht des hageren Baumeisters blass wurde. Er konnte seine Angst verstehen. Wenn der Herzog mit ihm unzufrieden war und ihn fortjagte, würde er nirgendwo mehr einen Auftrag bekommen.

»Hier«, mit dem Zeigefinger hieb Rochefort auf die unbefestigten Stellen am Noire Ufer. »Hier will ich eine stabile Ringmauer mit Wachtürmen haben.«

Jarossé machte eiligst Skizzen und Rochefort erklärte, dass während seines Italienaufenthaltes, der lange dauern konnte, sein Land wehrhaft und geschützt sein müsse.

Vor Tagen bei der Besichtigung der Burganlage hatte Martin bemerkt, dass der auffallend niedrige Bergfried völlig isoliert von dem Pallas stand. Für ihn gab das überhaupt keinen Sinn. Deshalb machte er den Vorschlag, einen erhöhten Übergang von dem Burggebäude zum Turm zu bauen und diesen dann gleichzeitig aufstocken.

Irritiert blickte Rochefort ihn an. Er ließ sich das noch mal genau erklären und als auch der Baumeister meinte, dass dies eine gute Schutzmaßnahme sei, stimmte er schließlich zu. Insgeheim war er überrascht über den Sachverstand, den Martin zeigte.

Beatrix, die in den Raum gekommen war, informierte ihren Mann, dass die letzten Gäste eingetroffen wären und dass er das Fest eröffnen könnte. Sichtlich erleichtert begann Jarossé die Zeichnungen einzurollen und war froh, der Kritik des Herzogs entkommen zu können. Doch auch

Rochefort, strapaziert durch die Anstrengungen der Reise, freute sich auf etwas Entspannung.

»Und ihr«, er blickte den Baumeister nochmals streng an, »legt mir in einer Woche Pläne vor, die diese Burg wehrhafter machen.« Dann forderte er Martin auf sie zu begleiten und verließ mit Beatrix an seiner Seite das Arbeitszimmer.

In entspannter Stimmung genossen Beatrix und Cathérine das wohltuende Bad. Aufmerksam streuten Dienerinnen ätherische Öle ein, die im heißen Wasser befreiende Dämpfe entfalteten. Nach vielen Reisetagen ohne Badegelegenheit fühlten sie sich wie neugeboren. Ausgelassen gestattete Beatrix sogar, das Cathérine mit der Hand über ihren gewölbten Bauch streichen durfte, in dem ihr Kind heranwuchs.

Beatrix seufzte schwer.

»Wisst ihr, es ist ja schön, geliebt zu werden und Kinder zu bekommen, aber jedes Jahr eine Geburt, das kostet doch viel Kraft.«

»Wollt ihr denn nicht einmal eine Pause machen um wieder zu Kräften zu kommen?«, sagte Cathérine. »Ich weiß, dass in Burgund die Männer Schafdärme benutzen, um eine Schwangerschaft zu vermeiden.« Bei der Empfehlung, die sie ohne sich dabei etwas zu denken, spontan geäußert hatte, war sie dann doch rot geworden. Ihr wurde bewusst, dass sie empfohlen hatte, der Herzog sollte einen solchen Darm benutzen.

Beatrix schüttelte aber auch schon den Kopf.

»Ich würde es meinem Mann nie zumuten, sich

dermaßen zu verunstalten. Zudem«, prustete sie los, »stellt euch mal vor, mein erregter Mann mit einem solchen Schafdarm, das wäre wirklich zu komisch.« Als sie sich beruhigt hatte, wechselte sie das Thema und schlug vor, die neue Ausstattung der Frauengemächer zu überlegen.

»Hier ist alles so kahl und ungemütlich«, meinte sie und blickte Cathérine auffordernd an. Sie schätzte ihr Gefühl für eine behagliche Wohnkultur, anscheinend lebten die Menschen in Burgund komfortabler. Und sie schätzte an Cathérine auch ihre Einstellung, dass die Frauen den Männern gleichgestellt sein sollten. Sie selbst, die schon mit sechzehn Jahren ihr erstes Kind geboren hatte, fühlte sich jedenfalls den Männern ebenbürtig. Schon früh trug sie die Verantwortung für ihre Familie und die Verwaltung der Güter, während ihr Mann fernab seine Schlachten schlug.

8. KAPITEL

Martin erlebte eine sehr geschäftige, aber herrliche Zeit. Da der Kanzler vollauf damit zu tun hatte, die Reise nach Italien zu organisieren, musste er in der Kanzlei einiges übernehmen, das sonst Forcheau erledigte. Außerdem war er bei den Gesprächen, die Rochefort mit den Verwaltern der umliegenden Güter, mit Stadtbürgern und Kirchenleuten führte, dabei. Auch mit einfachen Bauern, die ihre Not dem Herzog vortrugen, hatte er zu tun. Am liebsten war Martin jedoch in der Gesellschaft der Handwerker und diskutierte mit ihnen die Pläne der Gewerke. Allein zwanzig Steinmetze waren mit dem Behauen der Sandsteinquader beauftragt, wobei er feststellte, dass jeder sein eigenes Zeichen in die Quader trieb. Als Sinn und Zweck der aufwändigen Kennzeichnung erfuhr er, dass die Steinmetze nach Stücklohn bezahlt wurden. Durch ihre Zeichen konnte so jeder belegen, wie viel er geschafft hatte und wurde entsprechend bezahlt.

Rochefort war unzufrieden. Ungehalten blickte er seinen Baumeister an. »Mir geht das alles zu langsam. Bevor ich abreise, will ich die untersten Schichten der

Ringmauer stehen sehen und den Baubeginn des Wehrturms. Es bleibt abends länger hell, die Leute sollen ab morgen länger arbeiten.«

Entschieden schüttelte Carlo Jarossé den Kopf und Martin fiel auf, wie selbstbewusst der Baumeister auftrat. Sicherlich eine Folge davon, dass er derzeit große Kolonnen Handwerker befehligte, überlegte er.

Jarossé rollte eine Bauzeichnung aus und tippte auf die Grenzmarkierung, wo die Ringmauer gebaut werden sollte. Erklärend wandte er sich an Rochefort. »Hier können wir nicht einfach die Quader aufeinander mauern. Der Untergrund ist dort besonders sumpfig und würde dem Druck nicht standhalten. Wir müssen durchgängig ein Pfahlrostfundament aus Eichenholz tief in den Boden treiben. Und da ihr eine Mauerdicke von zwei Metern haben wollt, müssen wir zusätzlich auf die Pfähle Schwellen legen, um einen breiten, ebenen Aufbau zu bekommen. Das sind alles Arbeiten, die den Männern viel Kraft kostet.«

Energisch schüttelte er den Kopf.

»Man kann sie deshalb abends nicht noch länger arbeiten lassen, am Ende werden sie krank und dann geht nichts mehr.«

Um etwas zur Beruhigung der Situation beizutragen, bemerkte Martin, dass dafür aber die Steinmetze schon eine gute Vorleistung erbracht hätten. Bei streckenweiser Fertigstellung der Pfahlfundamente könnte sofort mit der Aufmauerung begonnen werden.

»Und ich habe«, Carlo Jarossé rollte eine andere

Zeichnung aus, »einen drehbaren Kran konstruiert, mit dem man in jeder Ebene die schweren Buckelquader genau auf die Stelle transportieren kann, wo sie im Mörtel gesetzt werden müssen.«

Voller Stolz sah er Rochefort an.

»Wenn es so weit ist, werdet ihr täglich die Mauer wachsen sehen.«

Forcheau, der in das Arbeitszimmer gekommen war, hatte die letzten Sätze des Baumeisters mitbekommen und mischte sich in das Gespräch ein.

»Ich glaube, wir werden nicht mehr die Zeit haben, um das neue Wunderwerk des Baumeisters sehen zu können.« Erstaunt blickte ihn Rochefort an. Er wusste, wenn der Graf so redete, gab es einen Grund dafür. Er gab Jarossé die Anweisung, trotz allen Schwierigkeiten die Arbeiten schneller voranzutreiben und forderte anschließend den Kanzler und Martin auf, ihm zu folgen. Im Arbeitszimmer ließ Rochefort einen Krug Wein bringen und blickte dann Forcheau neugierig an.

»Was gibt es so Eiliges, dass ihr glaubt, ich könnte das Entstehen der Ringmauer nicht mehr abwarten?«

»Das hier wird euch überzeugen«, antwortete Forcheau, schnürte die Pergamentrolle auf und reichte sie mit einem Lächeln Rochefort.

»Hier ist das Friedensangebot des Papstes.«

Martin sah, wie die Augen des Herzogs aufleuchteten. Er wusste um seine große Sorge, dass der Papst sich doch noch mit den Lombarden verbünden könnte. Langsam rollte Rochefort das Pergament auf und hatte wie immer Probleme mit der hochgestochenen Sprache des Laterans. Er bat Forcheau, ihm das Schreiben vorzulesen.

Darin bedauerte Marcellinus das Missverständnis zwischen ihm und dem Herzog und das nur, weil in der Fürstenversammlung irrtümlich Benefizien als Lehen übersetzt worden sei. Leider, so schrieb er weiter, hätte man seinem Kanzler nicht die Möglichkeit gegeben, den Übersetzungsfehler zu korrigieren.

Martin grinste schief. Ihm stand noch genau vor Augen, wie triumphierend Forcheau Benefizien als Lehen übersetzt hatte und damit die päpstlichen Abgesandten als Feinde des Herzogs brandmarkte.

Im Nachhinein war ihm seine Politik deutlich geworden. Mit diesem Trick hatte er es geschafft, die Landeskirche von Rom unabhängig zu machen.

Mittlerweile hatte Forcheau den Brief zu Ende gelesen und wartete auf den Kommentar des Herzogs.

Rochefort sah belustigt auf sein Schwert, das neben ihm auf der Sitzbank lag.

»Wenn ich das richtig verstehe, bittet mich Marcellinus um Hilfe gegen die Normannen und gegen einen möglichen Angriff der Byzantiner. Dafür würde er uns bei einem Krieg gegen die Lombarden den Rücken freihalten.«

Anerkennend blickte er den Kanzler an.

»Ihr hattet recht, als ihr vor Monaten meintet, der Normannenkönig würde gegen die Heilige Stadt ziehen und das Byzanz seine Macht nach Westen hin ausbreiten will. So bekäme Rom es mit zwei Gegnern zu tun und könnte seine Grenzen nicht lange verteidigen. Was meint ihr, wie sollen wir vorgehen?«

Forcheau hatte für sich schon entschieden, dass sie auf das Angebot von Marcellinus eingehen sollten, dann hätten sie den Rücken frei, um sich ungehindert den Lombarden widmen zu können.

Aufmerksam hörte Rochefort sich seine Argumente an, überlegte eine Weile und nickte zustimmend.

»Aber macht keine zu kurzfristigen Zusagen.«

Eine tiefe Sorgenfalte grub sich in seine Stirn.

»Ich habe so eine Ahnung, dass die Lombarden uns mit ihren verteidigungsstarken Städten lange aufhalten werden.«

An diesem Abend fand es Martin wohltuend ruhig im Wohnbereich der Burg. Es war die letzte Woche ihres Aufenthaltes in Beaufort, alle Voraussetzungen für den Aufbruch nach Süden waren geschaffen. Die Kriegsleute nutzten nochmals die Möglichkeiten, die das herzogliche Gelände und die Stadt boten und Rochefort selbst hatte sich mit einigen Leuten auf die Jagd begeben. Er blieb die nächsten zwei Tage in seinem Jagdhaus.

Beatrix hatte in der Burg bleiben müssen. Ihre Schwangerschaft ließ ein schnelles Reiten nicht mehr zu. Einerseits war sie etwas enttäuscht, da sie leidenschaftlich gerne auf die Jagd ging, auf der anderen Seite aber auch froh, die zwei Tage in aller Ruhe genießen zu können. Sie hatte ihrem Mann vorgeschlagen, Martin bei ihr zu lassen, um mit ihm die Vorschläge der Bildhauer für die Kapitelle zu prüfen, und wenn nötig, zu ändern.

Um Ruhe zu haben, zog sie sich mit Martin und Cathérine in das Arbeitszimmer zurück. Kritisch betrachteten sie gemeinsam die Zeichnungen, die zwei bekannte Bildhauer angefertigt hatten. Bei einem Entwurf zeigte Beatrix auf feine verschlungene Ranken, in denen verwobene Figuren harmonisch eingezeichnet waren.

»Ich kann mir gar nicht vorstellen«, meinte sie, »wie eine solche filigrane Arbeit überhaupt ausgemeißelt werden kann.« Dann nahm sie kopfschüttelnd die Zeichnung der Kapitelle in die Hand, die einmal die Säule eines Torbogens schmücken sollte.

»Nun seht euch diesen grässlichen Wolfskopf an«, sagte sie entrüstet, »der macht ja einen furchtbar abschreckenden Eindruck.« Auch Cathérine und Martin meinten, dass eine solche Darstellung beängstigend wirkte. Entschlossen durchkreuzte Beatrix mit dem Kohlestift die Zeichnung. »Ich möchte lebensfrohe Figuren sehen und nichts Dämonisches oder Unheimliches um mich herum haben. Solche Zeichnungen werden geändert.«

Sie diskutierten noch lange über die Vorschläge und grübelten über manche Symbolik, als Beatrix plötzlich aufschrie und zusammenfuhr. Erschrocken ließ Cathérine eine Zeichnung fallen und sah sie besorgt an. Beatrix hob beruhigend die Hand und quälte sich ein Lächeln ab.

»Es war nur das Kind, das sich bemerkbar

gemacht hat. Ich glaube, ich sollte mich etwas hinlegen.« Sie bat Cathérine ihr zu helfen und meinte zu Martin, dass er die Zeichnungen bis zum nächsten Tag liegen lassen sollte. Als sie den enttäuschten Ausdruck in seinem Gesicht bemerkte beauftragte sie ihn, sich nach Ratgebern für ihre Reise umzusehen.

»Vielleicht gibt es Berichte über Italien und Rom von Chronisten, die unsere Vorgänger begleitet haben.« Wieder zuckte sie zusammen und ließ sich schließlich von Cathérine aus dem Raum führen.

Mit Interesse widmete sich Martin den alten Schriftrollen und Folianten zu. Manchen Pergamentrollen sah er an, dass sie schon ewig lange nicht mehr in die Hand genommen wurden. Teilweise feucht geworden, war die Tinte verlaufen oder das Pergament war gerissen. Nur wenige, mit Lederschnüren zusammengebundene Blätter, Berichte über Kriegszüge der Vorfahren des Herzogs, waren in einem lesbaren Zustand. Gut erhalten waren immerhin die Lederdeckel, teilweise kunstvoll verziert mit den Wappen der Fürstenhäuser.

Erwartungsvoll öffnete er einige große Pergamentrollen und hoffte Karten über einen Weg nach Süden zu finden. Ihm war bewusst, dass die Überquerung der Alpen große Schwierigkeiten mit sich bringen würde. Berichte von Leuten, die eine solche Reise schon erlebt hatten, konnten in der Tat hilfreich sein. Doch nichts. Er fand weder eine Karte noch eine Beschreibung über ein solches Unternehmen.

An einer grün verfärbten Metallkiste, die mit

einem gewölbten Deckel verschlossen war, blieb sein Blick hängen. Unsicher überlegte er, ob er sie öffnen durfte. Warum nicht, entschied er, die Herzogin hatte ihm schließlich erlaubt, sich umsehen zu dürfen. Behutsam zog er den dünnen Eisendorn aus dem Metallring und klappte den geschmiedeten Verschlussbügel nach oben. Vorsichtig öffnete er den Deckel und sah einige beschriebene Pergamentseiten in der Kiste liegen. Wieder keine Karten, dachte er enttäuscht und wollte sie schon schließen, als ihm einige Wortstücke auffielen, die sich auf Rom zu beziehen schienen. Nun doch neugierig geworden, nahm er die Blätter heraus und legte sie auf dem Tisch in einer Reihe dicht aneinander. So konnte er feststellen, ob die Texte fortlaufend zu lesen waren. Einige Seiten sortierte er um, dann stimmte es.

Überrascht stellte er fest, dass die Niederschrift das Leben in Rom beschrieb. Der Chronist, sein Name war durch die verlaufende Tinte nicht mehr lesbar, beschrieb die ständigen Machtkämpfe zwischen der Stadt Rom und dem Lateran.

Gebannt las Martin, mit welchen Mitteln die römischen Fürsten versucht hatten, einen aus ihren Reihen auf den päpstlichen Thron zu setzen. Der Verfasser äußerte den schrecklichen Verdacht, dass ein amtierender Papst vergiftet wurde, damit der Stuhl Petrus frei wurde für einen römischen Wunschkandidaten. Sofort standen Martin wieder die Zeilen vor Augen, die er im Kloster übersetzt hatte. Also stimmten die Anschuldigungen aus Byzanz dachte er, und angespannt las er die nächsten

Berichte. Weiterhin beschrieb der Chronist die sündige Sittenlosigkeit der Stadt, die ständigen Feste der Adeligen, auf denen ausschweifende Orgien gefeiert wurden. Martin wollte es nicht glauben, als er las, dass oft an die hundert Huren in den Residenzen der Fürsten waren und an hemmungslosen Spielen teilnahmen. Unglaublich, dieses alles in dem so heiligen Rom.

Dann wurde er stutzig.

Weiter berichtete der Chronist, dass bei diesen Treiben die männlichen Teilnehmer Masken trugen um nicht erkannt zu werden. Sofort sah Martin den Astrologen vor sich. Er trug ständig seine Maske und niemand wusste, wie er aussah. Fagoth Takloh hatte auch noch nie erklärt, warum er eigentlich sein Gesicht verdeckte. Und er war Italiener und kam aus Rom. Bevor Martin sich darüber weitere Gedanken machen konnte, kam Cathérine in den Raum.

»Martin, stellt euch vor, Beatrix meinte, ich sollte euch etwas Gesellschaft leisten«, sagte sie freudestrahlend. »Sie meint es gut mit uns und hat bestimmt gedacht, dass wir beide auch einmal alleine sein möchten.«

Sie sah sich um und blickte interessiert auf die ausgelegten Pergamentseiten. Martin wollte nicht, das sie las, was da geschrieben stand und meinte, dass es nur unwichtige Überlieferungen wären. Er wollte die Blätter wieder in die Kassette legen, als Cathérine sich die Seite nahm, in der die Rede von den Orgien und den Herren mit den Masken war. In der fremden Sprache zwar nicht so gebildet wie Martin, konnte sie doch genug von dem Inhalt verstehen.

»Nein.«

Entsetzt blickte sie Martin an.

»Habt ihr gelesen, dass die Männer Masken trugen, damit sie nicht erkannt werden konnten?«

Sie wurde ganz aufgeregt. Wieder kam ihr die Nacht im Gasthof in den Sinn. Die betörenden Düfte, die angstvollen Schreie der Frau.

Martin blickte besorgt auf ihre schreckgeweiteten Augen, nahm ihr das Pergament aus der Hand und legte es mit den anderen in die Kiste. Dann setzte er sich mit Cathérine vor den Kamin und sprach beruhigend auf sie ein. Er machte sich den Vorwurf, dass er es nicht verhindert hatte, dass sie das Schriftstück zu lesen bekam. Sie hatte ihm von den Erlebnissen in dem Gasthof erzählt und ihre Abneigung gegen Fagoth Takloh würde jetzt noch stärker werden.

Nach einer Weile stand er auf, holte einen Krug Wein und füllte zwei Becher ein. Um Cathérine zu beruhigen lenkte er vom Thema ab und erzählte Geschichten aus dem Kloster. Nach einer Weile verdrängte der Wein die trüben Gedanken und das Bewusstsein, mit Martin alleine zu sein, brachte Cathérine in eine seltsame Stimmung.

Martin war unsicher, wie er sich verhalten sollte. Gerne hätte er Cathérine umarmt, wollte sie aber nicht in Verlegenheit bringen. Umso mehr war er überrascht, als sie sich plötzlich an ihn schmiegte und ihn zaghaft küsste. Dann sah sie ihn glücklich an.

»Ich bin so froh, dass das Schicksal uns

zusammengeführt hat. Als ihr mich in der Burg Troyes getroffen habt, war ich so verzweifelt, dass ich keinen Sinn mehr in meinem Leben sah. Ich wäre am liebsten vom Bergfried gesprungen. Dabei waren meine Gedanken ständig bei euch, aber ich hatte nicht geglaubt, euch jemals wiederzusehen.«

Bedächtig nippte sie an ihrem Wein.

»Und nun reisen wir zusammen in den Süden. Beatrix meinte, dass es dort ganz anders ist als hier bei uns. Immer nur Sonne, eine verzauberte Landschaft voller farbenprächtiger Blüten und Bäumen mit exotischen Früchten.«

Martin fühlte, wie glücklich sie war und drückte sie behutsam an sich. Er spürte die Wärme, die von ihr ausging. Bereitwillig gab sie nach und schmiegte sich eng an ihn. Mit großen Augen sah sie ihn an und berührte mit ihren Lippen weich seinen Mund. Dann aber zog sie sich hastig zurück und blickte besorgt zur Tür.

»Martin, ich habe Angst«, sagte sie leise, »das man uns überraschen könnte.« Sie rückte auf Distanz und überprüfte, ob ihre Kleidung in Ordnung war. Martin musste sich erst einmal sammeln. Aufgewühlt war er versucht, alle Vernunft zu vergessen, aber Cathérine hatte recht, sie durften ihr Glück nicht aufs Spiel setzen. Gemeinsam ordneten sie noch die herausgenommenen Schriften und Martin begleitet Cathérine dann durch die dunklen Gänge bis zum Wohnbereich der Herzogin.

Angestrengt blickten sie über das weite Land nach

Nordosten. Von der Plattform des Chorturmes hatten sie an dem klaren Vormittag einen herrlichen Weitblick. Schon seit Stunden warteten sie auf die ersten Anzeichen des Heeres. Vorboten hatten gemeldet dass der Cousin des Herzogs mit über fünfhundert Reitern auf dem Weg nach Arlon sei. Mit den Kriegsknechten, Handwerkern, Frauen und Dienstleuten musste es ein gewaltiger Tross sein, ging es Martin durch den Kopf.

Cathérine hatte die gleichen Gedanken und dachte mit Schrecken an die Verpflegung so vieler Menschen. Sie hatte gesehen, dass unterhalb der Burg rund um die Stadt ausgedehnte Feldflächen mit Rüben und Getreide angebaut waren und die Lagerhäuser über einen großen Vorrat an Mehl, Rübensaft und anderen Nahrungsmittel verfügten. Trotzdem würde es Probleme geben. Nachdenklich sah sie zu Martin hin und wieder fiel ihr auf, wie ernst er wirkte. In den letzten Tagen wirkte er zunehmend bedrückt. Da sich in der windigen, kalten Höhe des Turmes sonst niemand aufhielt, küsste sie ihn impulsiv und blickte ihn dann besorgt an. Und obwohl Martin sich bemühte einen unbekümmerten Eindruck zu machen, bemerkte sie die Schwermut in seinen Augen. Schließlich fragte sie ihn, was ihn bedrücken würde.

»Ach, in letzter Zeit denke ich oft daran, dass ich nichts über meine Herkunft weiß«, äußerte er sich zögernd. »Aus welcher Familie ich komme. Im Kloster hat man mir erzählt, dass ich als kleines Kind vor dem Klostertor von einem Mönch gefunden wurde. Und niemand wüsste etwas über meine Herkunft. Aber ich hatte immer das Gefühl, dass man mir etwas verschweigt. Auch als ich älter wurde und Bruder Clausus oft danach gefragt habe, merkte ich, dass er mir auswich. Er meinte dann immer, dass er überzeugt sei, dass ich aus einer guten Familie käme. Mehr wüsste er aber auch nicht.«

Martin schüttelte den Kopf.

»Heute glaube ich das nicht mehr. Clausus und der Abt wissen mehr, aber aus irgendeinem Grund schweigen sie.« Er blickte so angestrengt in die Ferne, das Cathérine den Eindruck hatte, er wollte dort die Antwort suchen.

»Ich glaube, mir ginge es auch so«, sagte sie. »Es muss schlimm sein, wenn man nichts über seine Familie weiß. Ich habe meine Eltern wenigstens gekannt, wobei«, sie konnte nicht weiter reden, ihre Augen füllten sich mit Tränen und sie drückte sich schutzsuchend an ihn. Schweigend standen sie so eine Weile, wobei jeder das Leid des anderen fühlte.

Unvermittelt löste sich dann Martin, fasste sie bei den Schultern und blickte sie entschlossen an.

»Ich werde den Astrologen fragen. Der Kanzler wird das zwar nicht gerne sehen, aber Fagoth Takloh kann nicht nur in die Zukunft sehen, er kann in den Sternen auch die Vergangenheit eines Menschen lesen.«

Cathérine sah wie seine Augen aufleuchteten, es traf sie wie ein Schock. Wieder stieg in ihr die Abneigung und Angst vor diesem Menschen hoch und ihr wurde schlecht bei dem Gedanken, das

Martin sich ihm anvertrauen wollte. Als sie überlegte, wie sie ihm das ausreden könnte, bemerkte sie im Osten die ersten Reiter des Heeres. Eine immer größer werdende graue Staubwolke verdunkelte den Himmel. Doch ihre Gedanken blieben bei Martin hängen und ihr fiel das Gespräch mit Beatrix ein, die andeutungsweise über die Vergangenheit von Martin gesprochen hatte. Sie hätte ihm das gerne gesagt, durfte aber ihr Versprechen zu schweigen, nicht brechen. Entschlossen sah sie zu Martin hin. Sie musste verhindern, dass er zu dem Astrologen ging, notfalls würde sie nochmals mit Beatrix darüber reden.

9. KAPITEL

Mit glänzenden Augen blickte Beatrix durch die Fensteröffnung auf den Innenhof der Burg. Fasziniert beobachtete sie die vielen Menschen in ihren farbigen, schillernden Gewändern. In der Sonne blitzten polierte Helme und einige Übermütige kreuzten auf dem Vorplatz ihre Waffen.

Erleichtert stellte sie fest, dass der Cousin ihres Mannes mit einer großen Streitmacht angerückt war, um ihn gegen die Lombarden zu unterstützen. Das war eine große Beruhigung, denn vor Tagen hatten Kuriere gemeldet, das Mailand, das Machtzentrum der Lombarden, zum Krieg rüstete. Und damit rückte eine friedliche Lösung in immer weiterer Ferne. Sie dachte daran, dass sie sich die Reise nach Süden als Erholungsreise vorgestellt hatte und neugierig auf die neuen Eindrücke gewesen war. Nun aber hatte sie schon seit Tagen beklemmende Träume.

Und dann noch das Kind in ihrem Bauch.

Gerne hätte sie die ungemütliche Jahreszeit noch in Arlon verbracht, in den behaglich eingerichteten Räumen der Burg. Mit den wärmenden Kaminen und das gesellschaftliche Leben ringsum. Ihr kamen Visionen, dass sie Dichter und Minnesänger einladen würde und dabei sich und dem Kind die nötige Ruhe schenken konnte. Alleine der Gedanke, mit ihrem dicken Bauch die Reise über die Alpenpässe bewältigen zu müssen, machten ihr Angst.

Bevor sie sich noch weiter in diese Vorstellungen hineinsteigern konnte, schreckten hell klingende Jagdhörner sie auf. Schnell verscheuchte sie die trüben Gedanken und nahm sich vor, die wenigen Tage in der Burg noch zu genießen. Spontan beschloss sie ihrem Mann vorzuschlagen ein Abschiedsfest zu geben. Sie wandte sich vom Fenster ab und ging die geschwungene Treppe hinunter zum Arbeitszimmer ihres Mannes. Lautes Gelächter schlug ihr entgegen und sie freute sich, dass eine entspannte Stimmung herrschte. Für ihren Vorschlag eine gute Voraussetzung. Lächelnd betrat sie den getäfelten Raum und sah Roger mit seinem Cousin bei einem Becher Wein sitzen.

Sofort erhob sich der Graf, ging auf sie zu und küsste sie auf beide Wangen. Seine dunklen Augen strahlten, während er auf ihren gewölbten Bauch blickte.

»Wie macht ihr das eigentlich, trotz eurer Schwangerschaft so jugendlich auszusehen«, meinte er und betrachtete sie ungeniert von oben bis unten.

Beatrix konnte nicht verhindern, dass sie über sein Kompliment im Gesicht rot anlief.

Aufgeräumt wandte Mierés von Trois sich seinem Cousin zu.

»Überall im Lande wird erzählt, das Beatrix aus euch Barbaren einen kultivierten Menschen gemacht hat.« Er grinste unverschämt, während Rochefort scheinbar interessiert den riesigen Adler an der schwarz geräucherten Decke betrachtete. Beatrix freute sich über die gelöste Atmosphäre und wurde schon wieder zuversichtlicher im Hinblick auf Italien. Sie nahm neben dem angeheizten Kachelofen Platz, sprach über ihre Vorstellung von einem Abschiedsfest und wollte die Meinung der Männer dazu hören. Impulsiv klatschte Mierés von Trois in die Hände und meinte, seinerseits hätte auch er etwas zum Fest beizutragen.

»Ich hörte, dass eure beiden ältesten Söhne noch vor der Italienreise die Ritterwürde erhalten sollen«, sagte er und blickte die beiden schmunzelnd an.

»Nun, ich habe gedacht, ich könnte den jungen Herren eine Freude machen. Entschuldigt mich einen Moment.« Er ging kurz hinaus und wandte sich dann, als er zurückkam an Beatrix.

»Überall erzählt man, dass ihr die jungen Künstler fördert und sie zeitweise sogar bei euch beschäftigt, damit sie von ihrer Kunst leben können. Auch eure kulturellen Veranstaltungen sind weithin bekannt, ihr gilt als große Förderin der Kunst und Kultur.«

Beatrix wurde nun wirklich verlegen, war aber auch stolz über dieses Kompliment. Ehe sie etwas erwidern konnte, unterbrach ein Klopfen an der Tür die Unterhaltung.

Von seinem Diener nahm Mierés von Trois zwei lange Lederrollen entgegen und legte sie vor seinem Cousin auf den Boden. Langsam rollte er sie aus und freute sich schon auf die Reaktion.

Überrascht betrachteten Beatrix und ihr Mann die außergewöhnliche Schmiedekunst. Sie sahen, wie die hereinfallenden Sonnenstrahlen auf den polierten Klingen wie Blitze reflektierten. Ehrfürchtig nahm Rochefort eines der Schwerter in die Hand und betrachtete die wundervolle Arbeit. Nicht wie allgemein üblich, war die Klinge dunkel gearbeitet, sondern silbern glänzend geschmiedet. Beide Seiten waren scharf geschliffen und der Griff mit Edelsteinen verziert.

»Diese Schwerter«, erklärte Mierés von Trois, »wurden von Sarazenen geschmiedet und sind mein Geschenk an eure Söhne.« Nach ihrem Mann bedankte sich auch Beatrix überschwänglich und erklärte den Männern, wie sie sich das Abschiedsfest vorstellte. Abschließend bat sie ihren Mann um seine Einwilligung, die Kerker besichtigen zu dürfen. Sie wollte den Gefangenen auch mal was Gutes zukommen lassen.

»Denn egal, was die Menschen getan haben, sie sollen sich auch mal wieder freuen können«, meinte sie.

Sofort stimmte Rochefort zu, riet ihr aber, sich in ihrem Zustand nicht zu überanstrengen.

»Und vermeidet die Katakomben, denn dort werden die schlimmsten Verbrecher gefangen gehalten«, meinte er besorgt.

Beatrix dachte genau das Gegenteil, sagte aber nichts und verabschiedete sich rasch.

Missmutig drehte der Zwerg den großen Schlüssel im

Türschloss herum und schob die schwere Querstange zur Seite. Näher herantretend drängte ihn der Burggraf sich zu beeilen. Der Wärter warf ihm einen irren Blick zu, drehte sich wortlos um, und verschwand in der Dunkelheit.

Als Cathérine daran dachte, dass sie in dieses finstere Loch gehen sollte, beschlich sie ein ungutes Gefühl. Aber schon kam der zwergenhafte Wärter mit einer Fackel zurück und machte Graf Lobron ein Zeichen ihm zu folgen.

Um einiges größer als Beatrix sah Cathérine gerade noch die tief gezogene Decke, als sie auch schon mit dem Kopf gegen einen Balken stieß. Sie schrie leise auf und folgte dann nur noch gebückt dem Zwerg, der sie in den nachtdunklen Stollen führte. Nach einer Weile erreichten sie einen Vorraum, der von Kienspänen beleuchtet wurde.

Stupide grinsend sah der hässliche Zwerg auf die schon beschmutzte Kleidung der Frauen, starrte anzüglich auf ihre Brüste und wartete stumm auf die Befehle seines Herrn.

Lobron befahl mehr Fackeln anzuzünden, damit die Frauen sich nicht an den Felswänden verletzten.

»Entschuldigt«, wandte er sich an Beatrix. »Durch euren plötzlichen Entschluss, die Kerker besichtigen zu wollen, konnte ich in der Eile nicht für mehr Bequemlichkeit sorgen. Ich hoffe«, er blickte auf ihren Bauch, »dass ihr euch nicht zu sehr anstrengt.« Lobron durfte nicht daran denken, was passieren würde, wenn der Herzogin etwas zustieße. Ungehalten winkte er die Diener mit den gut gefüllten

Körben herbei und erklärte den Frauen, dass sie nun zu den Gefangenen kämen.

Cathérine fragte sich bereits, wie Menschen es an solch einem Ort überhaupt aushalten konnten. Es stank jetzt schon so widerlich, wie mochte es erst weiter unten sein.

»Was geschieht mit denen, die hier unschuldig eingesperrt sind?«, wollte Beatrix wissen.

»Nun«, Lobron konnte ein dünnes Lächeln nicht verbergen. »Geben die Gefangenen vor dem Gericht ihre Schuld nicht zu, werden sie der Folterung unterzogen. Und da hat noch jeder seine Schandtaten eingestanden.« Entsetzt starrte ihn Cathérine an, die grausamen Sitten stießen sie ab.

Immer tiefer gingen sie in den feuchten Felsengang hinein, bis Lobron vor einer dunklen Höhle stehen blieb. Gedämpfte Geräusche drangen an ihr Ohr und als der Graf den Zwerg hineinschickte, um zu leuchten, fuhren Beatrix und Cathérine entsetzt zurück. Der Anblick, der sich ihnen bot, war zum Fürchten. Abgemagerte Gestalten in zerlumpten, dreckigen Sackleinen starrten sie mit aufgerissenen Augen an. Ihre hageren, bleichen Schädel wirkten eher wie makabre Totenschädel als wie menschliche Gesichter.

Fassungslos sah Cathérine den Grafen an.

»Das hier nennt ihr eine Haftanstalt? Hier ist es schlimmer als in den übelsten Verliesen, die ich in Burgund gesehen habe.«

Auch Beatrix war entsetzt.

»Graf Lobron, habt ihr das hier zu verantworten?«,

fragte sie kühl.

»Beruhigt euch und glaubt mir, das ist die beste Methode, das Pack dazu zu bringen, geständig zu sein«, erklärte er gleichgültig. »Jeder von denen will hier so schnell wie möglich wieder raus.« Fahrig zeigte er auf die Diener mit den Körben. »Wir sollten nun das Essen und den Wein verteilen und wieder nach oben gehen, damit ihr diesen Anblick schnell wieder vergesst.«

Entschlossen schüttelte Beatrix den Kopf, ihr wurde klar, dass der Graf weiteres verschleiern wollte.

»Nein, ich möchte alle Gefangenen sehen und mich von ihrem Zustand überzeugen.«

Nun wurde auch Cathérine um Beatrix besorgt. Mit ihrer angeschlagenen Gesundheit und dem Kind im Bauch nahm sie sich einfach zu viel vor. Sie kannte aber auch ihre Sturheit.

Überall sprang ihnen das gleiche Elend entgegen. Angekettete abgemagerte Gestalten, stinkend dahin vegetierend, wobei sie bei der ständigen Dunkelheit um ihren Verstand kommen mussten. Cathérine riss sich zusammen, um sich nicht übergeben zu müssen. Vor dem Gitter einer Felsenkammer blieb der Zwerg stehen und zeigte hinein.

»Hier«, grinste er widerlich, »hatten wir zwei Frauen, die froh waren, wenn wir sie herausholten und mit ihnen«, weiter kam er nicht. Wütend fuhr ihn Lobron an und befahl ihm sein Maul zu halten. Er drängte den Zwerg zur Seite und bat eindringlich die Herzogin nach oben zu gehen, sie hätte nun alle Gefangenen gesehen. Beatrix wollte schon zustimmen, als der Zwerg sich zwischen sie zwängte. Ob aus Hass auf den Grafen oder um ihr zu imponieren, zeigte er rechts in einen Stollen hinein.

»Da ist einer«, krächzte er, »der war schon da, als ich vor langer Zeit hier Kerkermeister wurde. Den müsst ihr euch mal ansehen.«

Trotz der trüben Beleuchtung entging es Cathérine nicht, wie Lobron den Zwerg wutschäumend anstarrte. Breit stellte sich Lobron vor die Frauen hin und versperrte den Weg.

»Ihr dürft da nicht hineingehen, das ist ein Verurteilter auf Lebenszeit«, meinte er mit belegter Stimme. Jetzt erst recht wollte Beatrix diesen Gefangenen sehen. Ohne zu zögern, befahl sie, sie zu ihm zu führen. Der Stollen wurde immer niedriger und selbst Beatrix musste darauf achten, nicht an die Decke zu stoßen. Merkwürdigerweise führte der Gang wieder nach oben und schon bald standen sie vor einer breiten, schweren Gittertür. Mageres Tageslicht fiel in das Verlies und Cathérine versuchte etwas erkennen zu können. Als Lobron seine Fackel in eine Halterung steckte, bemerkten sie eine Bewegung. Auf Händen und Knien rutschte eine Gestalt auf sie zu.

Beatrix stieß einen Schrei aus, als sie das Gesicht des Mannes erkennen konnte. Zwei riesengroße, weit aufgerissene Augen starrten sie an. Unverständlich gab der Gefangene Laute von sich, wobei sich sein zahnloser Mund öffnete wie ein dunkler Schlund. Cathérine griff sich ans Herz. Der Anblick dieses Menschen fraß sich in sie hinein.

»Mein Gott, wie kann man einen Menschen so dahin vegetieren lassen«, stieß sie heraus. Erschüttert wischte Beatrix sich mit einem Tuch über die Augen und sah Lobron vernichtend an.

»Wie konntet ihr es zulassen, dass dieser Mann hier schlimmer als eine Ratte lebt? Hat er jemals das Verlies verlassen?«

Widerwillig blickte Lobron zu dem Zwerg hin und sie bemerkte, wie dieser dumm feixend den Kopf schüttelte.

»Das ist ja ungeheuerlich, dass so etwas unter der Regierung meines Mannes geschieht«, sagte Beatrix aufgebracht und befahl, den Gefangenen sofort nach oben zu bringen. Als Lobron protestieren wollte blickte sie ihn angriffslustig an.

»Ich werde es mir überlegen, ob ihr für ein paar Tage in diesem stinkenden Loch verbringen solltet. Dann hättet ihr zukünftig etwas mehr Mitgefühl für eure Gefangenen.«

Leise vor sich hin fluchend wandte Lobron sich ab und gab dem Zwerg einige wütende Befehle.

»Und«, wandte sich Beatrix nochmals an ihn. »Ihr sorgt dafür, dass der Mann gewaschen und geschoren wird. Danach bringt ihr ihn in die Burg. Dort werde ich ihn untersuchen und behandeln lassen. Und bevor er ans Tageslicht kommt, bindet ihm ein Tuch vor die Augen.« Sie flüsterte Cathérine etwas zu und befahl dann dem Wärter ihnen zu leuchten.

Besorgt blickte Cathérine auf das eingefallene Gesicht des alten Mannes. Nur mit Mühe war es ihnen gelungen, ihn zu waschen. Geschwüre an seinem Körper waren aufgeplatzt und bereiteten ihm ätzende Schmerzen. In seine Haut hatte sich der Dreck der Jahre hineingefressen und nur die Zeit konnte sie wieder reinigen. Wenn er überhaupt noch solange lebte, ging es ihr durch den Kopf. Sie bemerkte, das Martin ins Zimmer kam und wurde von ihren Gedanken abgelenkt. Martin trat leise an das Lager heran und betrachtete eingehend den Mann. Hauchdünn spannte sich die Haut über die hervorstehenden Gesichtsknochen und die großen Augenhöhlen konnten auch jetzt noch nicht den Eindruck eines Totenschädels verhindern. Und doch machte das Gesicht, markant geschnitten, den Eindruck eines einstmals gut aussehenden Mannes. Martin war überzeugt, dass er einmal der besseren Gesellschaft angehört hatte. Seufzend wandte er sich an Cathérine.

»Ich habe im Gefängnisregister nachgelesen und alle Eintragungen überprüft. Aber dieser Gefangene hier ist nirgendwo aufgeführt.«

Nachdenklich blickte er auf den Kranken.

»Ich glaube, dass er aus dem Weg geräumt wurde, um nie mehr ans Tageslicht zu kommen. Es war Absicht, dass er nicht mit anderen Menschen in Berührung kommen sollte, und das muss einen Grund haben.«

»Was mich nachdenklich macht«, unterbrach ihn Cathérine, »war die Reaktion des Grafen Lobron, als die Herzogin ihn aufforderte, sie zu dem Gefangenen zu führen. Er hat ihr regelrecht den Weg versperrt.

Lobron muss dafür verantwortlich sein, dass der Mann hier für immer verschwand.«

»Aber er behauptet, dass es vor seiner Zeit war, und er den Gefangenen übernommen hat. Ich habe ihn eben im Registeramt danach gefragt«, antwortete Martin.

Cathérine schüttelte den Kopf.

»Der lügt, wenn ihr seine Reaktion gesehen hättet, würdet ihr ihm nicht glauben.«

Mitleidig blickte sie auf den Kranken.

»Ich hoffe, dass er wieder wach wird und über sein Schicksal sprechen kann. Mein Gefühl sagt mir, dass er kein Verbrecher ist.«

»Ich habe da noch eine Sache zu besprechen«, Martin druckste herum und machte einen unglücklichen Eindruck.

»Fagoth Takloh hat mir gesagt, dass er sich in der Heilkunde gut auskennt und bietet an, euch bei der Pflege des Kranken zu helfen.«

Cathérine spürte sofort wieder das beklemmende Gefühl, das sie auch dann hatte, wenn sie schon nur den Namen des Maskierten hörte.

Heftig schüttelte sie den Kopf.

»Nein, ich will das nicht. Beatrix hat mir die Verantwortung für seine Pflege übertragen und die herzoglichen Ärzte sind die besten weit und breit.«

»Er könnte aber Heilmethoden kennen, die auch den Ärzten unbekannt sind«, gab Martin zu bedenken.

Bekümmert setzte sich Cathérine auf einen Lederhocker, ergriff die graue Hand des alten Mannes und blickte lange und stumm in sein Gesicht. Martin, dem es schon Leid tat, dass er sie in Gewissenskonflikte gebracht hatte, legte seinen Arm um ihre Schulter und drückte sie beruhigend an sich.

»Dann werden wir Fagoth Takloh nicht kommen lassen.«

»Doch«, ihre Stimme klang brüchig. »Ich kann ihn mit seinen Kenntnissen, die vielleicht helfen können, nicht ablehnen. Das würde ich mir nie verzeihen.« Dann sah sie sich schon neben dem Maskierten stehen und ihr wurde plötzlich kalt, sie fing an zu zittern.

Fagoth Takloh war in Hochstimmung, er sah seine Träume bald Wirklichkeit werden. Mit glänzenden Augen blickte er hinter Martin her, der gerade den Raum verließ. Jetzt konnte die Burgunderin ihm nicht mehr ausweichen, er würde nun ständig in ihrer Nähe sein. Unbewusst fuhr seine Hand in die verdeckte Tasche seines schwarzen Umhangs und zog zwei Holzstücke hervor. Sie hatten sich seit die Wirtin im Gasthof sie gesehen hatte verändert. Damals nur andeutungsweise die Umrisse zweier Menschen darstellend, waren es nun kunstvoll geschnitzte Körper. Aus einem Holzstück schälte sich die Figur eines Mannes, während das andere die Formen einer schönen, ausgeprägten Frauengestalt zeigte. Er fühlte, wie sein Blut anfing zu pochen und strich über die weibliche Gestalt, wobei er unbewusst die männliche Figur näher zu ihr heranführte. Dann warf er plötzlich die Figuren auf den Tisch und sprang auf.

Entschlossen ging er zu einer schwarzen Truhe, lauschte, ob sich niemand näherte und entnahm ihr eine Kassette aus Edelholz. Behutsam stellte er sie auf den Tisch, nahm zwei in Leder eingerollte kleine Messingflaschen heraus und steckte sie in die Schlaufen seines verdeckten Gürtels. Zufrieden machte er sich anschließend auf den Weg zum Hauptgebäude.

10. KAPITEL

Zerstreut sah Martin auf das feierliche Geschehen, das sich vor dem Altar der Oberkapelle abspielte. Soeben umgürtete der Herzog seine beiden Söhne mit dem Schwert und nahm ihnen das Rittergelübde ab. Anschließend trat der Erzbischof hinzu und erteilte den beiden jungen Ritter und ihren Schwertern den Segen der Heiligen Dreifaltigkeit.

Bischöfe, hohe Ehrengäste und die wichtigsten Mitglieder des Hofes waren anwesend, nur der Astrologe fehlte. Martin musste an Cathérine denken die bei dem Kranken war, um da zu sein, wenn er aufwachen sollte. Bei der Vorstellung, dass sie mit Fagoth Takloh alleine sein könnte, beschlich ihn plötzlich ein ungutes Gefühl.

Kaum, dass die Kirchenfeierlichkeiten zu Ende waren, eilte er die Treppe zum Pallas hinunter, ging über den Burghof und erreichte das Wirtschaftsgebäude. Im rechten Gebäudeteil war auf Anordnung der Herzogin ein Raum für die Pflege des Gefangenen freigemacht worden. Martin öffnete leise die Tür und erleichtert sah er Cathérine am Bett des Kranken sitzen. Freudestrahlend blickte sie ihm entgegen und zeigte auf den alten Mann, der die Augen geöffnet hatte.

»Martin, er ist wach geworden.«

Prüfend sah Martin den Kranken an. Er hatte den Eindruck, als wenn für einen kurzen Moment seine Augen klarer wurden und ihn musterten. Dann aber fielen sie wieder zu und der Mann war eingeschlafen.

»War der Astrologe schon hier?«, fragte er angespannt.

»Ja, und er hat den Kranken, der immer noch wie ein Toter schlief, wach bekommen«, antwortete sie. »Er hatte ein Elixier dabei, das, wie er sagte, selbst Tote wieder lebendig machen würde.«

Cathérine lächelte und Martin glaubte einen glänzenden Schimmer in ihren Augen zu sehen.

»Überhaupt«, fuhr Cathérine euphorisch fort, »der Astrologe ist ein sehr interessanter Mann.«

Martin wollte nicht glauben, was sie da sagte. Vor Stunden hatte sie noch panische Furcht vor diesem Menschen gehabt, und nun fand sie ihn interessant. Und der Tonfall ihrer Stimme ließ eindeutig Sympathie für ihn erkennen. Er wusste nicht mehr, was er denken sollte. Wie war es möglich, dass sie ihre Einstellung so schnell geändert hatte?

»Wie lange war er denn hier und was genau hat er gemacht?«, fragte er.

»Nun«, antwortete Cathérine aufgekratzt, »zuerst hat er den Körper des Kranken abgetastet, und zwar so genau, wie ich es noch nie gesehen habe. Sogar die Lider der Augen hat er hochgeschoben und in die Pupillen gesehen.«

Mit strahlenden Augen sah sie Martin an.

»Ich glaube, er ist ein großartiger Arzt.«

»Und dann, was hat er dann gemacht?«, drängte Martin weiter. Ihm wurde es langsam unheimlich.

»Er hat mich gebeten, Wasser zu holen und hat einige Tropfen seiner Arznei hineingegeben. Dann hat er dem Kranken von dieser Flüssigkeit etwas in den Mund geträufelt und schon wenige Augenblicke später wachte der Mann auf. Es war wie ein Wunder.«

Cathérine machte einen so verklärten Eindruck, dass Martin immer stärker den Verdacht hatte, dass etwas nicht stimmte. Besorgt nahm er ihre Hand.

»Und danach ist er dann gegangen?«

Sie schüttelte den Kopf und zeigte auf die beiden Becher, die auf dem Tisch standen.

»Nein, er war so froh, dass er helfen konnte, dass er Wein holte und wir auf die Genesung des Kranken getrunken haben.«

Cathérine bemerkte wie besorgt Martin sie ansah.

»Ihr müsst euch keine Gedanken machen, er war sehr zuvorkommend, hat mich höflich behandelt und beim Wein hat er über Italien erzählt. Über die schöne Landschaft, das warme Klima und dass er große Güter in der römischen Provinz besitzt.«

Sie sah ihn mit strahlenden Augen an.

»Er hat mich, sobald wir in Rom sind, eingeladen sein Haus zu besichtigen. Er will mir Kostbares und Geheimnisvolles aus dem Orient zeigen. Ach«, Cathérine hob die Arme und drehte sich einmal um sich selbst. »Ich kann es kaum erwarten, die Schönheiten Italiens kennen zu lernen.«

Für Martin gab es keinen Zweifel mehr, Fagoth Takloh hatte Cathérine auf irgendeine Weise beeinflusst. Vor Sorge und Angst hätte er heulen können. Sie hatte also doch Recht gehabt, dass mit dem Astrologen etwas nicht stimmte. Und er hatte sie noch dazu überredet, mit ihm die Pflege des Kranken zu übernehmen.

»Und er will auch weiterhin nach dem Kranken sehen und hat mich gebeten, bei der Behandlung zu helfen«, unterbrach Cathérine sein Grübeln. »Ich werde bestimmt viel von ihm lernen können.«

Bei der Vorstellung, dass sie öfters mit diesem unheimlichen Mann zusammen sein würde, wurde es Martin übel. Er musste herausbekommen, mit welchen Mitteln er sie beeinflusst hatte. Prüfend ging er zu dem Tisch, sah die beiden Weinbecher und überlegte, was er im Kloster über Elixiere gelesen hatte. Sofort fielen ihm exotische Mixturen ein, die das Verhalten eines Menschen beeinflussen konnten. Und er war überzeugt, das Fagoth Takloh einiges davon verstand.

Cathérine wollte zu dem Kranken gehen, als sich plötzlich alles zu drehen begann.

»Martin, ich glaube, mir wird schlecht«, flüsterte sie und versuchte sich bei ihm festzuhalten. Schnell fasste Martin sie um ihre Schulter und blickte sie besorgt an.

»Ich bringe euch in eure Kammer, ihr müsst euch hinlegen.« Als Cathérine ihr Bett sah, wollte sie noch etwas sagen, als alles schwarz vor ihren Augen wurde und sie das Bewusstsein verlor.

Martin geriet in Panik. Die Ärzte des Herzogs, die Zofen, alle waren beim Fest. Er musste versuchen eine Dienstmagd aufzutreiben. Behutsam legte er eine Felldecke auf Cathérine und verließ dann leise den Raum. Als er eilig durch den dunklen Flur ging, hatte er plötzlich das Gefühl, beobachtet zu werden. Er drehte sich um und sah Fagoth Takloh bewegungslos in einem Türrahmen stehen. Impulsiv wollte er ihn zur Rede stellen, überlegte es sich dann aber anders. Erst musste Cathérine geholfen werden.

Hasserfüllt blickte Fagoth Takloh ihm nach. Ausgerechnet jetzt, wo er die Möglichkeit gehabt hätte, sich der Burgunderin unbeobachtet zu nähern, kam dieser Sekretär dazwischen. Damit hatte er nicht gerechnet, er hatte geglaubt, dass ihn während der Feierlichkeiten niemand stören würde. Die Droge wirkte noch und er hätte sich von dem Fluch endlich befreien können. Ohnmächtige Wut überkam ihn und er spürte, wie seine Augen unter der Maske anfingen zu brennen.

Von dem Lärm, der durch die dicken Mauern hereindrang, wurde sie wach. Sie hörte die dumpfen Töne von Hörnern und das Geschrei einer großen Menge. Verwirrt stellte sie fest, dass sie auf ihrem Bett lag und versuchte sich zu erinnern, was geschehen war. Sie wusste nur noch, dass Martin in die Krankenstube gekommen war, sie etwas geredet hatten und es ihr dann schwarz vor den Augen wurde. Aus der Richtung der Vorburg hörte sie jubelnde Rufe. Die konnten nur vom Turnier kommen, überlegte sie. Dann dachte sie an den Kranken und setzte sich ruckartig auf, sie musste sich um ihn kümmern.

Noch etwas benommen stand sie auf und verließ ihre Kammer. Sie hoffte, dass sie nicht auf den Astrologen treffen würde, ihn wollte sie nicht mehr in ihrer Nähe haben. Sie erinnerte sich noch, dass sie wie unter einem Bann gestanden hatte, seit er ins Krankenzimmer gekommen war. Als sie schon fast das Krankenzimmer erreicht hatte, kam Martin ihr entgegen und umarmte sie erleichtert. Prüfend blickte er in ihre Augen und bemerkte erleichtert, dass der merkwürdige Glanz verschwunden war.

»Bin ich froh, dass es euch wieder besser geht, ich hatte schon Angst, Fagoth Takloh hätte euch vergiftet.«

Überrascht sah sie ihn an.

»Wieso meint ihr das?«

Martin erzählte ihr von seiner Vermutung und als er bemerkte das Cathérine sich an nichts mehr erinnern konnte, schilderte er, wie verändert sie gewesen war.

Zunehmend wurde sie nachdenklicher, ein Gürtel der Angst legte sich um ihre Brust.

»Das heißt«, meinte sie, »ich wäre ihm ausgeliefert gewesen?«

Verbissen nickte Martin.

»Und wir können es noch nicht einmal beweisen, kein Mensch würde uns glauben.« Entschlossen sah er sie an. »Fagoth Takloh ist hinter euch her, ihr müsst sofort mit Beatrix sprechen.«

Cathérine schüttelte den Kopf.

»Das kann ich nicht. Sie ist schwanger und hat gesundheitliche Probleme. Ich kann sie nicht noch mit meinen Anliegen belasten. Beatrix müsste dann auch den Herzog informieren, nein, wer weiß, wie dann alles ausgehen würde. Ich bin so froh hier zu sein, ich darf nicht riskieren, alles zu verlieren. Ich werde Fagoth Takloh aus dem Weg gehen und wenn ich nach dem Kranken sehe, nehme ich eine Zofe mit.

Keiner von ihnen bemerkte, dass zwei große, trübe Augen sie schon eine Zeitlang beobachteten. Aufmerksam versuchte der alte Mann jedes ihrer Worte zu verstehen. Je länger er dabei Martin betrachtete, desto sicherer wurde er. Schwach hob er die Hand und winkte ihn zu sich heran.

»Wie heißt ihr?«, fragte er kaum vernehmbar.

»Martin, und bis vor kurzem war ich noch Novize in einem Kloster.«

»Wer sind eure Eltern?«

Als er hörte, dass Martin seine Vergangenheit nicht kannte, bekamen seine Augen einen feuchten Glanz. Er griff nach Martins Hand und sah ihn traurig an.

»Ihr seid eurem Vater wie aus dem Gesicht geschnitten. Ich kenne eure Familie, ihr seid der Sohn meines Herrn, des Grafen von Asgill.«

Beschwörend hob er die Hände.

»Ihr dürft es aber keinem sagen, erst muss ich euch über einige Dinge aufklären.« Dann fielen ihm erschöpft die Augen zu und Martin bemerkte, dass er eingeschlafen war.

Verwirrt blickte Martin Cathérine an.

»Habt ihr das gehört, ich soll der Sohn eines Grafen sein?« Ungläubig schüttelte er den Kopf. »Das kann nicht sein, er redet wirres Zeug.«

Er fühlte, wie die schmale Hand von Cathérine sich in seine legte und sie ihm zunickte.

»Doch, ich glaube ihm. Aber denkt an seine Warnung, keinem etwas zu sagen. Morgen wird er uns sicherlich mehr erzählen können.« Als sie sahen, dass der alte Mann ruhig schlief, beschlossen sie, sich das Ende des Turniers anzusehen.

Schon ganz früh am Morgen gingen sie zum Kranken, um ungestört mit ihm reden zu können. Nach dem Fest, das bis tief in die Nacht gedauert hatte, schliefen noch alle. Deshalb waren sie überrascht, als sie aus dem Krankenzimmer Geräusche hörten.

Martin sah Cathérine fragend an und hatte plötzlich ein ganz schlechtes Gefühl. Er lief über den Flur und stürzte in den Raum. Als er sah, wie der alte Mann abwehrend die Hand gegen Fagoth Takloh hob, stieß er ihn zur Seite und hörte wie etwas zu Boden fiel.

Völlig überrascht starrte der Astrologe ihn an. Martin sah seine Augen wie brennende Kohlen durch die Schlitze der Maske glühen.

»Was habt ihr gemacht«, brüllte Fagoth Takloh und zeigte auf die Flüssigkeit, die langsam im Boden versickerte. »Das war ein Elixier, das ihn gesund gemacht hätte.«

Martin wusste nicht, was er denken sollte. Er hatte plötzlich einen Kloß im Hals und murmelte, er wäre gestolpert. Jetzt erst bemerkte Fagoth Takloh, dass auch die Burgunderin im Raum war und beruhigend auf den alten Mann einredete. Ohne Martin weiter zu beachten, wandte er sich sofort an sie. Sein Tonfall wurde schlagartig sanft und zuvorkommend.

»Ich hatte euch doch versprochen, mich weiterhin um den Kranken zu kümmern, und da ich annahm, dass ihr nach dem Fest noch schlafen würdet, habe ich nach ihm gesehen.«

Cathérine gab ihm keine Antwort. Sie betrachtete das angstverzerrte Gesicht des Alten, der wie gebannt den Astrologen anstarrte.

»Ihr seht doch«, sagte Martin, »dass er Angst vor euch hat. Nehmt die abscheuliche Maske ab und zeigt ihm euer Gesicht, dann wird er sich beruhigen.«

Durch Fagoth Takloh ging ein Ruck. Er starrte Martin mit brennenden Augen an, sah kurz zu der Burgunderin hin, und stürzte aus der Kammer. Martin wurde bewusst, dass er sich den Astrologen zum Todfeind gemacht hatte.

»Mein Gott«, stieß Cathérine heraus, »ich habe furchtbare Angst.«

Lange herrschte Schweigen im Raum, bis eine schwache Reaktion von dem alten Mann kam.

»Danke, ihr seid zur rechten Zeit gekommen«, sagte er undeutlich, »er hätte mich sonst getötet. Ich habe es gespürt, als er mich immer wieder drängte zu

118

sagen, wer ich bin. Er muss mich erkannt haben.«

Angstvoll blickte er die jungen Leute an.

»Wer ist dieser Mann?«

Martin ließ sich mit der Antwort Zeit. Tröstend drückte er Cathérine an sich und es störte sie nicht, dass sie beobachtet wurden. Etwas Vertrautes war zwischen ihnen und dem Kranken.

»Wir wissen nicht, wer er wirklich ist«, antwortete Martin nach einer Weile. »Noch nie hat einer von uns sein Gesicht gesehen. Er sagt, er käme aus Italien. Ein unheimlicher Mensch, wir mögen ihn nicht.«

Forschend musterte Martin das eingefallene Gesicht des alten Mannes.

»Aber wieso glaubt ihr, dass er euch kennen könnte?«

Mühsam richtete sich der Kranke im Bett etwas auf und sah Martin ernst in die Augen.

»Es hängt mit dem Schicksal eurer Familie zusammen, ich werde es euch erklären.« Sichtlich bewegt wurden seine Augen feucht.

»Das Geschlecht der Grafen von Asgill und alle, die als Lehensleute dazu gehörten, wurden in einer einzigen Nacht ausgelöscht. Ich bin Stanis Berthier und war der oberste Lehensmann eures Vaters.« Tiefe Furchen bildeten sich auf seiner Stirn und Cathérine fühlte, wie schmerzhaft für ihn die Erinnerung sein musste. »Über Nacht wurde unser Leben vernichtet. Fremde, die euer Vater großzügig als Gäste aufgenommen hatte, ermordeten eure Familie. Und zum gleichen Zeitpunkt wurden eure Besitztümer überfallen, die Bewohner getötet und die Anwesen in

Brand gesteckt. Es war ein Anschlag mit dem Ziel, den Rebellen Asgill und seine Anhänger für immer auszulöschen. Die Mörder haben eure Familie gnadenlos im Schlaf getötet und anschließend eure Mutter und euren Vater wie übelste Verbrecher aufgehängt.«

Mit großen Augen blickte er Martin an.

»Ihr müsst einen besonderen Schutzengel gehabt haben, dass man euch nicht gefunden hat. Und wäre ich auf meinem Gut gewesen, hätte ich es auch nicht überlebt. Tage darauf, als ich von einer Reise zurückkam, hat man mich aber sofort verhaftet und beschuldigt, ein Verräter an der Krone und der Kirche zu sein. In einem geschlossenen Wagen brachte man mich dann hier hin, und ohne eine Gerichtsverhandlung wurde ich in das Verließ gesteckt, in dem ihr mich gefunden habt. Alle Bitten um eine Anhörung wurden abgelehnt, die Wärter waren die einzigen Menschen, die ich in den vielen Jahren gesehen habe.«

»Ihr sagt, mein Vater sei ein Rebell gewesen, was meint ihr damit?« Martin hatte Angst vor der Wahrheit, aber er musste sie erfahren. Erschreckend wurde ihm bewusst, dass sein eigenes Leben von der Antwort abhängen würde.

»Euer Vater hatte sich sowohl mit dem Papst, als auch mit dem König verfeindet. Dabei wollte er nur die Freiheit und Unabhängigkeit des Landes gesichert wissen«, berichtete Berthier stockend.

Martin konnte keinen Zusammenhang erkennen und blickte ihn mit gerunzelter Stirn an.

Berthier brauchte eine Weile, bevor er weiter reden konnte. »Euer Vater war ein weitblickender Mann. Durch die Hörigkeit des schwachen Königs zum Papst sah er eine große Gefahr für die Unabhängigkeit des Landes. Es ging schon so weit, dass der König keine wichtige Entscheidung ohne die Zustimmung des Papstes traf. Da begann euer Vater bei den weltlichen und auch bei einigen kirchlichen Fürsten den Widerstand gegen den Einfluss Roms zu organisieren. Ihr könnt euch denken, wie er von diesem Moment an geächtet wurde.«

Für Martin war das immer noch nicht ganz verständlich und er wollte es genauer wissen.

»Aber ihr habt doch gesagt, dass mein Vater auch zum Feind des damaligen Königs wurde, der übrigens ein Onkel des heutigen Herzogs von Rochefort war. Ich kann nicht verstehen, dass mein Vater ein Feind des Papstes und gleichzeitig auch ein Gegner des Königs sein konnte.«

»Leider war es so«, erklärte Berthier weiter.

»Euer Vater hat anfangs noch versucht, den König so zu beeinflussen, dass dieser sich gegen die ständigen Forderungen des Papstes stellen sollte. Als das keinen Erfolg zeigte, proklamierte er öffentlich die Schwachheit des Königs und sammelte immer mehr Stimmen, um seinen Sturz zu erreichen.«

Berthier stöhnte auf und ließ sich zurückfallen. Cathérine blickte besorgt auf sein wachsgelbes Gesicht und meinte, es wäre genug, er müsste sich nun etwas ausruhen. Später könnte man weiter reden.

Aber der ehemalige Lehensmann des Grafen von Asgill hob abwehrend die Hand.

»Ich muss euch noch den Rest erzählen, dann erst werde ich meinen Frieden finden«, sagte er und blickte Martin unruhig an.

»Die vielen Jahre habe ich mich immer wieder gefragt, wer die Mörder waren, bin aber der Lösung nicht näher gekommen. Ich weiß nur noch, dass es kurz vor der Ermordung eures Vaters hieß, Abgesandte Roms hätten die Aufgabe, den Grafen Asgill von seinem ketzerischen Tun abzubringen.«

Plötzlich wurde Stanis Berthier ganz aufgeregt.

»In diesem Zusammenhang fällt mir ein, dass ich bei eurem Vater einen römischen Gesandten getroffen habe, der aus Spaß, so behauptete er, eine Maske trug. So eine, wie der Mann eben anhatte.«

Bevor Martin antworten konnte, berührte Cathérine ihn und zeigte auf Berthier. Er war in sich zusammengefallen und nur seine Augen verrieten, dass er noch lebte.

Er tastete nach Martins Hand.

»Ihr müsst vorsichtig sein. Aus Angst, dass man sie doch noch entlarvt, werden die Mörder nicht zulassen wollen, dass das Geschlecht von Asgill durch euch wieder aufersteht.«

Ächzend richtete er sich nochmals auf und blickte Martin lange an.

»Aber ich sehe es in euren Augen, dass ihr eurem Namen wieder zu dem verhelfen werdet, was er einst in diesem Lande bedeutet hat. Und ihr«, er legte die Hand von Cathérine auf die von Martin, »ihr werdet ihn dabei unterstützen und dafür sorgen, dass die von Asgill nicht aussterben.« Stanis Berthier lächelte schwach und meinte, dass er nun in Frieden schlafen möchte. Sein Kopf fiel zur Seite und seine gebrochenen Augen starrten ins Leere.

Cathérine konnte sich nicht mehr zurückhalten. Sie umklammerte Martins Schulter und schluchzte hemmungslos. Martin begriff erst gar nicht, dass der einzige Mensch aus seiner Vergangenheit, der ihm alles von seiner Familie hätte erzählen können, tot war. Dann aber überfiel ihn eine schmerzende Leere.

Später wusste er nicht mehr, wie lange er noch bei dem treuen Begleiter seines Vaters geblieben war. Er konnte sich nur noch daran erinnern, dass Cathérine ihn irgendwann zu seiner Kammer geführt hatte.

11. KAPITEL

Fasziniert blickten die beiden Frauen auf die wundervolle Landschaft, die sich vor ihnen in einem satten Grün ausbreitete. Die üppige Vegetation und vielfältigen Farben gaben ihr den Anstrich von pulsierender Lebendigkeit. Schroff nach oben strebende, riesige Bergmassive umrahmten schützend die grenzenlos wirkende tiefblaue Fläche des Sees. Alles wurde von einem so klaren, tiefblauen Himmel überdeckt, wie sie es noch nie gesehen hatten.

Beatrix und Cathérine fühlten sich unwillkürlich in eine andere Welt versetzt. Während auf der nördlichen Seite des Gebirges schon die Herbststürme tobten und sie sich auf den Bergpässen frostige Füße im ersten Schnee geholt hatten stand hier noch die Sonne hoch am Himmel. Ihre Strahlen wärmten wohltuend und ließen sie die Strapazen der Reise schon fast vergessen.

Impulsiv umfasste Beatrix ihren Bauch, sie war froh, dass ihr Kind in dieser warmen, wunderschönen Welt geboren wurde. Angetan sah sie auf die Vegetation in den abfallenden flachen Gebirgsausläufern, die sich bis zum See hinstreckten.

Reisende hatten berichtet, dass in diesem Tal Feigenbäume, Olivenhaine, Zypressen und sogar Palmenbäume wachsen würden.

Momentan herrschte allerdings überall hektische Betriebsamkeit. Soweit sie blicken konnte, wurde das Seeufer von den Abteilungen des Heeres belagert. Versorgungslager wurden angelegt, unzählige Zelte aufgebaut, Handwerker errichteten Küchen und eiserne Schmieden. Weiter abseits vom Lager hoben fluchende Landsknechte Gruben für die Aborte aus und einige junge Ritter tobten übermütig im warmen Wasser des Sees herum. Cathérine beobachtete, wie sie sich gegenseitig unter Wasser drückten, um dann prustend wieder in die Höhe zu schießen. Beatrix zeigte lachend auf die albernden Männer.

»Seht sie euch an, unsere so stolzen und starken Ritter, sie benehmen sich wie die Kinder«. Auf dem Weg zu ihrem Zelt kamen sie an Gruppen von Kriegsknechten vorbei, die apathisch im hohen Gras lagen. Teilnahmslos blickten die Männer hinter ihnen her. Schmutzig und abgerissen wirkten sie eher wie Landstreicher als wie Krieger des herzoglichen Heeres. Der ungeheure strapaziöse Weg über das Gebirge und der ständige Hunger hatten ihnen das Letzte abverlangt. Von daher nahm Beatrix es den Männern nicht übel, dass sie sich ihr gegenüber gleichgültig zeigten. Sie konzentrierte sich auf die vor ihr liegende malerische Landschaft und ihre Gedanken waren weit entfernt von Gefahren, in die sie vielleicht geraten konnten.

Plötzlich ertönte lautes Geschrei und riss die

beiden Frauen aus dem wundervollen Anblick. Cathérine drehte sich um und sah Reiter, die Rinder und Schweine vor sich hertrieben, und sichtlich aufgeregt liefen Leute aus dem Lager dem Trupp entgegen. Sie bemerkte, dass Unruhe aufkam und ahnte, dass dies nichts Gutes bedeuten konnte.

»Ich glaube«, wandte sie sich an Beatrix, »Xavier Fiscart mit seinen Leuten und Gernod kommen zurück. Mein Gott, einige scheinen verletzt zu sein.«

Mittlerweile erreichte der Trupp das Lager, wo ein Arzt sich sofort um die Verletzten kümmerte. Xavier Fiscart, in abgerissener, verdreckter Kleidung blickte zu Rochefort hin und machte einen zerknirschten Eindruck. In seiner Stimme war deutlich die Wut zu hören, die in ihm tobte.

»Roger, es war unglaublich. Überall hat man uns mit offener Feindschaft empfangen. Sobald wir uns einem Dorf näherten, versteckten sich die Frauen mit ihren Kindern, während die Bauern uns drohend entgegentraten«, erklärte er aufgewühlt. »Sie haben sich geweigert, uns auch nur ein Schwein oder einen Sack Mehl abzugeben. Hitzköpfige Burschen gingen mit brennenden Fackeln auf unsere Pferde los.«

Xavier Fiscart zuckte mit den Schultern.

»Wir haben es mit guten Worten versucht, sind dann, um eine Auseinandersetzung zu vermeiden, zur nächsten Siedlung geritten. Aber auch dort die gleiche drohende Haltung. Schließlich ging es nicht anders, wir haben die Bauern zurückgedrängt und einige Tiere und Säcke Mehl beschlagnahmt.«

Xavier Fiscart bemerkte, wie sich die Stirn von

Rochefort ärgerlich zusammenzog und hielt es für angebracht, ihm nicht zu sagen, dass seine wütenden Krieger einige Bauern getötet hatten.

Zum Glück mischte sich nun der Kanzler in das Gespräch. Offenbar hatte er Verständnis für die Lage, in die sie geraten waren. Seine klare, besonnene Stimme brachte Ruhe in die Runde.

»Wir müssen uns darüber im Klaren sein, dass man uns als Feinde sieht und auch so behandelt«, erklärte er. »Die Bevölkerung hier lebt seit Jahrzehnten frei und ohne Verpflichtung einem Herrscher gegenüber. Und nun haben sie natürlich Angst, diese Freiheit zu verlieren.«

Martin, der im Hintergrund an einem Tisch die Briefe an die Konsuln der umliegenden Städte verfasste, dachte bei den Worten des Kanzlers unwillkürlich an seinen Vater, der zum Feind seines Königs geworden war.

»Sie haben in den Städten«, erklärte der Kanzler weiter, »eigene Verwaltungen gegründet und als Vorsteher Konsuln aus den unterschiedlichsten Bürgerschichten gewählt. Das bedeutet, dass hier das Volk die Macht hat.«

Martin konnte nicht weiter schreiben, er legte die Feder weg und hörte aufmerksam zu. Was der Kanzler da sagte, war unglaublich. Danach hatten die Bewohner der Städte und die Landbauern in diesem Land die Macht und ließen sich von keinem etwas vorschreiben. Er konnte sich das zwar noch nicht so genau vorstellen, fand es aber eigentlich gar nicht so übel. Gespannt sah zu Rochefort hin, dem es nicht zu gefallen schien, dass sein Kanzler gerade erklärte, dass er eigentlich nicht gebraucht wurde.

Forcheau hatte Rochefort genau beobachtet. Er war sich darüber im Klaren, dass seine Worte gewagt waren, sah es aber als erforderlich an, über die Situation aufzuklären. Ihnen allen musste klar sein, dass sie großen Widerstand zu erwarten hatten. Er dachte an den Papst und an seinen nach Macht strebenden Kanzler, die würden sich die Freiheitsliebe der Lombarden schamlos zunutze machen.

»Die Lombarden sind reich und bequem geworden«, erklärte er weiter, »ihr Handel mit dem Orient hat ihre Städte zu blühenden Marktzentren gemacht. Es ist verständlich, dass sie nun befürchten, dieses alles wieder zu verlieren.«

»Genau das werden sie«, warf Rochefort ein. Er ging aufgeregt durch das spartanisch eingerichtete Versammlungszelt. Sein rötlicher Bart stach wie eine Waffe nach allen Seiten und sein Gesicht glühte vor Empörung. »Die italienischen Regalien sind uns seit Jahrhunderten beurkundet und ich werde es nicht zulassen, dass sie von dem heutigen, untreuen Lombarden Volk missachtet werden.« Er sah in die Runde, ob einer der Fürsten etwas zu sagen hatte, konnte aber nur Zustimmung und Entschlossenheit in ihren Gesichtern lesen.

»Ich fürchte«, Forcheau fand es notwendig, die Lage noch deutlicher darzulegen, »die Reaktion der Landbevölkerung, die Graf Fiscart beschrieben hat, gibt die Stimmung des Landes wieder. Besonders die stolzen, freidenkenden Mailänder haben die kleineren Städte und Landgemeinden unter Druck gesetzt. Keiner von ihnen wird es wagen, uns freundschaftlich entgegenzukommen.«

Ein allgemeines Raunen machte sich breit und Rochefort sah entschlossen in die Runde. »Wir müssen sofort etwas unternehmen und wenn es nicht anders geht, muss Mailand vernichtet und die alte Ordnung wieder hergestellt werden.«

Stirnrunzelnd gab Forcheau zu bedenken, dass man mit einem Angriff auf Mailand die Lage im Land noch verschlimmern würde.

»Wir müssen versuchen, eine friedliche Lösung mit ihnen zu erreichen. Deshalb schlage ich vor, Abgesandte zu schicken und die Verantwortlichen der Stadt aufzufordern, die Regalien anzuerkennen. Sollte sich der Senat dann immer noch gegen uns stellen, haben wir das legitime Recht, den Bann über die Stadt zu verhängen.«

Konzentriert blickte Forcheau in die Runde.

»Wenn wir so vorgehen, haben wir die übrige Weltlichkeit des Abendlandes hinter uns. Niemand wird uns den Vorwurf machen können, wir hätten widerrechtlich gehandelt.«

Der Senatssaal kochte. Höhnische Zurufe und grobe Beleidigungen schleuderten die Ratsmitglieder den Abgesandten des Herzogs entgegen. Ein kleiner Mann mit dem Gesicht einer Ratte löste sich aus den Reihen der Senatoren und spukte Graf Lohmeré verächtlich an. Gordes, der direkt neben ihm stand, wollte auf den widerlichen Zwerg losgehen, als ihn Lohmeré zurückhielt. Er sah die Wut in den Augen seiner Leute, bemerkte aber auch die Sorge um ihre Sicherheit. Sie hatten die Gefährlichkeit der Situation erkannt. Beschwichtigend hob er die Hand und machte ein Zeichen, dass sie Ruhe bewahren sollten.

Währenddessen zerriss Tonio di Maltaso, einer der Mailänder Konsuln, das von Lohmeré vorgelesene Dekret, warf es auf die Erde und zertrat es so lange mit seinen schweren Stiefeln, bis nur noch Fetzen und ein zerbröseltes Siegel übrig blieben. Anschließend blickte er verächtlich auf die Gesandten.

»Ihr alle seid Vasallen eures Herzogs, ihr seid nicht besser als Leibeigene.«

Stolz hob er den Kopf.

»Wir aber sind freie Bürger und nehmen von keinem Befehle oder Anordnungen an. Die Forderungen eures Herzogs sind lächerlich.« Ein in kostbaren Gewändern gekleidetes schwammiges Mitglied der Mailänder Senatoren sprang auf und rief mit der hohen Fistelstimme eines Eunuchen, dass der Herzog doch kommen solle, um ihnen die Füße zu küssen. Er hatte noch nicht ganz ausgesprochen als der aufgebrachte Talgere auf ihn zusprang und ihm die Spitze seines Schwertes auf den Bauch drückte.

»Wenn du dickes Schwein noch ein Wort über den Herzog sagst, wirst du deine eigene Scheiße fressen«, rief er außer sich vor Wut.

Im Saal wurde es schlagartig still. Jedem war klar, dass in einem Kampf die Gesandten des Herzogs zwar nicht siegen konnten, aber einige Ratsherren, die gute Kaufleute, aber keine Kämpfer waren, auch getötet würden.

Graf Lohmeré sah Tonio di Miltaso entschlossen an.

»Bis morgen früh müsst ihr euch entscheiden. Fünf von euren Leuten werden bei uns bleiben und solltet ihr versuchen uns zu bekämpfen, werden sie getötet.«

Tonio di Miltaso ließ sich mit der Antwort Zeit, wusste dann aber, was zu tun war. Herablassend nickte er zustimmend und wandte sich an die Ratsmitglieder.

»Wir werden uns nochmal beraten und bis zu unserer Entscheidung sind die Gesandten unsere Gäste. Fünf Freiwillige von uns werden bei ihnen bleiben und sie bewirten.« Verwundert blickten ihn die Mitglieder des Senats an, dann aber verstanden sie.

Fagoth Takloh atmete tief durch. Endlich, er war wieder in seinem Lande. Jetzt konnte er seine ganze Macht einsetzen und seine Träume würden sich bald erfüllen. Bewusst hatte er seit dem Vorfall in Arlon die Burgunderin und auch den Sekretär gemieden, wo es nur eben ging. Mit ihr hatte er keinen Kontakt mehr gehabt, während es sich nicht vermeiden ließ, dass er beim Herzog öfters mit dem Sekretär zusammenkam. Aber sie hatten kein Wort miteinander gewechselt.

Nun wurde das alles unbedeutend. Hier würde er

am Ende siegen. Er dachte daran, dass er schon vor Monaten, als es hieß, das Rochefort eine Reise nach Italien plante, seine Verbindungen nach Rom wieder aktiviert hatte. Außerdem war in seinem Auftrag ein Vertrauter nach Mailand unterwegs, er selbst galt für die Mailänder als Gesandter Roms, der anonym bleiben musste. Zufrieden blickte er in den klaren Sternenhimmel, es war seine letzte Nacht in der Burg Rivoli, denn Rochefort erwartete ihn im Kriegslager. Nur mit der Vortäuschung einer Krankheit war es ihm gelungen, dass er zwei Tage länger als der Herzog in der Burg bleiben konnte. Aber diese Tage brauchte er, um wieder Ruhe zu finden.

Leichte Schritte auf der Holztreppe des Bergfriedes unterbrachen seine Gedanken und er überzeugte sich, dass das Stroh dick genug aufgeschichtet war. Dabei dachte er an den einfältigen Knecht, der es hoch geschafft hatte und glaubte, dass er nachts astrologische Studien machen würde. Missmutig kam es ihm in den Sinn, dass es nicht die Burgunderin war, die da die Treppe heraufkam. Seufzend schob er die trüben Gedanken beiseite und zündete die Öllampe an. Darüber stellte er eine bronzene, mit Wasser gefüllte Schale und schüttete wenige Tropfen einer dunkelgrünen Flüssigkeit hinein. Sofort machte sich ein betörender Duft bemerkbar, der sich stimulierend auf die Sinne legte. Ungeduldig rief er dann der Dienstmagd auf der Treppe zu, näher zu kommen.

»Du brauchst keine Angst zu haben, wir machen es so, wie wir es besprochen haben«, sagte er einschmeichelnd. Er griff in seinen Umhang und zog einen Beutel heraus.

»Das ist für dich und wenn ich mit dir zufrieden bin, gibt es noch eine Münze dazu.«

Hätte die Magd seine glühenden Augen hinter der Maske sehen können, wäre sie in Panik die Treppe hinuntergestürzt. So aber blickte sie gierig auf den Beutel in seiner Hand, ging entschlossen auf ihn zu und begann ihren dünnen Umhang aufzuknöpfen.

Cathérine flechtete Beatrix die Haare, als der Burgverwalter sich zu dieser ungewöhnlichen Zeit anmelden ließ. Beatrix ließ ihn in der Halle warten und bat anschließend Cathérine sie zu begleiten.

Carlo war ein Italiener, wie Cathérine sich Italiener immer vorgestellt hatte. Mittelgroß und schlank gewachsen, mit schwarzem glattem Haar, dunklen, braunen Augen und einer messerscharfen Nase. Eine interessante männliche Erscheinung. Carlo erhob er sich aus seinem Armstuhl und kniete vor der Herzogin nieder. Beatrix, die diese Art der Unterwürfigkeit noch nie hatte leiden können, bat ihn aufzustehen.

»Nun, was kann ich für euch tun?«

Carlo sah Beatrix fasziniert an. Er liebte blonde Frauen und sie hatte dazu ein so feingeschnittenes Gesicht, als wenn ein Künstler es modelliert hätte. Als er merkte, wie belustigt sie ihn ansah, riss er sich zusammen, wobei seine Miene sich verdunkelte.

»Es ist eine schreckliche Angelegenheit, mit der ich zu euch komme. Aber da ihr angeordnet habt, über alle außergewöhnlichen Vorgänge, die in der Burg geschehen, informiert zu werden, bin ich nun hier. Denn es sind schlimme Dinge passiert.«

Nun erst bemerkte Cathérine, wie mitgenommen er aussah.

»Seit drei Tagen vermissen wir zwei von unseren jungen Dienstmägden. Wir haben nach ihnen gesucht und uns umgehört, aber nichts. Schließlich haben wir angenommen, dass sie in eine Stadt geflüchtet sind, um dort frei zu werden. So etwas kommt schon mal vor. Jedoch«, er machte einen niedergeschlagenen Eindruck, »heute Morgen haben wir sie gefunden.«

Cathérine wünschte sich plötzlich, er würde nicht weiterreden. Sie hatte eine Vorahnung, was kommen würde.

»Da die große Abortgrube an der südlichen Mauer überlief«, berichtete Carlo weiter, »habe ich angeordnet sie zu entleeren. In der Grube wurden dann die toten Frauen entdeckt.« Carlo drehte sich zur Seite und kämpfte um seine Fassung. »Die Frauen waren fürchterlich zugerichtet.« Er schüttelte den Kopf. »Das kann nur ein Wahnsinniger getan haben.«

Beatrix war aufgestanden und lief erschüttert im Raum hin und her.

»Ist in der Vergangenheit hier schon mal so ein grausames Verbrechen vorgekommen?«, fragte sie.

Verneinend schüttelte Carlo den Kopf.

»Es ist für uns Lombarden unvorstellbar, Frauen so zu behandeln. Es kann nur ein Fremder gewesen sein.«

Beatrix verstand seine versteckte Anschuldigung,

war aber nicht bereit, diese hinzunehmen. Sie blickte ihn herausfordernd an.

»Es kann auch einer aus eurem Volk gewesen sein, wer so etwas macht, ist irre im Kopf. Aber wisst ihr schon, wo die Frauen getötet wurden? Es kann doch nur hier in der Burg geschehen sein und jemand könnte etwas gehört haben.«

»Nein, als wir die Mägde vermissten, wurde sofort überall nachgefragt, was sie nach Dienstende gemacht haben. Aber die Frauen, die mit ihnen in einer Kammer schlafen, konnten nur mit Bestimmtheit sagen, dass nachts erst eine Magd fehlte und am nächsten Abend die zweite. Und keiner wusste, wo sie waren.«

Beatrix seufzte schwer und hielt sich ihren schwangeren Bauch. »Haben die beiden Frauen Familien, denen wir helfen müssen?«

Carlo zuckte vage mit den Schultern und Cathérine konnte sich gut vorstellen, wie wenig ihn seine Dienstleute interessierten. Bevor er sich äußern konnte, meinte sie zu Beatrix, dass sie sich danach erkundigen werde. Beatrix war sofort einverstanden und Cathérine ließ sich von dem Verwalter die Namen sagen.

Martin stand neben Rochefort und blickte erstarrt auf den Reiter. Das ehemals so gut aussehende Gesicht war blau angelaufen und die Gesichtszüge kaum wiederzuerkennen. Die Mailänder hatten Lohmeré vergiftet, ihm die Zunge herausgeschnitten und mit einem Lederband um den Hals gebunden.

Verstohlen sah Martin zu Rochefort hin, der leichenblass auf das Pergament starrte, das am Sattel befestigt gewesen war. Höhnisch verspotteten ihn darin die Mailänder und teilten ihm mit, dass sie ihn niemals anerkennen würden. Sie drohten allen, die es wagen sollten, Mailand anzugreifen, das Schicksal des Grafen an. Unterdessen segnete Forcheau erschüttert den Toten und wandte sich danach an Rochefort.

»Ihr hattet recht, Mailand wird eure Rechte nie anerkennen. Wir sollten unsere Heere gegen die Stadt führen.«

Wider Erwarten schüttelte Rochefort den Kopf.

»Nein, noch nicht. Erst müssen wir wissen, welche lombardischen Städte hinter uns stehen. Erst dann wissen wir, wer unsere Feinde und wer unsere Freunde sind.« Entschlossen sah er seinen Kanzler an. »Ich werde alle Städte zu einer Versammlung einladen, dann wird es sich zeigen.«

Niedergeschlagen blickte er auf den toten Lohmeré und spürte, wie sich in ihm etwas verhärtete. Fast greifbar fühlte er die Feindschaft, die in einer Welle auf ihn zurollte. In diesem Moment war er froh, dass Beatrix in der Burg Rivoli geblieben war und ihr Traumbild vom friedlichen und schönen Italien nicht zerplatzen sah.

12. KAPITEL

Es war ein überwältigender Anblick, der sich ihnen bot. Das riesige Heer bedeckte die gesamte Roncalische Ebene. Tausende Reiter, Knappen und Kriegsknechte warteten auf das Zeichen zum Aufbruch. Unzählige Fahnen und Banner zeigten mit ihren bunten Wappen die Landesgruppen und Abteilungen an. Zufrieden stellte Martin fest, dass die lombardischen Streitkräfte der Städte Pavia, Lodi, Cremona, Bergamo und Como vollständig den linken Flügel der Heerschau stellten. Er wusste, wie wichtig es für Rochefort war, dass diese Städte ihre Treue bekräftigt hatten. Und er war sich auch sicher, dass sie die Hilfe dieser lombardischen Verbündeten benötigen würden.

Andere lombardische Städte hatten im Vertrauen auf die Unterstützung Mailands ihren Gehorsam verweigert. Mit Mailand im Bunde würden sie ein starker Gegner sein. Missmutig war sich Martin bewusst, dass ihnen, bis sie Rom erreichten, noch manche Kämpfe bevorstehen würden. Er blickte zur Burg Rivoli hin, in der Beatrix und Cathérine während der Kämpfe bleiben würden. Rochefort hatte sich gegen seine Frau, die ihn begleiten wollte, durchgesetzt. Im Hinblick auf ihre Schwangerschaft war er unerbittlich geblieben. Es konnte einige Zeit dauern, bis Martin mit Cathérine wieder zusammen sein würde. Leise seufzte er und wandte sich dem Geschehen auf der Ebene zu. Zufrieden dachte er daran, dass auch der Astrologe mittlerweile beim Heer angekommen war. So brauchte sich Cathérine seinetwegen keine Gedanken mehr zu machen. Und Martin hatte sich vorgenommen, ihn während des Feldzuges genau zu beobachten. Er wollte wissen mit welchen Leuten und mit welchen Frauen er sich traf. Immer stärker spürte er, dass mit diesem Menschen etwas nicht stimmte.

In diesem Moment zeigte neben ihm Gernod auf den Herzog, der das Zeichen zum Aufbruch gab. Begeistert beobachteten sie, wie das Heer sich wie eine riesige Welle in Bewegung setzte.

Sicherheitshalber überprüfte Martin nochmals, dass die Pergamentrollen und Tintenfässer fest und wasserdicht verstaut waren und blickte anschließend zufrieden zu seinem ritterlichen Freund hin. Vor kurzem hatte er mit Gernod über das Schicksal seiner Familie gesprochen und auch der Ritter war der Meinung, dass noch keiner wissen sollte, aus welchem Geschlecht Martin abstammte. Gernod hatte Sorge, dass in Italien ein Anschlag auf Martin verübt werden könnte. Gernot begegnete seinem Blick und stieß ihn mit der Lanze in die Seite. Grinsend zeigte er zurück zur Burg.

»Bricht euch nicht das Herz, Cathérine auf wer

weiß wie lange, alleine zu lassen? Ich habe gehört, dass es rund um Rivoli schon bekannt ist, welch ausgesprochen schöne Begleiterin die Herzogin hat. Es müssen sich wohl auch schon einige gut aussehende Italiener freiwillig zur Bewachung der Burg gemeldet haben.«

Gutmütig grinsend ritt er nahe an Martin heran, haute ihm mächtig auf die Schulter und stieß dann sein Pferd so kraftvoll in die Flanken, dass es wiehernd nach vorne sprang.

Mit ernster Miene diktierte Rochefort das ultimative Schreiben an die Befehlshaber der Stadt Crema. Es war die letzte Aufforderung, die Tore der Festung zu öffnen, ihm ihre Treue zu versichern und das Heer mit Lebensmittel zu versorgen. Sollten sie sich weigern, so Rochefort, würde er seine Rechte mit Gewalt einsetzen.

Martin war bewusst, was das für die Menschen in der Stadt bedeuten würde. Er dachte an die Kinder, Frauen und an die alten Leute, die unter den Grausamkeiten eines Krieges leiden würden. Unwillkürlich musste er an Cathérine denken und hoffte, dass die Burg Rivoli während seiner Abwesenheit sicher war. Am Schluss des Briefes gab Rochefort den Cremasken drei Tage Zeit seiner Aufforderung nachzukommen.

»Sorgt dafür«, beauftragte er dann Martin, »dass das Schreiben bis morgen den Verwaltern in Crema übergeben wird. Aber so, dass die Sicherheit der Überbringer garantiert wird.« Anschließend wandte er sich seinem Kanzler zu, der mit einigen Fürsten die Angriffsmöglichkeit gegen Crema diskutierte.

Seit wie vielen Tagen, überlegte Martin, dauerte nun schon die Belagerung der Stadt. Wie vom Kanzler befürchtet, hatten die Cremasken sich geweigert, die Rechte des Herzogs anzuerkennen. Und bevor es ihm gelungen war den Ring um die Stadt zu schließen, schafften es die Mailänder, viertausend Krieger zur Verteidigung in die Stadt zu schleusen. Dadurch war ein direkter Angriff unmöglich geworden. Martin schätzte, wie lange wohl die Vorräte in der Stadt für die vielen tausend Menschen reichen würden, als Gernod ihn ansprach.

»Wenn ihr wollt, gehen wir zu den Zimmerleuten und sehen, wieweit sie mit den Arbeiten sind.« Da es für ihn nichts Wichtiges zu tun gab, war Martin froh, etwas Abwechslung zu haben. Ihn interessierte das hölzerne Bauwerk, das zum Angriff auf die Stadt gebaut wurde. Von Anfang an hatte er über die Herstellung dieses Monsters Zeichnungen angefertigt, um sie zu dokumentieren.

Sie gingen durch die einzelnen Lager der Handwerker und kamen auch an dem Zeltlager der Dienstmägde und Huren vorbei, die den Heerzug begleiteten. Verblüfft bemerkte Martin, dass eine junge hübsche Frau mit langen, schwarzen Haaren seinem Freund fröhlich zuwinkte. Irgendwie kam sie ihm bekannt vor, er musste sie schon mal gesehen haben. Grinsend stupste er Gernod in die Seite.

»So ist das also, darum seid ihr abends nie da. Bei

den Frauen treibt ihr euch herum.«

»Ihr habt nur halb recht«, erwiderte Gernod, »nicht bei den Frauen, sondern nur mit einer bin ich zusammen.«

Sein Gesicht strahlte vor Freude.

»Ich glaube, ich habe nun endlich die richtige Frau gefunden.«

Besorgt blickte Martin ihn an.

»Wenn ihr die Schwarzhaarige meint, die euch eben zugewinkt hat, dann sieht die zwar gut aus, aber sie ist doch eine, die für alle da ist. Auf Dauer ist sie doch nicht die Richtige für euch.« Überrascht bemerkte er, dass Gernod ihn verärgert anblickte. Sofort taten ihm seine Worte leid. Sie gingen eine Weile schweigend weiter, bis Gernod schließlich stehen blieb und sich ihm zuwandte.

»Lisa ist keine Dirne, aber sie hat Furchtbares mitgemacht. Ihr Vater wurde vor kurzem in Clervaux verurteilt und ist gestorben. Sie hat sonst keine Familie und stand plötzlich alleine da. Deshalb hat sie sich dem Heerzug angeschlossen und arbeitet im Küchenbereich. Aber ich werde dafür sorgen, dass sie dort bald weg kann.«

Blitzartig wusste Martin, wo er sie schon einmal gesehen hatte. Ihm stand wieder die Szene in Clervaux vor Augen, als er beobachtet hatte, wie eine junge Frau sich an einen Schandwagen hängte. Was für ein Zufall dachte er, ausgerechnet sein Freund liebte nun diese Frau. Nach kurzer Zeit erreichten sie das Lager der Zimmerleute und betrachteten staunend ein riesiges, hölzernes Bauwerk. Martin fragte sich, wie das Monster von einem Turm jemals bewegt werden könnte. Seine Höhe schätzte er auf etwa zwanzig Meter und auf den acht übereinander liegenden Plattformen hatten etwa tausend Krieger Platz.

»Mein Gott noch«, äußerte sich Gernod. »Wie will man diese Masse von Holz schützen? Ich sehe jetzt schon die unzähligen, brennenden Pfeile, die sich hineinfressen und den Turm in Flammen aufgehen lassen.«

Der Zimmermann, der auf sie zukam, hatte seine Bedenken gehört.

»So etwas müsst ihr nicht sagen«, meinte er, »das bringt nur Unglück. Aber«, er zeigte auf mehrere hohe Stapel Tierfelle, die abseits standen. »Diese Felle dort werden wir nass an den Turm hängen und das Holz wird so vor Feuer geschützt.«

Martin wollte noch wissen, wann der Turm fertig sei, und wie man ihn schnell genug an die Stadtmauer heranbringen kann.

»Nun, die Erde werden wir so eben planieren, dass er darüber rollen kann. Allerdings«, der Zimmermann blickte auf den breiten Graben, der die Stadt umschloss, »werden noch einige Wagenladungen Steine in den Graben geschüttet werden müssen, um den Untergrund zu befestigen.«

»Aber wie schafft ihr es, dieses Monster überhaupt zu bewegen?« Martin konnte sich das nicht so richtig vorstellen. Das längliche Gesicht des Zimmermanns lief vor Aufregung rot an und Martin spürte, wie stolz der Mann war.

»Ich habe so große Holzdeichseln bauen lassen, dass hundert Männer gleichzeitig den Turm bewegen können«, erklärte er.

»Aber wie«, wollte Gernod wissen, »gelangen die Kriegsleute von der obersten Plattform auf die Burg? Sobald sie hinüberspringen, werden sie von den langen Speeren der Feinde aufgespießt oder hinuntergestürzt.«

Der Zimmermann schüttelte den Kopf.

»Auch hier habe ich etwas Neues entwickelt.«

Von einem Gebüsch brach er einen dünnen Zweig ab und zeichnete in dem Lehmboden ein Gebilde, das Martin mit etwas Fantasie als eine Art hölzerne Zugbrücke erkannte.

»Seht, sobald der Turm nahe genug an die Mauer herangeschoben wird, klappt von der obersten Plattform diese bewegliche Brücke herunter, und zwar so, dass sie auf den Zinnen aufliegt. Große, eiserne Haken greifen hinter die Mauer und sichern den Turm. Und die Brücke wird so breit gebaut, dass eine ganze Abteilung Kriegsleute gleichzeitig stürmen kann.« Von den Ideen des Zimmermanns begeistert, überlegten Martin und Gernod, dass durch den Einsatz dieser Kriegsmaschine die Eroberung von Crema sogar früher als geplant sein könnte. Dabei dachte Martin an die anschließende Weiterreise, und das Cathérine bald wieder bei ihm sein würde.

Von fiebrigen Anfällen geschüttelt wachte Fagoth Takloh schweißgebadet auf. Die Vergangenheit hatte ihn wieder einmal eingeholt. Verwirrt starrte er in die

Dunkelheit und versuchte in die Wirklichkeit zurückzufinden. Kurze Schatten, von Kienspänen auf die dunkle Zeltwand geworfen, formten lautlose bedrohende Gestalten. Von draußen hörte er Pferde schnauben, ansonsten war es absolut still. Demnach musste es noch mitten in der Nacht sein. Fröstelnd zog er die heruntergetretene Felldecke hoch und dachte an den eben durchlebten Traum. Wie schon so oft hatte er wieder die verzerrten Gesichter der Kinder mit ihren durchgeschnittenen Hälsen und den Grafen mit seiner Frau, aufgehängt an dem Balken der Scheune, gesehen. Selbst seine Grausamkeit konnte diese Bilder auf Dauer nicht unterdrücken. Und diesmal war noch etwas anders gewesen, das ihn vor Angst in das Fieber getrieben hatte. Benommen erhob er sich vom Lager und torkelte zu dem Tisch. Mit zitternden Händen goss er Wein in einen Becher und ließ sich auf die harte Liege fallen. Er versuchte sich zu erinnern, was es gewesen war, dass ihn so in Panik versetzt hatte. Unbewusst schweiften seine Gedanken zu der Burgunderin und plötzlich fiel ihm alles wieder ein.

Er sah das Gesicht des alten Mannes aus dem Verließ, den er als engster Vertrauter des Grafen Asgill erkannt hatte. Das war es, was im Traum anders gewesen war. In Verbindung mit dem Alten hatte er den Grafen gesehen, mit seiner hohen Stirn, dem gut geschnittenen Gesicht, mit der kräftig geformten Nase. Es war das Gesicht des verhassten Sekretärs gewesen. Die plötzliche Erkenntnis, dass dieser der Sohn des Grafen von Asgill war, spürte

144

Fagoth Takloh wie ein Dolchstoß. Er dachte an den Alten und was dieser vor seinem Tode noch alles dem Sekretär erzählt haben könnte. Nochmals goss er sich Wein ein, grübelte und kam zu dem Entschluss, dass man ihn mit den Morden an der Grafenfamilie nicht in Verbindung bringen konnte. Niemand kannte ihn, durch die Maske wusste keiner, wer er war. Und was würde wohl der Herzog sagen, dachte er zufrieden, wenn er erfahren würde, dass sein Sekretär der Sohn des Mannes ist, der zum Verräter an seinem königlichen Onkel wurde?

Und was musste erst die Burgunderin denken?

Beruhigt legte er sich wieder auf sein Feldlager und schlief kurz darauf ein. Wäre er noch länger wach gewesen, hätte er bemerkt, wie sich der Eingangsschlitz des Zeltes öffnete und eine vermummte Gestalt ihn eine Weile beobachtete. Sie machte einige Schritte auf ihn zu und blieb dann abrupt stehen. Regungslos hörte sie nach draußen und verschwand dann lautlos wie ein Schatten.

Martin wollte das, was er sah, einfach nicht glauben. Und auf keinen Fall würde er das Geschehen in dem Kriegsbericht erwähnen. Ungläubig blickte er auf die Weiber und Kinder, die auf der Stadtmauer Hohn- und Spottlieder auf den Herzog und seine Kriegsleute sangen. Manch niedriges Weib war so dreist, dass es seinen Kittel hob und zum Herzog hin den blanken Hintern zeigte. Die Cremasken zeigten deutlich, wie wenig sie sich von der Belagerung einschüchtern ließen, wie sie überhaupt Rochefort und sein

Kriegsheer nicht ernst nahmen. Martin blickte auf den neben ihm stehenden Herzog und bemerkte, wie sich seine Gesichtszüge verhärteten. Mittlerweile kannte er ihn gut genug, um zu wissen, was das bedeutete.

»Seht euch dieses primitive Gesindel an«, rief Rochefort. Entrüstet zeigte er auf einige Männer auf der Wehrmauer, die sich in seiner Richtung hin erleichterten. Wutentbrannt befahl er, sofort vier Gefangene auf die oberste Plattform zu bringen.

»Und vergesst den Henker nicht«, rief er den Dienstknechten nach.

Martin ahnte Schlimmes.

Zwei Zimmerleute ließen bereits mehrere Holzstämme holen und bauten auf die Schnelle eine provisorische Richtstätte. Von unten hörten sie schon die Rufe der Kriegsleute, die fluchend die vier Gefangenen vor sich hertrieben. Als sie auf der Plattform ankamen, blickte Martin entsetzt in die bleichen Gesichter der Cremasken. Es waren vier Männer etwa in seinem Alter. Hinter ihnen erschien bereits mit wichtiger Miene der Henker.

Martin bemerkte, wie gegenüber auf der Stadtmauer jedes Geräusch verstummte. Immer mehr Frauen und Männer drängten auf die Mauerzinnen und starrten stumm zu ihnen herüber. Sie hatten erkannt, dass es Leute von ihnen waren, die vorgeführt wurden.

Ohne noch groß zu warten, forderte Rochefort ihn auf, das Urteil mitzuschreiben. Unbeeindruckt von der Jugend der Gefangenen befahl er dem ersten den Kopf, dem zweiten ein Bein und dem dritten einen Arm abzuschlagen.

»Aber so«, befahl er dem Henker, »dass der Pöbel dort drüben alles gut sehen kann. Und den vierten«, er zeigte auf den jüngsten der Gefangenen, »schickt ihr mit den Körperteilen in die Stadt.« Dann wandte er sich aufgewühlt an Martin und meinte, dass sie noch einige Schriftstücke aufzusetzen hätten.

Martin war heilfroh, dass er die grausame Vollstreckung nicht miterleben musste. Eilig kletterte er die Leiter hinunter und noch im Zelt hörte er die Schreie der jungen Cremasken. Um sich abzulenken, vertiefte er sich noch mehr in das Schreiben, konnte aber nicht verhindern, dass seine Hände zitterten. In seinen trüben Gedanken dachte er daran, wie gut es war, dass Cathérine noch in der Burg Rivoli war und diese schrecklichen Dinge nicht miterleben musste.

Eines war ihm klar geworden, an die Grausamkeiten des Krieges würde er sich nie gewöhnen können. Gespräche mit Bruder Clausus kamen ihm in den Sinn, sie hatten sich öfter über die Kulturen, ihre Lebensweise und über die historische Vergangenheit unterhalten. Über Kriege diskutiert und wie unnütz sie im Grunde waren.

Liebevoll blickte er auf seine Schreibfeder und auf das eng beschriebene Pergament. Was für eine friedliche Welt, dachte er, könnte in dieser Feder und in diesem Pergament stecken. Sie könnten mehr dokumentieren als nur Kriegsberichte und das Elend der Menschen. Er musste an Berthier denken und daran, dass seine eigene Familie auch nur wegen

Macht, Intrigen und Krieg in einer einzigen Nacht ausgelöscht wurde. Still in sich gekehrt beendete er das Schreiben, streifte sorgsam die Tinte von der Feder und schloss das Dokument in die Truhe ein.

In den folgenden Tagen steigerte sich der Hass zwischen den Kriegern des Herzogs und den eingeschlossenen Cremasken immer mehr. Befreundete Stämme der Cremasken überfielen Gruppen des Heeres, die auf der Jagd waren oder Bäume rodeten, während im Gegenzug Rochefort Dutzende von Gefangenen vor der Stadtmauer aufhängen ließ. Beobachter meldeten, dass die Cremasken die Wehrmauern der Stadt mit Holzgattern verstärkten und dass sie zusätzliche Steinschleuder bauten. Schließlich ließ Rochefort alles für den entscheidenden Angriff vorbereiten. Von morgens bis abends war er unterwegs um die Maßnahmen voranzutreiben. Missmutig inspizierte er die Fortschritte, wobei ihm nichts richtig und schnell genug gemacht wurde. Seine Vertrauten merkten ihm an, dass er es leid war, so lange hingehalten zu werden. An geeigneten Stellen, wo kein Felsgestein war, befahl er die Stadtmauer zu untergraben und die Hohlräume mit pechgetränktes Stroh und trockenem Holz zu füllen. Seine Kriegsberater hatten ihm garantiert, dass durch die Hitze des Feuers die Mauer einstürzen würde. Um aber doch noch ein Gemetzel zu verhindern, sandte Rochefort zwei Tage vor dem geplanten Angriff Abgesandte zu der Stadt und bot den Belagerten an, sich ergeben zu können. Statt darauf einzugehen, warfen die Cremasken von der Stadtmauer stinkende Abfälle, Mist und Kot herunter, wobei ihr Spott und ihre Beleidigungen keine Grenzen mehr kannten.

Lange Zeit noch hörte Martin den harten Klang in der Stimme von Rochefort, als er seinen Heerführern befahl, die Festung zu schleifen.

»Und zwar so«, befahl er, »dass nichts mehr stehen bleibt.«

Aufgeregt beobachtete Martin die Kriegsvorgänge und selbst aus der Entfernung heraus spürte er die ungeheure Hitze, welche die vielen Feuer in den Hohlräumen unter der Stadtmauer entwickelten. Gleichzeitig dröhnte vom Stadttor der Widerhall des riesigen Widders, der pausenlos gegen das Holz donnerte.

Plötzlich wurde er durch einen vielstimmigen Aufschrei aus der Festung abgelenkt und sah zu dem Angriffsturm hin. In der Nacht hatten Zimmerleute an der Vorderseite und an den beiden Außenseiten des Monsters Körbe anbringen lassen, in denen sich Gefangene befanden. Stehend angebunden, würden sie bei einem Angriff auf den Turm von ihren eigenen Leuten getroffen werden. Jean, der Martin begleitete, hielt sein Pferd an, zeigte auf die Körbe und schüttelte zweifelnd den Kopf.

»Ich glaube nicht, dass die Cremasken sich davon abhalten lassen.«

»Ich fürchte, ihr habt recht«, antwortete Martin mit belegter Stimme. Und wie zur Bestätigung wurde der Turm in dem Moment unter starkem Pfeilbeschuss genommen und sie beobachteten, wie die ersten Gefangenen in den Körben getroffen wurden. Martin konnte sich das nicht länger ansehen und ritt hinüber zu den riesigen Steinschleudern, die ihn von der Technik her schon beim Bau interessiert hatten. Fasziniert beobachtete er, wie mehrere Männer in einen Löffel große Steinbrocken legten, die mit zerstörerischer Gewalt in die Stadt geschleudert wurden. Von der Westseite der Stadt hörte er zugleich einen gewaltigen Donner und beobachtete, wie sich eine schwarze Staubwolke über die Wehrmauer bildete. Kurz darauf ertönte das Geschrei von hunderten Kriegern.

Besorgt fragte er sich, wo Gernod mit seinen Männern steckte. Wie er ihn kannte, würde er ganz vorne dabei sein. Er trieb sein Pferd an, um näher heranzureiten und sah schon von weitem, wie Gernod sich mit seinen Männern durch die gesprengte Mauer kämpfte. Direkt hinter ihm das Banner der Fiscarter.

Martin konnte es kaum glauben, als er sah, wie die Krieger fast ohne Widerstand in die Festung eindrangen. Die Verteidigung der Cremasken schien bei weitem nicht so stark wie ihr Gespött zu sein, fuhr es ihm durch den Kopf. Eine Weile beobachtete er den Kampf und beschloss dann, das Gelände zu umrunden, um einen Gesamteindruck zu bekommen. Rochefort wollte er einen möglichst genauen Bericht vorlegen.

Auch an anderen Stellen stürzte die Stadtmauer ein

und die Cremasken zogen sich bereits zurück. Im Stillen sagte sich Martin, dass sie dem Herzog gegenüber den Mund besser nicht so voll genommen hätten. Sie waren Krämer und Handwerker, aber keine Krieger, das wurde jetzt nur allzu deutlich.

Die Eroberung von Crema dauerte bis zum anderen Morgen, dann war der Sieg vollkommen. Die feindlichen Befehlshaber verschanzten sich in dem unbeschädigten Wehrturm und sandten Abgeordnete zu dem Herzog. Sie ließen ihm mitteilen, dass sie sich ergeben würden, wenn er ihnen ihr Leben garantiere.

Nach dem Spott und Hohn, den man ihm entgegengeschleudert hatte, war Rochefort nicht bereit, sie leben zu lassen. Nur dem Einfluss seines Kanzlers war es zu verdanken, dass er letztendlich zustimmte. Aber die Bevölkerung musste die Stadt bis zum kommenden Tag verlassen und alle Waffen vor der Stadtmauer ablegen.

Es war dann schon ein groteskes Geschehen, das Martin und Gernod am folgenden Tag beobachteten. Anstatt stolz über ihren Sieg zu sein, sahen sie mitleidig auf die zerlumpten, mageren Gestalten, die als Zeichen der Unterwerfung ihre Schwerter an Schnüren um den Hals gebunden hatten. Allen voran die Patriarchen der Stadt, die sich vor dem Herzog auf die Erde warfen und um Gnade für sich und die Bevölkerung baten. Martin bemerkte erstaunt, wie der Herzog von ihrer Unterwerfung sichtlich berührt wurde. Eine Weile beobachtete Rochefort wie die Cremasken ihre Waffen niederlegten, erteilte einige Befehle an die Führer der Abteilungen, und bat danach die Berater in sein Zelt. Forcheau forderte Martin auf, sie zu begleiten.

»Ihr müsst aufschreiben, was der Herzog über das Schicksal der Gefangenen und der Stadt anordnet«, sagte er zu Martin. »Macht euch von allen Punkten sofort Notizen. Danach setzen wir uns zusammen und werden gemeinsam den endgültigen Text formulieren.«

In den folgenden Tagen feierte das Heer mit Unmengen von erbeutetem Wein den Sieg, während den Cremasken befohlen wurde, ihre eigene Stadt dem Erdboden gleich zu machen. In diesem Punkt hatte Rochefort sich nicht erweichen lassen. Er wollte den Ort, an dem er so viele Beleidigungen erleben musste, von der Erde verschwinden sehen.

Überall brannten lichterloh die Gebäude und als letztes sollte an diesem Tag der steinerne Wehrturm vernichtet werden. Martin, Gernod und Lisa, die sich bereits mit Gernod öffentlich zeigte, standen in sicherer Entfernung. Sie waren neugierig, wie man ein solch massives Bauwerk überhaupt zum Einsturz bringen konnte. Sie hörten lautes Hämmern und beobachteten, wie gefangene Zimmerleute alle Öffnungen des Turms mit dicken Holzbrettern vernagelten und alle Ritzen verstopften. Gleichzeitig transportierte eine lange Kette von Gefangenen Holz, Reisig, Stroh und Pech zum Eingang des Bauwerks. Martin, der sich immer noch fragte, wie die Zerstörung vor sich gehen sollte, war dann überrascht über die einfache Erklärung.

»Wir stopfen den Turm«, erklärte ihm einer der

Handwerker, »voll mit brennbarem Material. Dabei ist es wichtig, dass genügend Luft zwischen den einzelnen Schichten bleibt, damit das Feuer sich bis nach oben hin durchfressen kann.«

»Aber Steine brennen doch nicht«, warf Martin ein. »Wie soll der Turm da zusammenstürzen?«

Gernod, der das System kannte, erklärte, dass durch die zugestopften und zugenagelten Maueröffnungen die große Hitze des Feuers aus dem Turm nicht herauskonnte und sich ausdehnen würde. Durch den Druck würde sich der Mörtel lösen und das Mauerwerk zusammenstürzen. »So gegen Abend wird die Hitze ihren Höhepunkt erreicht haben, dann können wir sehen, wie der Turm zusammenbricht.«

Martin, der ahnte, dass Gernod mit Lisa alleine sein wollte, sagte, dass er noch einiges zu schreiben hätte, verabschiedete sich und beobachtete zufrieden, wie die beiden zu dem nahe gelegenen Akazienwald gingen. Er sah ihnen vom Zelteingang noch einen Moment nach, dachte an Cathérine und wünschte sich, sie wäre bei ihm.

13. KAPITEL

Verzweifelt versuchte sie ihre Angst zu verbergen und blickte entschlossen die Männer an. Schon einmal hatte sie erlebt, wie Wehrlose erschlagen und ermordet wurden. Sie würde es nicht zulassen, dass die Eindringlinge Beatrix und dem Kind zu nahe kamen.

»Was wollt ihr hier«, fuhr sie den vordersten der Fremden an. »Seht ihr nicht, dass die Herzogin gerade ein Kind geboren hat? Wollt ihr euch an dem Wunder des Lebens versündigen?« Voller Verachtung blickte sie dem Anführer ins Gesicht.

Erleichtert bemerkte sie, wie die Miene des Italieners sich ehrfurchtsvoll veränderte. Gebannt blickte er auf Beatrix und auf das neugeborene Kind, das mit einem weißen Leinentuch fest umwickelt war.

»Madonna«, flüsterte er, bekreuzigte sich, fasste Cathérine am Arm und zerrte sie wortlos aus dem Raum. Erleichtert hörte sie, dass die restlichen Männer ihnen polternd die Treppe hinunter folgten. Gott sei Dank, dachte sie, die Herzogin und das Kind sind erst einmal gerettet. Dann kam ihr die eigene Situation zum Bewusstsein. Um sich aus dem festen

Griff des Anführers zu befreien, schlug sie auf ihn ein.

»Lasst das!«

Der kräftige, gedrungene Fremde sah sie ungehalten an.

»Wenn ihr euch ruhig verhaltet, wird euch nichts geschehen, andernfalls werde ich euch binden müssen.«

Cathérine entschied, dass sie abwarten sollte, wie die Lage sich entwickeln würde. Sie hatte nicht den Eindruck, dass sie einer gewöhnlichen Bande zum Opfer gefallen war. Die Männer waren gut bewaffnet und machten einen überheblichen Eindruck.

Sie nickte ihm zu.

»Wenn ihr mir sagt wer ihr seid und was dieser Überfall soll, werde ich versuchen, mich anzupassen.«

Überrascht über ihre Forderung schüttelte der Italiener den Kopf.

»Was stellt ihr euch vor? Ihr seid meine Gefangene.« Er zeigte auf das Tor, durch das seine Leute mit mehreren Frauen nach draußen eilten. Entsetzt sah Cathérine zwei Torwachen auf dem Boden liegen. Schlagartig wurde ihr klar, wieso sie von dem Überfall nichts bemerkt hatten. In der Burg musste es Verräter geben, die skrupellos die Torwachen töteten und das Tor öffneten. Der Überfall war sorgfältig geplant gewesen.

Außerhalb der Burg wurde sie zusammen mit den anderen Frauen auf zwei Fuhrwagen verteilt. Für sie alle war es ein Rätsel, was diese Entführung sollte. Auffallend war, dass nur die jüngsten und hübschesten Frauen des Burgpersonals gefangen genommen wurden.

Während der holprigen Fahrt versuchte Cathérine durch die Schlitze der Wagenplanen auszumachen wohin sie fuhren, gab es nach einer Weile aber resigniert auf. Die wenigen Orte, an denen sie vorbeikamen, waren ihr ohnehin unbekannt.

Mitten in der Nacht erreichten sie ein dunkles, bedrückendes Gebäude. Bei dem sternenlosen Himmel konnte sie die Umrisse einer trutzigen Befestigungsanlage ausmachen, als die Männer auch schon die Frauen von den Wagen herunterholten und in das Gebäude drängten. Sogleich gab der Anführer seinen Leuten einige rasche Befehle. Daraufhin schleppten sie Strohsäcke herein und er befahl den Frauen, sie auf den Boden auszulegen. Erleichtert beobachtete Cathérine, dass die Frauen den Erker aufsuchen konnten, in dem sie den Abort vermutete. Wenigstens mussten sie ihre Notdurft nicht in dem Raum verrichten. Ihr war nur nicht klar, warum sie abgesondert wurde. Unterwegs schon hatte sie beobachtet, dass der Anführer sich mit einer Frau unterhielt, die verstohlen auf sie gezeigt hatte.

Als hätte er ihre Gedanken erraten, befahl er ihr, ihm zu folgen. Über einen dunklen Korridor ging es zu einer schmalen, eng gewundenen Steintreppe, die in einem runden Turm nach oben führte. Etwa auf halber Höhe blieb er stehen, öffnete eine in die Mauer eingelassene Tür und forderte sie auf, in den Raum zu gehen. Mit einem Schlag wurde ihr bewusst, wie abgeschieden sie plötzlich war. Sie blieb stocksteif stehen und konnte sich nicht entschließen, hineinzugehen,

»Nun macht schon«, fuhr er sie an. »Seid froh, dass ihr so gut behandelt werdet.«

Er ging in den Raum, trat zur Seite um sie vorbeizulassen und zeigte auf die einfache, aber saubere Einrichtung der Kammer.

»Ich denke, hier werdet ihr es einige Zeit aushalten bis Fürst«, abrupt brach er ab. Cathérine sah ihm an, dass er sich ärgerte, schon zu viel gesagt zu haben.

Sofort setzte sie nach.

»Fürst, welcher Fürst, was hat das alles zu bedeuten?« Wütend blickte sie ihm herausfordernd ins Gesicht.

Unbeeindruckt und verschlossener denn je schüttelte er den Kopf und ging wortlos zur Tür. Beim Hinausgehen bemerkte er noch, dass sie etwas zu essen bekommen würde und verriegelte dann die Tür.

Eine unheimliche Stille umgab Cathérine. Sie sank auf die mit Kissen bedeckte hölzerne Bank und ihr wurde die ausweglose Situation so richtig bewusst. Alleine, gefangen in einem Turm, ohne dass Martin oder sonst ein Mensch wusste, wo sie war, ergriff sie plötzliche Panik.

Sollte ihr Leben erneut zerstört werden?

Jetzt, wo sie einen Menschen gefunden hatte, den sie liebte, der ihr half, das schreckliche Ende ihres Vaters ertragen zu können? Verzweifelt schüttelte sie den Kopf. Nein, das durfte nicht geschehen. Sie musste sehen, wie sie aus diesem Gefängnis wieder herauskam. Unbewusst berührte sie den Dolch in dem Ärmel ihres Umhanges. Die Kälte der Waffe hatte eine beruhigende Wirkung und sie kam sich nicht mehr ganz so hilflos vor. Sie grübelte, warum sie anders behandelt wurde als die anderen Frauen und wer der Fürst sein könnte, dessen Name der Fremde fast erwähnt hätte?

Nachdenklich saß sie auf der Bank, bis ihr plötzlich ein Gedanke durch den Kopf schoss. Natürlich, das war es. Der Überfall, die Entführung, sie hatten nur ihr gegolten. Darum auch kein Interesse an Beatrix, die doch eine wertvolle Geißel gewesen wäre.

Nur um sie ging es.

Ein furchtbarer Verdacht stieg in ihr hoch.

Es gab nur einen Menschen, von dem sie sich ständig verfolgt fühlte.

Fagoth Takloh.

Eine furchtbare Angst überfiel sie. Sie sah seine brennenden Augen hinter der Maske und meinte seine weißen, blutleeren Hände an ihrem Körper zu spüren. Unbewusst stieß sie einen spitzen Schrei aus und flüchtete in den hintersten Winkel der Kammer. Sie presste sich in eine Nische und zitterte wie Espenlaub. Erst das Quietschen des Türschlosses holte sie in die Wirklichkeit zurück. Ängstlich starrte sie auf die Tür und war erleichtert, als ein Mann und eine Frau eintraten, ein großes Holzbrett mit Brot, Schinken, Käse und Wein auf den Tisch stellten und sie neugierig musterten. Cathérine blickte auf die mollige, dunkelhaarige Dienstmagd, die einen

158

sauberen Eindruck machte und sie freundlich anblickte. In einem schlecht zu verstehenden Italienisch stellte sie sich als Constance vor, und dass sie eigentlich aus der französischen Stadt Dijon aus einem guten Hause komme. Unglückliche Umstände hätten sie gezwungen, die Stelle als Dienstmagd in diesem Hause anzunehmen.

»Und wenn es euch lieber ist«, sagte sie auf Französisch, »können wir uns auch in unserer Sprache unterhalten.«

Ehe Cathérine etwas erwidern konnte, wurden sie von dem Mann grob unterbrochen.

Wütend sah er Constance an.

»Ihr wisst, dass ihr nur das Nötigste sagen sollt, also lasst dieses Geschwätz.«

Cathérine, die durch die freundlichen Worte der Dienstmagd schon Hoffnung geschöpft hatte, blickte auf die riesige Gestalt des Mannes. Auf seine befleckte Kleidung und spürte, wie seine unterlaufenen Augen sie von oben bis unten musterten. Sie spürte die Gefährlichkeit dieses gewöhnlichen Menschen.

Constance ließ sich von ihm nicht beeindrucken. Vernichtend blickte sie ihn an und sah dann mitleidig auf die mitgenommene Kleidung von Cathérine.

»Mein Gott noch, hat man euch schlecht behandelt. Dabei sollt ihr doch alle Annehmlichkeiten bekommen, die wir euch bieten können. Ich werde euch sofort neue Sachen bringen, aber erst solltet ihr ein heißes Bad nehmen, das wird euch gut tun.«

Cathérine wollte schon zustimmen, als sie den

verschlagenen Ausdruck im Gesicht des Mannes bemerkte. Als Constance noch meinte, dass er das Wasser auch tüchtig aufheizen und ihr den Badebottich bis zum Rand hin füllen würde, lehnte sie energisch ab.

»Ich glaube, ich muss mich erst etwas hinlegen, aber sagt mir, in welchem Hause bin ich hier eigentlich?« Bevor Constance antworten konnte, fuhr der Mann dazwischen.

»Das geht euch nichts an, fragt nicht so viel.« Grob packte er Constance am Arm und zog sie zur Tür. Cathérine atmete erst wieder auf, als sie hörte, wie er von außen die Tür verriegelte. Völlig erschöpft legte sie sich auf das Bett und fiel augenblicklich in unruhige, beklemmende Träume.

Martin durchlebte Tage voller Verzweiflung. Ständig gingen ihm die schlimmsten Vorstellungen durch den Kopf. Die Spähtrupps, die sie ausgesandt hatten, um die verschleppten Frauen zu finden, kamen ohne Ergebnis zurück. Nirgendwo fanden sie einen Anhaltspunkt und die Menschen, die sie fragten, wussten von nichts. Allerdings hatten sie das Gefühl, das die lombardischen Bauern sie belogen.

Rochefort, einerseits überglücklich, Beatrix und die neugeborene Tochter sicher bei sich zu haben, war ernsthaft besorgt um das Schicksal von Cathérine und das der anderen Frauen. Beatrix hatte ihm berichtet, mit welcher Entschlossenheit Cathérine sich vor sie und das Kind gestellt hatte und sich dabei in Gefahr gebracht hatte.

Als Belohnung hatte er eine hohe Summe für diejenigen ausgesetzt, die ihm den Aufenthaltsort der gefangenen Frauen mitteilen konnten. Zunehmend sorgenvoller beobachtete er unterdessen den Zustand seines Sekretärs. Ihn sah er nur noch bedrückt und geistesabwesend durch die dunklen Räume schleichen. In der Nacht, so berichteten ihm die Diener, saß er oft bis zum Morgengrauen in der Kanzlei und arbeitete, bis er über seine Dokumente einschlief.

Rochefort überdachte nochmals den Hergang des Überfalls. Er konnte sich nicht erklären, warum er nur den Frauen gegolten hatte, und wieso sie Beatrix in Ruhe gelassen hatten. Stirnrunzelnd beschloss er, am nächsten Tag nochmals eine Versammlung einzuberufen.

Am Morgen in aller Frühe ließ er Martin und Gernod in sein Arbeitszimmer kommen. Nach langer Beratung, an der auch Beatrix, der Kanzler, Mierés von Trois sowie Xavier Fiscart teilnahmen, waren sie alle außer Forcheau der Meinung, dass die Frauen von den Mailändern verschleppt wurden. Sie waren überzeugt, dass diese darüber informiert gewesen waren, dass die Burg Rivoli mit nur wenigen Wachen besetzt war. Und das sie Verräter in die Burg eingeschleust hatten.

»Trotzdem finde ich es sehr merkwürdig«, Forcheau sah Rochefort zweifelnd an, »dass, wenn es Mailänder waren, sie darauf verzichtet haben, die Herzogin und eure neugeborene Tochter gefangen zu nehmen. Mit ihnen als Geißeln hätten sie starken

Druck auf euch ausüben können.«

Zustimmend nickte Rochefort.

»Ihr habt recht, das verstehe ich allerdings auch nicht.«

Mit feuchten Augen mischte sich Beatrix in das Gespräch.

»Ich bin überzeugt, das wäre auch geschehen, nur dem Auftreten von Cathérine ist es zu verdanken, dass man mich und das Kind in Ruhe gelassen hat. Ihr hättet erleben müssen, wie entschlossen sie sich den Männern entgegengestellt hat.«

Während Beatrix die Tränen liefen, hörten sie auf dem Hof laute Stimmen. Wenige Augenblicke später erschien ein Diener und meldete, dass ein Spähtrupp zurück sei und eine wichtige Meldung zu machen hätte. Ein noch junger Krieger wurde hereingeführt und berichtete, dass sie einen Händler aus dem mit Mailand verfeindeten Pavia getroffen hätten. Dieser war mit seinem Fuhrwerk unterwegs nach Dovera gewesen, um dort auf dem Wochenmarkt seine Waren zu verkaufen. Unterwegs hatten ihn Mailändische Steuereintreiber überfallen, seine Hühner geköpft und mitgenommen. Sie haben ihm gedroht ihn aufzuhängen, sollten sie ihm nochmals begegnen. Der Händler hat Angst bekommen und ist nach Pavia zurückgeritten. Gegen Mitternacht hat er dann beobachtet, wie ein Trupp Reiter zwei große, mit Planen überdeckte Fuhrwagen begleiteten und in die Trutzburg verschwanden, die der Stadt Mailand vorgelagert ist.«

»Nun«, Forcheau machte ein bedenkliches

Gesicht. »Das können natürlich irgendwelche Reisende gewesen sein. Trotzdem«, grübelnd blickte er zu Rochefort hin, »müssen wir herausfinden, ob auf den Wagen die Frauen waren.«

Gernod wurde unruhig. Für ihn stand fest, was er unternehmen musste.

»Ich werde versuchen, in die Festung zu kommen«, sagte er entschlossen. »Wenn die Frauen dort sind, finde ich sie.« Als er den zweifelnden Blick von Rochefort bemerkte, setzte er nach, dass er sich gleichzeitig auch die Verteidigungsanlagen der Stadt ansehen könnte.

Unerwartet bekam er Unterstützung durch Graf von Trois.

»Ich denke«, wandte er sich an seinen Vetter, »der Vorschlag von Gernod ist das Sinnvollste, das wir unternehmen können. Zum jetzigen Zeitpunkt ein Heer gegen Mailand zu führen wäre verfrüht. Dagegen ist es wichtig zu wissen, welche Verteidigungsanlagen es gibt und wie viele Kriegsleute sich in der Stadt aufhalten.«

»Und ich werde«, Martin war ungeduldig aufgesprungen, »eine Skizze der Festung mit ihren Bollwerken machen.«

Mierés von Trois musste, als er das glühende Gesicht von Martin sah, laut lachen. Und selbst der Kanzler, sonst streng auf die Disziplin in der Runde um den Herzog bemüht, konnte sich ein schmales Lächeln nicht verkneifen.

Beatrix, die sich freute, endlich mal wieder ein Leuchten in den Augen von Martin zu sehen, schaltete sich in die Unterhaltung ein. In einem Ton, der sich selbst ihr Mann nicht widersetzen konnte, stimmte auch sie dafür, dass Gernod und Martin versuchen sollten, in die Festung zu kommen.

»Aber«, sie blickte Martin fest an. »Ihr werdet euch nicht in Gefahr bringen. Solltet ihr erfahren, dass die Frauen dort gefangen gehalten werden, kommt ihr sofort zurück. Und ihr Gernod«, bittend sah sie den engsten Freund Martins an, »werdet dafür sorgen, dass sich an meinen Worten gehalten wird.«

Ohne eine Reaktion der Männer abzuwarten, stand sie demonstrativ auf und gab damit zu verstehen, das es in dieser Angelegenheit nichts mehr zu bereden gab. Rochefort wandte noch ein, dass er Martin nicht entbehren könne, wogegen ihm Beatrix sofort entgegenhielt, dass für die paar Tage andere Schreiber aushelfen könnten und für die wichtigsten Dokumente wäre ja auch noch der Kanzler da.

Wie immer, wenn seine kleine Frau energisch wurde, konnte Rochefort innerlich ein Schmunzeln nicht verwinden, stimmte nach außen hin aber mit ernster Miene zu.

164

14. KAPITEL

In der wärmenden Mittagssonne lehnten sie an eine römische Säule und beobachteten aufmerksam das hektische Kommen und Gehen auf dem riesigen Marktplatz. Schon seit dem frühen Morgen drängten Krieger und schwer beladene Bauersleute in die Stadt. Sie und die Bewohner schienen sich auf einen Krieg vorzubereiten.

Trotz der angespannten Lage konnte Martin nicht umhin, die Schönheit des Machtzentrums der Lombarden zu bewundern. Als er die gigantische, römische Säulenreihe vor San Lorenzo Maggiore betrachtete, stieß Gernod ihn an.

»Seht die Frau dort, die gerade die Kirche verlassen hat, ich glaube, die kommt direkt auf uns zu.«

Martin beobachtete, wie eine kostbar gekleidete Mailänderin sich offensichtlich für sie interessierte und zielstrebig auf sie zusteuerte. Seufzend sandte er einen hilfesuchenden Blick auf das Kreuz der Kirchenkuppel. Um seine hellen Haare zu verdecken, zog er die Kapuze seines Umhangs tiefer ins Gesicht.

»Gebt mir Brot«, jammerte er und streckte

seine schmutzige Hand der Frau entgegen. Dabei musterte er sie unauffällig und bewunderte das kostbare, mit Goldstickereien durchzogene hellblaue Obergewandt und die mit Perlenstickereien verzierten Schuhe. Darunter waren hohe Trippen geschnallt, damit sie nicht mit dem Dreck der Straße in Berührung kamen. Gernod, der es mit der italienischen Sprache noch nie besonders hatte, senkte den Kopf und spielte den Stummen.

»Haltet euren Mund«, fuhr die Frau Martin mit kalter Stimme an, öffnete die Hand und warf kleine Münzen auf die Erde. Raffgierig stürzte Martin sich darauf und bedankte sich unentwegt.

Abschätzend betrachtete die Mailänderin Gernod, der starr auf die Erde blickte. Mit Kennerblick bemerkte sie unter dem zerrissenen Umhang seine muskulöse Gestalt und kam zu der Erkenntnis, dass sein Gesicht, wenn es erst einmal gewaschen war, ihr schon gefallen könnte.

»Du da, steh auf«, befahl sie, »und zeig mal, was du zu bieten hast.«

Gernod hätte ihr am liebsten gesagt, dass sie sich zum Teufel scheren sollte, aber sie durften nicht auffallen. Schwerfällig erhob er sich und blickte teilnahmslos die Frau an.

Unbeeindruckt trat die Fremde auf ihn zu, tastete ihn von oben bis unten wie einen Sklaven ab und nickte zufrieden. Ihr längliches, hochmütiges Gesicht mit den turmhoch gesteckten Haaren kam ihm dabei so nahe, dass er den schweren, süßlichen Geruch bemerkte, der von ihr ausging. Ihre kohlschwarzen

Augen sahen ihn intensiv an und sie streckte ihren Oberkörper so weit vor, dass ihre eng geschnürten Brüste noch mehr hervortraten.

»Du gefällst mir, du kannst mit mir gehen«, sagte sie und fasste ihn am Ärmel. »Wenn ich mit dir zufrieden bin, kannst du ein angenehmes Leben bei mir haben«, lockte sie weiter. Dabei versuchte sie ihm das Kopftuch abzustreifen.

Martin, der sprachlos das Ganze verfolgt hatte, fand es an der Zeit einzugreifen.

»Wir danken euch für eure Großherzigkeit, aber mein Bruder hat das Gelübde abgelegt, in San Ambrogio sein Leben als Mönch zu verbringen«, sagte er mit verkniffener Miene. Schlagartig stand in dem Gesicht der schönen Mailänderin die kalte Wut geschrieben. Zornig hob sie die geballte Faust, um auf Gernod einzuschlagen. Im letzten Moment hielt sie sich zurück, stieß vulgäre Flüche aus und stolperte auf ihren hohen Trippen davon.

»Das ging ja noch mal gut«, meinte Gernod erleichtert. »Dieses Weib hätte uns fast alles verdorben. Wir müssen sofort von hier verschwinden, aus Wut bringt die Frau es fertig und hetzt uns die Stadtwachen auf den Hals. Übrigens«, er blickte Martin anerkennend an, »woher wusstet ihr, dass es hier ein Kloster der Benediktiner gibt?«

Martin zeigte auf die Kirche.

»Das ist mir gerade noch eingefallen. Mir ging plötzlich durch den Kopf, dass unser Prior es einmal im Kloster erwähnt hat. Ich habe schon überlegt, die Mönche um Hilfe zu bitten, bin mir aber nicht sicher, ob das so gut wäre.«

Gernod schüttelte entschieden den Kopf.

»Auf keinen Fall können wir das riskieren. Ich vermute, das Kloster ist von der Stadt abhängig. Man würde uns verraten.«

Hastig zog er Martin in den Schatten des großen Gebäudes und wachsam beobachteten sie noch eine Weile das Geschehen auf dem Marktplatz. Anschließend steuerten sie den östlichen Teil der Stadt an. Als sie weit genug vom Marktzentrum entfernt an eine Schenke kamen, ließ Gernod sich von Martin die Münzen geben, die er aufgesammelt hatte und verschwand damit in den Gasthof. Kurze Zeit später kam er mit einem großen Kanten Brot heraus.

»Niemand ist misstrauisch geworden«, äußerte er erleichtert. »Trotzdem sollten wir uns unsichtbar machen.« Sie blickten sich um und sahen an der Rückseite der Schenke einen maroden Anbau, der einmal als Stall gedient haben musste. Schnell huschten sie hinein und fühlten sich erst einmal sicher. Beim Essen redeten sie über ihre Frauen und überlegten, wie sie das Gebäude finden konnten, in dem die Planwagen untergekommen waren. In der Trutzburg, die der Händler erwähnte, hatten solche Wagen nicht gestanden, demnach mussten sie in die Stadt gefahren sein.

»Wir sollten es so machen«, schlug Martin vor, »dass wir uns zuerst die großen Gebäude ansehen.« Er wollte noch erklären, dass er dabei die Verteidigungsanlagen skizzieren könnte, als sie

Hilferufe hörten. Unschlüssig sahen sie sich an, sprangen dann aber auf und liefen in die Richtung, aus der die Rufe kamen. Im Dreck der Gasse sahen sie auf dem Boden einen Mann liegen, der abwehrend die Hände erhoben hatte. Über ihm kniete ein anderer Mann mit einem Stein in der Faust. Offensichtlich wollte er auf den am Boden Liegenden einschlagen. Gernod lief auf ihn zu und stieß ihn zur Seite. Überrascht rappelte der Mann sich auf und starrte Gernod und Martin an. Einen obszönen Fluch ausstoßend schätzte er blitzschnell die Lage ab und verschwand dann in der dunklen Gasse. Hilfsbereit half Martin dem Überfallenen auf die Beine und betrachtete ihn prüfend. Außer einem Schrecken schien er weiter nichts abbekommen zu haben.

»Ihr habt Glück gehabt, das hätte übel ausgehen können«, sagte er zu ihm.

»Danke«, murmelte der Fremde und ein saurer Weingeruch schlug Martin entgegen.

»Ich danke euch für eure Hilfe.«

Martin, der es für besser hielt, das Gernod weiterhin stumm blieb, übernahm das Reden.

»Warum hat der Mensch euch überfallen?«, fragte er. Dabei musterte er die Kleidung des Mannes, die einmal bessere Tage gesehen hatten.

»Nicht hier«, flüsterte der Mann hastig. »Kommt mit zu meinem Haus, dort sind wir sicher.« Ohne sich weiter um die beiden zu kümmern, drehte er sich um und lief ins Dunkle hinein. Gernod flüsterte Martin zu, dass das eine gute Gelegenheit sei, für die Nacht unterzukommen und vielleicht würden sie auch noch etwas Wichtiges erfahren können.

Seit Stunden schon saß Cathérine vor der winzigen Maueröffnung in ihrer kleinen Turmkammer und blickte hoffnungsvoll in die Weite des Landes. Seit die zutrauliche Constance ihr berichtet hatte, dass der Herzog und sein Heer sich von Norden her der Stadt näherten, hatte sie wieder Hoffnung geschöpft.

Unentwegt dachte sie nur noch an Martin.

In den Stunden ihrer Gefangenschaft hatte sie den Entschluss gefasst, am Ende der Reise mit ihm nach Burgund auf ihre Güter zu gehen. Dort konnten sie ihr Leben selbst bestimmen und eine Familie gründen. Aber erst einmal musste sie heraus aus diesem Gefängnis. Von Constance hatte sie erfahren, dass sie in einem ehemals römischen Castello im alten Stadtviertel Mailands war. Dieses Gebäude war schon seit langer Zeit im Besitz einer römischen Adelsfamilie, die während ihrer Geschäfte in Mailand hier wohnte. Leider aber, so hatte ihr Constance mitgeteilt, war der alte Fürst gestorben und nun war sein Sohn Herr über das Haus.

Und seitdem geschahen seltsame Dinge.

Die Dienerin hätte ihr sicherlich noch mehr erzählt, als plötzlich der grobschlächtige Wächter auftauchte, Constance packte und sie brutal aus der Kammer zerrte. Cathérine hatte den Verdacht, dass der Mann sie belauscht hatte. Danach bediente sie eine alte, stumme Frau, die auf ihre Fragen nach Constance sie mit trüben Augen ansah und den Kopf schüttelte.

In Gedanken versunken fuhr Cathérine plötzlich zusammen, als mit einem lauten Knall die Tür ihrer Kammer aufflog und der nach Wein stinkende Wächter sie mit rot unterlaufenden Augen anstarrte. Grunzend streckte er seine stark behaarten Hände nach ihr aus und wankte unsicher auf sie zu. Cathérine fühlte, wie ihre Beine weich wurden und nur mit Anstrengung schaffte sie es, in die hinterste Ecke der Kammer zu flüchten. Mit einem Satz war er bei ihr, presste seine aufgeworfenen Lippen auf ihr Gesicht, als er wie ein Tier aufschrie. Wieder und wieder traf ihn der Lederriemen, bis er wimmernd am Boden lag.

Gelähmt vor Angst starrte Cathérine auf den Anführer der Italiener, der gebeugt über dem Wächter stand, langsam den Riemen einrollte und ihn angewidert anblickte.

»In die Katakomben mit dir, du Ratte«, fauchte er ihn an und versetzte ihm einen schweren Tritt an den Kopf. Der Mann schrie auf und brachte sich mit einem Sprung durch die Tür in Sicherheit.

Cathérine bemerkte noch verschwommen, wie der Italiener sie von oben bis unten prüfend musterte, ehe sie in ein tiefes Loch fiel.

Entspannt und zufrieden genossen sie den Abend, als ihr betrunkener Gastgeber erzählte, dass er viele Jahre in einem römischen Castello Kellermeister gewesen war. Und er wüsste Dinge, die den Hausherrn, einen römischen Adeligen, vor Gericht bringen könnten.

Sofort fiel alle Trägheit von ihnen ab und

überrascht blickten sie sich an. Gernod nutzte sofort die Situation, nahm den Weinkrug und füllte den Becher von Frasca randvoll.

»Ach, erzählt doch mal«, forderte Martin ihn auf. »Erzählt mal, wie es in einem so feinen Fürstenhaus zugeht und wie die Leute dort leben.«

Frasca winkte ab.

»Feines Haus, edle Leute, ihr könnt euch gar nicht vorstellen, was Teuflisches dort geschieht. Das heißt«, lallte er vor sich hin», der alte Fürst, das war ein gerechter Mann, der auch für seine Dienstleute etwas übrig hatte. Sein Sohn aber«, angewidert schüttelte er den Kopf, »das ist der Teufel selbst. Aber eines Tages werde ich ihn fassen und mich rächen. Ich weiß nämlich«, schnaufte er, »wie man ungesehen in das Castello hineinkommt.« Drohend hob er den Arm und kippte dann total betrunken zur Seite.

Gernod konnte einen Fluch nicht unterdrücken.

»Muss dieses Weinfass ausgerechnet jetzt den Verstand aufgeben, jetzt, wo es für uns wichtig werden konnte?« Martin war ebenfalls enttäuscht, sah aber, das Frasca nicht mehr ansprechbar war und meinte, dass sie die Zeit nutzen und ein paar Stunden schlafen sollten.

»Morgen früh werden wir alles erfahren«, beruhigte er Gernod, streckte sich behaglich auf das aufgeschüttete Stroh aus und war wenige Augenblicke später eingeschlafen.

Am Morgen berichtete ihnen der Kellermeister ausführlich von den Katakomben unter dem Castello. Stolz berichtete er, dass er die Schlüssel zu den Zellen hatte, so dass er nachts zu den Frauen gelangen konnte, um ihnen Brot und Wein zu bringen.

»Es war allerdings sehr gefährlich. Oft wurden mitten in der Nacht neue Gefangene gebracht, man hätte mich überraschen können.«

»Woher kamen die Frauen und was hatte man mit ihnen vor?« Angespannt blickte Martin den Lombarden an. Er fühlte, wie sich etwas in ihm verkrampfte und sich eine quälende Unruhe bemerkbar machte.

»Nun, es waren immer junge, hübsche Frauen aus dem niederen Stand, die man für einige Münzen überredet hatte, mitzukommen. Man versprach ihnen ein Leben in Luxus«, berichtete der Kellermeister. Mit rot unterlaufenen Augen sah er Martin und Gernod an. »Ihr könnt euch gar nicht vorstellen, welch sittenlose Orgien dort gefeiert wurden. Es wurden Spiele gemacht, bei denen alles erlaubt war, wobei die Gesichter der Männer mit Masken verdeckt waren, so dass später keiner von einem anderen etwas wissen konnte.«

Frasca seufzte schwer.

»Den besten Wein aus der Region wurde bei solchen Festen in Unmengen getrunken.«

»Aber die Frauen«, warf Martin ein, »wie hat man sie zwingen können, bei diesen Spielen mitzumachen?«

Gernod bemerkte die Blässe, die sich über das Gesicht seines Freundes legte, er ahnte seine düsteren Gedanken.

»Sie mussten nicht groß überredet werden«,

erklärte Frasca weiter. »Der Fürstensohn kennt sich mit geheimen Rezepturen aus. Fremdartige Leute, einmal sah ich welche mit pechschwarzen Gesichtern, bringen ihm unheimliche Dinge, aus denen der Teufel Drogen braut, die Frauen so beeinflussen, dass sie an den Orgien ihren Spaß haben.«

Martin konnte sich nicht mehr zurückhalten. Er war aufgesprungen und schritt aufgeregt durch den Raum. Wie angenagelt blieb er plötzlich stehen und blickte Gernod an.

»Erinnert ihr euch noch, das Cathérine von dem Wein, der ihr der Astrologe eingeschenkt hatte, wie berauscht gewesen war?«

»Fagoth Takloh!«

Gernod sprach den Namen aus, als wenn er den Teufel ausspucken wollte.

»Und die Masken«, sagte Martin. »Auch er trägt eine, ohne jemals gesagt zu haben, warum.« Er dachte an die alten Pergamentblätter, in denen die ausschweifenden Feste in Rom beschrieben wurden.

Drängend sah er den Kellermeister an.

»Und die Frauen, was geschieht mit ihnen, wenn das Fest zu Ende ist?«

Nachdenklich zuckte Frasca mit den Schultern.

»Soweit ich es mitbekommen habe, wurden die meisten von ihnen auf dem Sklavenmarkt verkauft. Nur außergewöhnlich schöne Frauen, die sich bereit erklärten, weiter in den Diensten des Fürsten stehen zu wollen, durften bleiben. Sie leben in einem bewachten Frauenhaus innerhalb des Castellos.«

»Wir müssen sofort dort hin, um zu sehen, ob

Cathérine dort ist«, sagte Martin. »Wir dürfen keine Zeit verlieren, wer weiß, vielleicht wird heute Abend schon ein Fest stattfinden. Allerdings«, nachdenklich zog er die Stirn in Falten, »wenn es wirklich Fagoth Takloh ist, dem das Castello gehört, besteht heute keine Gefahr. Er müsste noch beim Herzog sein.« Schon etwas ruhiger geworden, wandte Martin sich an Frasca.

»Wisst ihr zufällig, ob der Römer sich in dem Castello aufhält, oder ob er seit längerer Zeit verreist ist?«

»Ich kann es euch nicht sagen.«

Niedergeschlagen blickte der Kellermeister auf den Boden. »Sie haben mich überrascht, als ich mit einer der Frauen zusammen war. Fast hätten sie mich tot gepeitscht, und nur weil sie dachten, ich könnte nicht entfliehen, ließen sie mich in den Katakomben liegen. Auf der Suche nach einem Ausweg bin ich dann auf einen alten Stollen gestoßen, der nach draußen vor die Befestigungsmauer führte. Seitdem habe ich keinen Kontakt mehr zu diesen Leuten.« Martin konnte sich gut vorstellen, in welch ständiger Angst der Mann leben musste. Dann ging ein Ruck durch den Kellermeister, und entschlossen sah er sie an.

»Ich werde euch in die Katakomben führen und helfen, die Frauen zu befreien. Aber wir müssen vorsichtig sein, die Aufseher sind brutale Kerle.«

Gernod zeigte grinsend auf die Schwerter, die er und Martin trugen. »Die könnten ruhig mal wieder in Schwung kommen.«

»Dann sollten wir sofort aufzubrechen«, drängte

Frasca. »Bis zum Castello ist es weit und in den Katakomben gibt es keinen Unterschied zwischen Tag und Nacht.« Insgeheim hoffte er, bei dieser Gelegenheit einige Schläuche Wein mitnehmen zu können, das aber wollte er den beiden lieber nicht sagen. Ohne lange zu zögern, zogen Martin und Gernod ihre zerrissenen Umhänge über, und auch Frasca zog einen filzigen Überwurf an. Anschließend rieben sie sich Erde in die Gesichter und sahen aus wie heruntergekommenes Straßenvolk.

Lange führte Frasca sie durch die große Stadt, immer bemüht, Kontakte zu vermeiden. Martin und Gernod hatten noch nie eine so weitläufige stark befestigte Stadt gesehen. Außen an den Ringmauern standen rund um das Stadtgebiet befestigte Bollwerke, fast schon kleine Burgen. Davor erstreckten sich mehrere Verteidigungsringe, die durch Wehrgänge nahtlos miteinander verbunden waren.

»Eines ist sicher«, meinte Gernod nach einer Weile. »Diese Stadt ist uneinnehmbar. Unser Heer kann noch so groß sein, es ist unmöglich, diese ineinander verzahnten Wehranlagen zu überwinden. Und erst die Mauern.« Ehrfürchtig blickte er auf die riesigen Befestigungswälle. »Sie sind einige Meter dick, unsere Widder würden abknicken wie dünne Hölzer.«

Martin stimmte ihm zu. Auch er sah keine Möglichkeit, die Stadt zu stürmen. Grob stellte er schon Berechnungen an, wie viele Wochen oder Monate die Stadtbevölkerung mit den gelagerten

Vorräten auskommen würde. Denn das war sicher, nur durch eine Belagerung konnte die Hauptstadt der Lombarden eingenommen werden.

Frasca, der vor ihnen ging, hob plötzlich die Hand und zeigte nach vorne. Auch Martin war schon das große Gebäude aufgefallen, das in seiner runden Bauform an römische Kastelle erinnerte, die er als Zeichnung schon gesehen hatte.

»Jetzt müssen wir vorsichtig sein«, warnte Frasca. »Ab hier überwachen ständig die Spione des Fürsten, wer sich dem Castello nähert.«

»Ich verstehe nicht«, unterbrach ihn Martin, »dass die verbotenen Orgien, die dort gefeiert werden, nicht öffentlich bekannt werden.«

Frasca schüttelte den Kopf.

»Das macht der römische Herr ganz geschickt. Er zahlt große Summen an die Verwalter der Stadt, damit sie wegsehen. Und ich vermute, dass auch einige von ihnen an den Orgien teilnehmen.«

Gernod, der zugehört hatte, wurde langsam unruhig. Er fasste Frasca am Ärmel.

»Wo geht es zu dem geheimen Eingang, von dem ihr spracht?«
Ehe er antworten konnte, sahen sie vom Castello her einige Reiter kommen.

»Verflucht«, stöhnte Frasca, »sie dürfen uns nicht sehen. Je nachdem wer sie sind, könnten sie mich erkennen.«

Gernod reagierte sofort. Er zeigte auf die Ruine des kleinen Hauses, vor dem sie standen. Sie liefen hinein und beobachteten angespannt die

Reitergruppe. Frasca erkannte drei der Männer als oberste Schergen des Fürsten.

»Sie haben was vor, wir müssen uns beeilen, damit wir im Castello sind, bevor sie zurückkommen.«

15. KAPITEL

Er kam sich vor wie ein gefangenes Tier. Seine Gedanken rasten, um eine Möglichkeit zu finden, für einige Tage den Herzoghof verlassen zu können. Spät am Abend war eine Taube mit der Botschaft eingetroffen dass alles für das Fest vorbereitet sei. Man wartete nur noch auf seine Ankunft. Verkniffen biss er sich so fest auf die Lippen, dass er vor Schmerz aufschrie. Die Verlockung, einfach davon zu reiten, ließ ihn nicht mehr los, doch ein Zurückkommen wäre dann nicht mehr möglich gewesen. Unwillig betrachtete er seine Aufzeichnungen.

Präzise zeigten die Konstellationen, zu welcher Zeit der Mond in der nächsten Woche sich so rund zeigen würde, dass das Heer genügend Licht für seine nächtlichen Unternehmungen hatte. Insgeheim bewunderte Fagoth Takloh die Weitsicht des Herzogs, auf solche Vorhersagen hin strategische Unternehmungen zu planen. Im Hinblick auf seine eigenen Pläne rollte er dagegen unzufrieden die Karten zusammen, als ihm eine Idee durch den Kopf schoss.

Ein voller Mond, das war die Lösung.

Seine Gedanken überschlugen sich. Schon in den kommenden Nächten würde der Mond vollendet in seiner Form stehen, ideal, um seine magische Kraft auf die Kräuter zu übertragen. Zumindest sollten die Leute das glauben. Für ihn die Gelegenheit, doch noch den Hof verlassen zu können. Und keiner würde misstrauisch werden, wenn er für seine Extrakte, mit denen er manchen Kranken geheilt hatte, die Last auf sich nahm und nächtelang nach Pflanzen suchte.

Sofort traf er einige Vorbereitungen. Um einer möglichen Ablehnung seitens des Herzogs oder seines Kanzlers aus dem Wege zu gehen, schlich er sich an deren Räumen vorbei. Einen der Ärzte, zu dem er einen guten Kontakt hatte, informierte er über sein Vorhaben, überzeugend stellte er die Dringlichkeit seines Vorhabens dar. Anschließend befahl er dem Stallmeister seinen Rappen zu satteln und verschwand wie ein Magier des Teufels nachtschwarz in Richtung der Hauptstadt der Lombarden.

Warnend hob der Kellermeister den Arm. Er zeigte nach vorne, wo der dunkle Gang breiter wurde. Ein Lichtschein ließ die scharfen Konturen des Felsgesteins erkennen.

»Da vorne sind die Grotten, wo die Frauen sind«, informierte er. »Jetzt, um die Mittagszeit wird kein Wächter da sein, die sind alle im Wirtschaftsraum.« Frasca führte sie weiter, bis sie an einen Quergang kamen, der rechts zu den Gefangenen und links zu einer Treppe führte. Angespannt hörte Frasca in den rechten Gang hinein und hob resigniert die Schulter.

»Es ist nichts zu hören, die Frauen sind nicht mehr hier.« Als sie weiter in den Gang hineingingen, sahen sie die schweren Tore vor den Grotten offenstehen. Heruntergebrannt bis auf den Eisendorn warfen die Kienspäne an den Wänden nur noch schwache Schatten, einige waren bereits ausgebrannt. Ein Zeichen, dass die Frauen schon eine Weile die Grotten verlassen hatten. Verzweifelt blickte Martin Gernod an und wollte vorschlagen, nach oben zu gehen, als sie Geräusche hörten, die sich näherten.

Frasca überlegte, wer zu dieser Zeit in die Katakomben kommen könnte, wusste aber auch keine Erklärung. Er machte den beiden ein Zeichen ihm zu folgen. Wenige Meter weiter drückten sie sich in eine Felsennische und warteten angespannt. Näherkommend vernahmen sie die wütende Stimme einer Frau und dann das Zuschlagen eines der Eisentore.

Frasca stieß einen Seufzer der Erleichterung aus.

»Der Madonna sei Dank, sie sind wieder weg.«

Martin drückte sich an ihm vorbei, er wollte wissen, wer die Frau war, die sie eingesperrt hatten. Als er das Gittertor erreichte und sie ihn bemerkte, beschimpfte sie ihn in einem fürchterlichen Italienisch. Wütend rüttelte sie an dem Tor.

»Seid still, sonst haben wir gleich das ganze Gesindel hier unten«, sagte Martin hastig und musterte neugierig die kleine schwarzhaarige Person.

Sie sah gut aus und machte zudem einen sauberen Eindruck.

»Wir gehören nicht zu diesem Haus«, erklärte er, »wir suchen eine Frau, vielmehr mehrere, die vor einigen Tagen hierher verschleppt wurden.«

Constance musterte ihn eingehend.

»Ihr sucht Cathérine und könnt nur Martin sein«, antwortete sie dann für ihn völlig überraschend.

Verwirrt starrte er sie an.

»Woher kennt ihr Cathérine und wieso wisst ihr, wer ich bin?«

»Ich habe Cathérine bedient und sie hat mir von euch erzählt und so genau beschrieben, dass ihr es sein müsst.«

Mittlerweile hatte Gernod den schweren Querriegel entfernt und das Tor geöffnet. Er hatte ihre letzten Worte mitbekommen.

»Ihr wisst, wo Cathérine ist und könnt uns helfen sie zu befreien?« Skeptisch blickte er sie an.

Constance nickte eifrig.

»Deshalb bin ich ja hier unten eingeschlossen. Man hatte mir verboten zu ihr in die Kammer zu gehen. Aus Sorge habe ich es heute aber doch versucht. Dabei hat mich einer der Turmwächter überrascht.«

»Heißt das«, Martin wurde ganz aufgeregt, »wir können zu ihr?«

»Ja, und ihr könnt ganz beruhigt sein, ihr ist nichts geschehen. Im Gegenteil. Claudio Sakalce, der Verantwortliche hier, hat dafür zu sorgen, dass es ihr gut geht. Er haftet mit seinem Leben. Aber ich habe

182

gehört, dass der Fürst nach hier unterwegs ist, um ein Fest zu geben. Es wird gemunkelt, er will Cathérine zu seiner Geliebten machen.« Sie blickte Martin und Gernod abschätzend an.

»Ich denke, das werdet ihr verhindern wollen und ich werde euch dabei helfen.«

Gernod konnte nicht umhin, die kleine energische Person bewundernd anzusehen und spontan meinte Martin, sie käme natürlich mit ihnen und könnte auch später bei Cathérine bleiben. Dankbar nickte Constance und erklärte, wie sie zu dem Turm kämen. Jetzt erst fiel Martin auf, dass Frasca nicht mehr bei ihnen war.

»Nun, ich glaube«, Gernod lachte leise, »er wird sich zu den Weinvorräten geschlichen haben. Aber er wird uns nicht im Stich lassen.«

»Darauf sollten wir uns nicht verlassen.«

Besorgt blickte Martin in den dunklen Gang, aus dem sie gekommen waren.

»Wir müssen uns merken, wo es in den Gang hineingeht, der ins Freie führt.«

Gernod klopfte ihm beruhigend auf die Schulter.

»Ich habe mir die Abzweigungen genau angesehen und werde sie wiederfinden. Aber wir müssen uns beeilen, wenn die da oben ein Fest planen, werden sie vielleicht noch irgendwelche Dinge hier unten aus den Lagerräumen holen wollen.

Tief im Schlaf versunken wurde Cathérine von dem Lärm vor ihrer Kammertür geweckt. Noch ganz benommen richtete sie sich auf und überlegte, was das bedeuten konnte, als die Tür aufgestoßen wurde und Martin mit Gernod ins Zimmer stürzte. Beide hatten ihre Schwerter in den Händen und sie bemerkte das Blut an den Klingen. Mit einem Freudenschrei warf sie sich Martin entgegen, umarmte ihn und schluchzte vor Erleichterung. Gernod gönnte ihnen einen kurzen Moment und drängte dann zum Rückzug. Dabei wäre Cathérine fast über die am Boden liegenden Wachen gestolpert, als sie mit Constance an der Hand, zur Treppe ging. Glücklicherweise lag der Turm außerhalb der Wohngebäude, so dass ihnen kein Mensch begegnete. Wieder in den Katakomben blieben sie erst einmal aufatmend stehen.

Cathérine konnte nicht anders. Heulend vor Glück umarmte sie Gernod und Constance, zog Martin in eine dunkle Nische und küsste ihn lange. Es kam ihr alles wie im Traum vor. Als sie sich etwas beruhigt hatte, löste sich Martin behutsam und blickte besorgt zu Constance hin.

»Wisst ihr, was mit den anderen Frauen geschehen ist?«

»Wir können ihnen nicht helfen«, antwortete Constance bedrückt. »Sie werden schon auf das Fest vorbereitet, wir kommen nicht mehr an sie heran.«

Resigniert hob sie die Schulter.

»Wir können nur hoffen, dass sie nicht als Sklaven verkauft werden und wir sie später hier herausholen können.«

Es tat ihm leid, drängen zu müssen, aber Gernod wollte so schnell wie möglich die Katakomben

184

verlassen. »Wir müssen los«, sagte er. »Bevor es Tag wird, müssen wir weit weg sein. Der römische Hundesohn wird alles daran setzen, um Cathérine zurückzubekommen.«

Martin, der sich um den Kellermeister Sorgen machte, stimmte schließlich zu. Sie nahmen die Frauen an den Händen und eilten durch die felsigen Gänge zu dem geheimen Ausgang. Plötzlich spürte Martin, dass Gefahr auf sie zukam. Er wollte noch Gernod warnen, als mit einem tierischen Gebrüll ein Mann aus einer dunklen Felsennische auf sie zusprang und sich auf Gernod stürzte. Cathérine, die den riesigen Knecht erkannte, stieß einen Schrei aus. Gernod gelang es gerade noch, sich zur Seite zu werfen und der Angreifer torkelte an ihm vorbei. Dann blieb der Mann wie aufgespießt stehen. Ungläubig starrte er an sich herunter auf das Blut, das aus seinem Bauch spritzte. Er schien nicht zu verstehen, was seine Augen sahen, wollte noch nach der Klinge in seinem Bauch greifen, als er quiekend wie ein Schwein zu Boden fiel.

Angeekelt zog Martin das Schwert aus dem Bauch des Toten und überzeugte sich, dass Gernod unverletzt war. Kurze Zeit später erreichten sie erleichtert den Ausgang ins Freie.

16. KAPITEL

Seit Stunden schon saßen sie im Geheimkabinett des Papstes und wägten das Für und Wider sorgfältig ab. Eine gewisse Unsicherheit hatte sich breit gemacht. Unwillig las Rolando zum wiederholten Male die Nachricht, die am Morgen eine Taube gebracht hatte.

Seit vielen Wochen, so war mit kleiner, kaum leserlicher Handschrift geschrieben, belagerte Herzog von Rochefort die Stadt Mailand. Ein dichter Belagerungsgürtel umschließe die Stadt und alle Felder, Wein- und Ölberge würden von seinen Kriegern bewacht. Verräter in der Stadt hätten Lagerhäuser niedergebrannt und es sei abzusehen, so wurde berichtet, dass die Mailänder sich vor Hunger bald ergeben müssten. Jetzt schon würden sich Menschen für eine Handvoll Getreide umbringen.

»Es ist nicht zu fassen«, bemerkte Rolando gedankenverloren, »dass Stämme der Lombarden sich Rochefort angeschlossen haben, um ihm bei der Vernichtung Mailands zu helfen.«

»Das ist die Rache für die Unterdrückung durch die hochnäsigen Mailänder«, unterbrach Marcellinus ihn. »Das sie sich jetzt Rochefort an den Hals werfen, kann ich verstehen.«

»Dafür werden sie in ein anderes Joch gezwungen«, entgegnete Rolando. »Hier steht, das Rochefort aus seinen Reihen Verwalter in die von ihm eroberten Städte eingesetzt hat. Diese können über die lombardischen Bürger Recht sprechen und die Städte müssen hohe Abgaben an Rochefort zahlen. Also frei ist keine Stadt, die er einmal in seiner Hand hat.«

»Und doch«, seufzend hob Marcellinus seine dünne Hand, »wird uns nichts anderes übrig bleiben, als dass wir uns mit ihm verbünden müssen.«

Fragend blickte er seinen Kanzler an.

»Habt ihr erfahren können, ob die normannischen Drachenschiffe, die in Palermo vor Anker lagen, schon ausgelaufen sind?«

»Unsere Spione haben festgestellt, dass die Schiffe zurzeit alle überholt werden. Es heißt, dass sie aber bald schon zu einem Kriegszug in See stechen.«

Beruhigend sah er Marcellinus an.

»Das wird noch Monate dauern, bis dahin haben wir das Heer von Rochefort hier stehen.«

In diesem Moment wurden sie von Kardinal Rogani, einer der Vertrauten des Kanzlers unterbrochen. Leise die gepolsterte Tür hinter sich schließend, kam er in das Kabinett. Vor dem Papst beugte er flüchtig den Kopf, ging zu Rolando und übergab ihm eine in Leder eingewickelte Pergamentrolle.

»Eine Abordnung des Herzog von Rochefort hat dies gebracht.« Rolando brach das herzogliche Siegel auf und rollte das Schriftstück aus.

»Lest vor«, drängte Marcellinus.

Unbeeindruckt las Rolando das Schreiben erst einmal für sich durch und sah Marcellinus dann aufgebracht an.

»Es ist ein unerhörter Affront gegen euch. Rochefort lässt euch mitteilen, dass er in Kürze Mailand erobern wird und dass ihm danach die Eiserne Krone der Lombarden zusteht. Und er freut sich, so lässt er euch mitteilen, schon bald von euch als König der Lombardei gekrönt zu werden.«

Entrüstet blickte Rolando auf den Papst.

»Damit bittet er euch nicht, nein, er befiehlt euch, seine Krönung vorzunehmen. Nach diesem Akt wird er euch seinen Schutz gegen die Normannen zusichern, steht hier weiter.« Rolando schleuderte wütend das Schreiben auf die Erde.

»Dieser Bauer maßt sich an, als lombardischer König auftreten zu wollen und zwingt euch die Krönung auf.« Schwer ließ er sich in einen Sessel fallen. Ohnmächtiger Zorn erfüllte ihn und wollte seinen Kopf platzen lassen. Er sah sich schon der Bevormundung des herzoglichen Kanzlers, diesem verfluchten Forcheau ausgesetzt.

Trotzdem blieb Marcellinus keine Wahl, sie brauchten das Heer des Herzogs. Noch am Abend setzte er ein Antwortschreiben auf und schlug Rochefort vor, sich noch im Sommer mit ihm in Suti zu treffen. Rolando dagegen grübelte darüber nach, ob es nicht doch vorteilhafter gewesen wäre, den Normannenkönig zum Verbündeten zu haben.

188

Rochefort wurde ihm langsam zu mächtig.

Hinzukommend gab ihm der letzte Absatz des Schreibens zu denken. Am Hofe des Herzogs sei es bekannt, so stand geschrieben, dass der Sekretär von Rochefort der Sohn des Grafen von Asgill ist. Man müsse mit Nachforschungen rechnen, die das ungeklärte Auslöschen der Grafenfamilie aufklären sollen. Diese Angelegenheit könnte den Lateran schwer belasten und es sei ratsam, so empfahl der Informant, Gegenmaßnahmen zu planen. Sollte es für ihn eine Gelegenheit geben, diesen Grafensohn für immer verschwinden zu lassen, werde er das mit Freuden tun.

Rolando konnte sich nicht erinnern, jemals etwas von einem Grafen Asgill gehört zu haben. Er blickte zu dem schläfrigen Marcellinus hin und kam zu dem Entschluss, diesem von der Angelegenheit nichts zu sagen. Er selbst wollte sich erst einmal im Geheimarchiv über diesen Grafen Asgill informieren.

Die Lage spitzte sich zu. Immer öfter trafen täglich Meldungen ein, dass Leute aus Mailand gefasst wurden, die aus lauter Hunger versucht hatten, den Belagerungsring zu durchbrechen. Manche von ihnen, so hatte Martin gehört, waren so schwach, dass sie kaum noch laufen konnten. Aber Rochefort blieb hart. Er wollte die Mailänder am Boden liegen sehen. Erkannten sie seine Rechte an, war damit gleichzeitig der Widerstand im ganzen Land gebrochen. Dafür war ihm jedes Mittel recht.

Als Abschreckung bestrafte er die Gefangenen auf

schrecklichste Weise. Martin sah noch die vor Schmerzen wahnsinnig gewordenen Männer vor sich, die der Herzog vor Tagen blenden ließ. Die Folter ging so weit, dass einigen Gefangenen nur ein Auge ausgestochen wurde, damit sie die Männer, die auf beiden Augen geblendet wurden, zurück in die Stadt führen konnten. Es war ein Bild des Grauens, als die Gefolterten zurück zu ihrer Stadt gepeitscht wurden. Martin hoffte, dass dieser Wahnsinn bald ein Ende haben würde. Vor allen Dingen war er bemüht, die Geschehnisse von Cathérine fernzuhalten. Zum Glück verstand sie sich mit Lisa und Constance so gut, als ob sie ihre Schwestern wären. Zusammen mit Beatrix widmeten sich die Frauen den vielfältigen Aufgaben am Hofe.

Oft dachte Martin auch an das Castello und fragte sich, ob Fagoth Takloh wirklich der römische Fürst war, der in dem mailändischen Haus herrschte. Trotz Nachforschungen hatte er nichts herausfinden können. Nur dass in der Zeit, in denen sie Cathérine gesucht und befreit hatten, der Astrologe drei Tage und Nächte verschwunden war, um Kräuter zu sammeln. Niemand hatte ihn dabei gesehen, was nichts bedeuten musste. Auch Constance konnte ihnen nicht weiterhelfen, sie kannte ihren ehemaligen Herrn nicht.

»Träumen am hellen Tage«, hörte Martin plötzlich die fröhliche Stimme von Gernod neben sich.

»Das kann sich nur ein Sekretär erlauben, der in der Gunst des Herzogs steht.«

Als er dann Martins düstere Miene bemerkte,

blickte er ihn forschend an.

»Was habt ihr für trübe Gedanken? Freut euch doch, dass wir bald in Mailand einziehen werden.« Er zeigte auf einige Krieger, die zu ihren Heeresabteilungen ritten.

»Ich komme gerade aus einer Beratung der Heerführer. Ab morgen werden wir die schweren Kriegsgeräte von allen Seiten an die Stadt heranbringen. Die Zimmerleute haben schnell gearbeitet, allein zwölf Angriffstürme, ähnlich dem Turm, den wir bei der Eroberung von Crema eingesetzt haben, sind fertig. Fünfundzwanzig gewaltige Widder und hunderte von Sturmleitern liegen zum Angriff bereit.

Ich befürchte allerdings«, sagte er bedrückt, »dass wir in der Stadt furchtbare Zustände vorfinden werden. Es wird berichtet, dass selbst das Wasser durch Leichen im Brunnen vergiftet ist. Die Leute laufen verwirrt durch die Straßen und schreien nach Wasser.«

Martin blickte zu der Stadt hin. Wenn er an die Kinder, Frauen und an die alten Menschen dachte, hätte er heulen können vor Mitleid.

»Gernod, die Menschen tun mir leid. Sie sind doch nicht anders als wir. Sie kämpfen für ihre Freiheit und opfern dafür ihr Leben.«

Überrascht blickte ihn Gernod an.

»Ihr scheint unter die Philosophen gegangen zu sein, dass ihr euch solche Gedanken macht. Die Lombarden sind unsere Feinde und wenn wir sie nicht besiegen, werden sie eines Tages unser Land erobern und uns zu ihren Untertanen machen.«

»Nein, das glaube ich nicht«, widersprach Martin.

»Die Menschen hier haben alles, was sie brauchen. Sie haben sich in den letzten Jahrzehnten eine freie Verwaltung aufgebaut. Jeder ist dem anderen gleich gestellt und ihre Anführer, oder Konsuln, wie sie heißen, werden von ihnen frei gewählt. Die Menschen dieses Landes sind stolz, sie leben unabhängig von der Herrschaft von Fürsten und Königen. Und wie wir gesehen haben, denkt an die großen Häuser und an die vielen gut gekleideten Leute in der Stadt, ist es ihnen nicht schlecht ergangen. Dass sie sich bis zum Letzten wehren damit sie dies nicht alles verlieren kann ich verstehen.«

Gernod war nun doch etwas überrascht über die Ansichten von Martin. Verstohlen musterte er seinen jungen Freund, sah wieder in ihm den so oft gewünschten Sohn.

»Macht euch nicht so viele Gedanken, dieser Krieg ist bald zu Ende, dann hört das Elend auf.«

Tonio di Miltaso blickte die Aufrührer in der Versammlung mit geringschätzigen Blicken an. Ausgerechnet die Mitglieder der Partei der Plebejer, die Gruppe, die aus den untersten Schichten des Volkes in den Rat der Konsuln aufgestiegen war, maulten am lautesten.

»Sollen unsere Frauen und Kinder weiter verhungern, sollen wir alle an der Seuche sterben, die sich breit macht, nur weil einige Sturköpfe nicht nachgeben wollen?« schrie Liko Praza, einer ihrer

Sprecher über die Köpfe der Versammelten hinweg.

»Nein«, er hob drohend seine Hand in Richtung der Konsuln. »Wir müssen die Tore öffnen und den Herzog um Gnade bitten. Das ist immer noch besser, als hier hinter diesen Mauern zu verrecken«.

Lenzo Meci, ein weiterer Vertreter des Volkes, ein Riese von einem Mann aus der Gruppe der Valvassoren, der Bürger und Handwerker, brachte Liko Praza zum Schweigen. Er packte den spindeldürren Mann kurzerhand am Kragen und schleppte ihn bis vor dem vorsitzenden Konsuln Tonio di Miltaso.

»Hört gut zu«, sagte Lenzo Meci in einem ruhigen, entschlossenen Ton. »Ihr werdet dafür sorgen, dass morgen dem Herzog ein Schreiben zugeht, in dem steht, dass wir uns unterwerfen und die Stadttore öffnen werden. Und schreibt, dass wir auf seine Gnade hoffen.« Er blickte in die Versammlung, in der sich eine respektvolle Ruhe breit gemacht hatte. Jeder wusste um die Macht der beiden Gruppen im Rat.

»Nur wenn wir diesen Rochefort um Gnade bitten«, fuhr der Valvassore fort, »können wir noch die Hoffnung haben, dass er uns gnädig sein wird. Denkt an Crema, wo er die Bürger reihenweise aufhängen und anschließend die Stadt bis auf den letzten Stein schleifen ließ.«

Lenzo Meci blickte die am Tisch sitzenden Konsuln der Reihe nach drohend an.

»Wenn ihr das Unterwerfungsangebot nicht macht, werden wir ohne euch die Stadttore öffnen.«

Nach dieser Drohung wurde es in dem Ratssaal

noch stiller. Es war eine ungewohnte Situation, mit der die Mitglieder erst fertig werden mussten. Noch nie hatte es in den Jahrzehnten ihrer Volksregierung einen solchen Aufstand gegeben. Tonio di Miltaso, der in der Mitte der Konsuln saß, wurde leichenblass. Eine solche Drohung hätte er nie für möglich gehalten. Schließlich erhob er sich ächzend aus seinem reich verzierten hölzernen Stuhl und die katastrophalen Wochen der Belagerung waren auch ihm deutlich anzusehen. Früher immer wohlgenährt und behäbig, war er jetzt nur noch eine hohlwangige, kraftlose Erscheinung. Er versuchte seine Haltung zu bewahren, als er zu der Versammlung sprach.

»Wenn ihr es dann alle so wollt, werden wir die Tore öffnen. Aber wir sollten uns Rochefort nicht einfach vor die Füße werfen. Wir müssen versuchen, noch Vorteile für uns zu erreichen.«

Liko Praza wollte ihm dazwischen reden, wurde aber von di Miltaso so heftig angefahren, das er den Mund hielt.

Der Vorsitzende hob den Arm.

»Wir haben vielleicht noch eine Möglichkeit. In den Reihen um den Herzog herrscht Streit. Einige seiner Fürsten wollen einen schnellen Frieden, um wieder in ihr Land zurückkehren zu können. Sie sind zu einem Abkommen mit uns bereit. Nur«, di Miltaso blickte in die Runde, »der Kanzler des Herzogs, dieser Graf von Forcheau, wird alle Angebote ablehnen, er will die bedingungslose Unterwerfung.«

»Und wo liegt dann die Möglichkeit, doch noch einen Vorteil für uns zu gewinnen?« Lenzo Meci blickte ihn angespannt an.

»Nun«, arrogant spielte Tonio di Miltaso seine geistige Überlegenheit aus.

»Der Kanzler ist nicht sehr beliebt. Einige Fürsten würden ihn gerne in der Missgunst des Herzogs fallen sehen. Und diese sind bereit, mit uns zu verhandeln.« Zufrieden bemerkte er, wie bei seinen Worten die Aufmerksamkeit der Anwesenden sich auf ihn richtete.

»Wir erwarten stündlich die Mitteilung zu einem geheimen Treffen. Wenn es gelingt, die Gegner des Herzogs und des Kanzlers zu überzeugen, werden sie nicht mehr Rochefort folgen. Und dann könnte es doch noch zu Verhandlungen kommen.«

Herablassend blickte er zu Praza und Meci hin.

»Wie ihr seht, seid ihr etwas zu voreilig gewesen und solltet besser dafür sorgen, dass wieder Ruhe in der Stadt einkehrt. Sollten wir es dann für angebracht halten, werden wir euch über die weiteren Vorgänge unterrichten.« Tonio di Miltaso drehte sich um, winkte den anderen Vertretern der Stände zu ihm zu folgen und verließ demonstrativ den Saal.

Gernod sah immer noch die Szene vor sich, als der Spitzel dem Kanzler meldete, dass einige Grafen heimlich Kontakt zu den Konsuln der Mailänder aufgenommen hatten. Sie wollten zu einem Treffen zusammenkommen und er wüsste auch wann und wo, so hatte der ausgehungerte dürre Mann berichtet. Forcheau hatte daraufhin so getobt, wie ihn Gernod noch nie erlebt hatte.

»Diese Verräter«, so hatte er gebrüllt, »sollte man ans Kreuz nageln.«

Gernod, der den Informanten zu ihm gebracht hatte, fühlte sich bei den wütenden Worten des Kanzlers nicht wohl. Streit innerhalb der Fürstenrunde war genau das, was sie in ihrer schwierigen Situation nicht brauchen konnten. Forcheau schien das anders zu sehen. Er beauftragte Gernod, die mailändischen Gesandten gefangen zu nehmen und zu ihm zu bringen.

»Aber ihr müsst es so geschickt machen«, betonte er, »dass es wie ein Zufall aussieht, dass ihr auf sie trefft. Offiziell wissen wir nichts von ihrem Vorhaben. Einer der verräterischen Grafen ist ein Verwandter des Herzogs und ihn dürfen wir nicht in Verlegenheit bringen.«

Mit dreißig seiner besten Krieger wartete Gernod gut gedeckt hinter einem dichten Wacholdergebüsch und hoffte, dass der Informant ihnen den Weg, den die Mailänder kommen wollten, richtig beschrieben hatte. Aufmerksam musterte er vor sich das kleine Waldgebiet und sah nach einer Weile, wie eine Schar Krähen unter lautem Gezeter aufstieg.

Die wurden gestört, überlegte er, als er auch schon die ersten Reiter aus dem Gehölz reiten sah. Er befahl seinen Leuten in Deckung zu bleiben, bis sie näher herangekommen waren. Insgesamt zählte er acht Reiter. Als sie die freie Fläche erreicht hatten, hob er die Hand und gab das Zeichen zum Angriff.

Formiert wie bei einer großen Schlacht,

galoppierten sie in breiter Linie auf die Gruppe los. Sie hielten die Lanzen tief gesenkt, um die Gegner von den Pferden zu werfen. Ausdrücklich hatte der Kanzler befohlen, niemanden zu töten.

Doch was war das?

Gernod traute seinen Augen nicht. Die Reiterschar vor ihm öffnete sich plötzlich in der Mitte und er sah hinter ihnen aus allen Seiten des Waldes weitere Reiter hervorbrechen.

Blitzartig erkannte er die Gefahr.

Man hatte ihnen eine Falle gestellt.

Er schätzte doppelt so viele Gegner als sie selbst waren. Kampfbereit hielten sie ihre Schwerter in den Händen.

»Lasst die Lanzen fallen und greift zu den Schwertern«, rief er seinen Leuten zu.

Erbittert wurde auf beiden Seiten gekämpft. Gernod und seine Leute waren stärker und ausdauernder als ihre Gegner und doch hätten sie gegenüber der Mehrzahl den Kampf verloren.

Unerwartet vernahmen sie plötzlich aus der Richtung ihres Hauptlagers das Donnern vieler Hufe auf sie zukommen. Der Angriff der Mailänder stockte und Augenblicke später gab ihr Anführer das Zeichen zum Rückzug.

Gernod und seine Krieger blickten erleichtert der Gruppe entgegen, die von Xavier Fiscart angeführt wurde. Vor sich her trieben sie drei Reiter, es musste sich um Mailänder handeln, die sie gefangen genommen hatten. Herzhaft lachend riss Xavier Fiscart kurz vor Gernod sein Pferd zurück.

»Nein, nein«, brüllte er, »man kann euch einfach nicht allein reiten lassen. Lasst ihr euch doch von einigen mailändischen Zwergen einschüchtern.« Gutmütig haute er Gernod dabei kräftig auf die Schulter.

»Wie gut, dass wir in der Nähe waren. Aber«, er sah Gernod mit gerunzelter Stirn an. »Wieso hat Graf Loville euch nicht geholfen, wir befinden uns in seinem Lagerbereich, er muss den Kampf doch bemerkt haben.« Ehe Gernod sich äußern konnte, hörten sie das Gezeter der gefangenen Mailänder. Immer wieder riefen sie, dass man ihnen freies Geleit zugesichert hätte.

»Freies Geleit«, knurrte Fiscart ungläubig. Er kniff die Augen zusammen. Er ahnte, dass hier etwas nicht stimmte. Stumm winkte er Gernod zur Seite und bat ihn zu erklären was hier vor sich ging.

»Oh, oh«, gab er anschließend von sich, »da hat unser schlauer Kanzler mal wieder die richtige Nase gehabt. In der Haut von Loville möchte ich jetzt nicht stecken. Unser Herzog wird diesen Verrat nicht hinnehmen.« Fiscart befahl die Pferde mit den Gefangenen in die Mitte zu nehmen und gab das Zeichen zum Aufbruch. Keiner von ihnen hatte bemerkt, dass sie aus einem nahen Waldstück beobachtet wurden. Als die Reiter weit genug entfernt waren, trat ein Jäger aus dem Dickicht, sah sich vorsichtig um und lief zum Lager von Loville.

17. KAPITEL

In der Burg Lodi, die Rochefort seit der Eroberung von Crema als Hauptsitz benutzte, durchlebte Cathérine nach ihrer Rückkehr aus der Gefangenschaft eine sehr beschäftigte, aber doch unbeschwerte Zeit. Wenn auch nie darüber gesprochen wurde, fühlte sie doch die Dankbarkeit von Beatrix. Die Herzogin hatte sie offiziell als oberste Wirtschafterin eingesetzt, der alle weiblichen Bediensteten am Hofe unterstanden. Beatrix selbst hielt sich immer mehr zurück, nach der Geburt ihrer Tochter fühlte sie sich immer noch geschwächt.

Besorgt bemerkte Cathérine, das sie oft tagelang ihre Kemenate nicht verließ und alle Entscheidungen ihr überließ. Es war gut, dass sie geschützt in einem festen Gebäude lebten, so blieben Beatrix wenigstens die Strapazen einer Reise erspart. Im Wirtschaftsbereich besprach Cathérine gerade mit dem Küchenmeister die Speisepläne, als Martin hereingestürmt kam.

»Stellt euch vor«, sagte er ganz hinter Atem, »einige unserer Grafen haben versucht, hinter dem Rücken des Herzogs geheime Absprachen mit den

Mailändern zu treffen. Um das zu klären, hat er für heute Abend alle führenden Leute zu sich befohlen. Und er lässt ausrichten, dass die Küche für eine besonders gute Bewirtung sorgen soll. Aber jetzt muss ich sofort wieder in die Kanzlei.«

Cathérine kannte Martin so hektisch gar nicht, verstand aber den Druck, unter dem er stand. Und die verzweifelte Miene des Küchenmeisters erinnerte sie daran, dass sie selbst nun auch noch einiges zu tun hatte.

»Jean, nehmt es nicht zu schwer«, munterte sie ihn auf. »Wir werden einige Rebhühner zusätzlich auf den Tisch bringen, dazu den besten Wein und ihr werdet sehen, wie die hohe Gesellschaft sich wohlfühlen wird. Nun holt die Dienstmägde, damit wir alles Nötige besprechen können.«

Als Jean den Raum verlassen hatte, dachte sie wieder an Martin. Er war in der Tat keiner der üblichen weichlichen Schreiber, sondern ein Mann, dem auch das Schwert in der Hand gut stand. Immer deutlicher zeigte sich seine Abstammung. Sie dachte an ihren Besitz in Burgund, auf dem sie mit ihm leben wollte. Zuversichtlich sah sie ihre gemeinsame Zukunft deutlich vor sich.

Glücklich über diese Vision zwang sie sich in die Wirklichkeit zurückzufinden. Sie rief eine Küchenmagd zu sich und beauftragte sie, für Beatrix zusätzlich noch eine besonders kräftige Hühnerbrühe zu kochen. »Und etwas schneller als sonst«, rief sie ihr noch nach und machte sich dann selbst an die Arbeit.

In dem Moment, wo sie den Höhepunkt erreichte, stieß er zu. Ihr befreiender Schrei ging in ein Röcheln unter, das von dem Blut, das aus ihrem Mund schoss, erstickt wurde. Hastig zog er sich aus ihr zurück und stieß mit dem Dolch immer wieder auf sie ein. Erst als der Gestank der aufgeschlitzten Gedärme unerträglich wurde, ließ er von ihr ab.

Doch sie ließ ihn nicht los.

Ihre Gesichtszüge veränderten sich. Er sah das Gesicht der römischen Kurtisane vor sich. Bilder aus jener Nacht tauchten auf, in der sein Leben zur Hölle wurde. Ein Leben unter Qualen und Demütigungen.

Als er zur Wirklichkeit zurückfand, blickte er sich um und versuchte seine Gedanken zu ordnen. Eilig zog er die Tote unter ein Gestrüpp und wollte sein Pferd losbinden, als er von weitem einen Reiter auf das Gehölz zukommen sah. Sofort hielt er seinem Pferd die Nüstern zu und erkannte, dass zwei Personen auf dem Pferd saßen. Ein Mann und eine Frau. Offenbar hatten sie es eilig.

Ohne auf die Umgebung zu achten, lenkte der noch junge Reiter sein Pferd nicht weit von ihm in das Gehölz, sprang hinter der ersten Buschreihe ab und hob die Frau vom Pferd. Sie küssten sich und gaben sich überstürzt ihren Gefühlen hin. Neidvoll beobachtete Fagoth Takloh die leidenschaftliche Liebe, die sich vor ihm abspielte. Sein Verlangen nach der Burgunderin stieg ins Unermessliche. Wieder verfluchte er den Capitän des Castellos, der sie hatte entkommen lassen. Längst hätte er sie besitzen können und der Fluch wäre gebannt.

Mit dunklen Gedanken dachte er an Rom, an seine Residenz. Dort würde es für sie kein Entkommen geben. Fahrig fuhren seine Hände unter die Maske und irrsinnig vor Eifersucht schlich er sich zu dem Paar hin.

Die ungläubig aufgerissenen Augen, die ihn anstarrten, als das Schwert niedersauste, nahm er nicht wahr. Erst nach längerer Zeit fand er in die Wirklichkeit zurück.

Martin und Cathérine durchlebten eine Zeit ausgefüllt mit vielen Aufgaben. Die alltäglichen Probleme des Hofes nahmen sie ganz in Anspruch. Wenn der Herzog nicht auf Inspektionsritte war, diktierte er immer neue Anordnungen. Martin schrieb sich in dieser Zeit die Finger wund, lernte aber auch immer mehr die Feinheiten der Politik kennen.

Für das reibungslose Funktionieren des wirtschaftlichen Geschehens sorgte Cathérine. Ihr Ansehen und Einfluss wurden ständig größer. Täglich wechselten die zahlreichen Besucher des Hofes. Es kamen Abgesandte lombardischer Städte, die noch schnell vor dem endgültigen Sieg über Mailand ihre Unterwerfung dem Herzog gegenüber kundtun wollten. Gesandte aus dem Lateran, die alles für den bevorstehenden Empfang des zukünftigen lombardischen Königs klärten, ja sogar Boten aus Byzanz sagten sich an, um dem siegreichen Herzog die Botschaften ihrer Herrscher zu bringen. Bei soviel Andrang platzte die Burg Lodi förmlich aus allen Fugen. Cathérine musste sich immer wieder

Gedanken machen, womit sie die vielen Menschen bewirten konnte, da die Nahrungsmittel knapper wurden.

Martin, der einmal schnell zu ihr in die Kemenate huschte, munterte sie auf.

»Es wird nicht mehr lange dauern. Die Mailänder werden in den nächsten Tagen, oder vielleicht schon in den kommenden Stunden aufgeben. Und dann werden wir bald nach Rom ziehen.« Gut gelaunt drückte er sie an sich, gab ihr einen sehnsüchtigen Kuss und war auch schon wieder verschwunden.

Erleichtert hörte Cathérine am nächsten Tag tatsächlich von allen Seiten des Heerlagers die dumpfen Töne der Hörner und Posaunen. Das langersehnte Zeichen des Sieges.

Auf der Ebene vor der Burg Lodi hatte Rochefort eine große Tribüne bauen lassen, auf der er und seine engsten Vertrauten dem Zug der Mailänder entgegensahen. Hunderte Wimpel, Banner und unzählige rosenrote Fahnen bildeten eine bunte Linie, die sich bis zu der besiegten Stadt hinunterzog. Überall blitzende Helme und Harnische der siegreichen Heeresteile. Überlagert von den Fanfaren mit ihren kräftigen Klängen, war es ein grandioses, überwältigendes Bild.

Martin, der neben dem Kanzler saß, blickte zu Cathérine hinüber, die mit Beatrix auf der rechten Seite des Herzogs ihren Platz hatte. Sie bemerkte seinen Blick und hob leicht errötend die Hand. Sie spürten beide, dass dieser Tag ein besonderer in ihrem Leben sein würde.

Rochefort zeigte nach vorne.

»Sie kommen.«

Sein Gesicht war streng gezeichnet, dennoch sah Martin das Leuchten in seinen Augen. Er ahnte, welch ein großer Tag das im Leben des Herzogs war. Mailand, die unbesiegbare Stadt Italiens, in seiner Hand.

In einer nicht enden wollenden Prozession zog das Mailänder Volk hinter ihren Konsuln und Kirchenleuten barfuß den schweren Weg hoch, ihrer Unterwerfung entgegen. Die Kriegsleute trugen die Schwerter mit Stricken um den Hals gebunden und hatten sämtliche Rüstungen abgelegt.

Den Carroccio, den Fahnenwagen, beladen mit sämtlichen Fahnen der Mailänder Regierungsbezirke und der Heeresabteilungen, zogen sie an der Spitze des Zuges mit sich. Es war das äußere Zeichen der bedingungslosen Unterwerfung.

Schon von weitem sah Martin bedrückt, wie heruntergekommen die Menschen waren, die sich den Berg hinaufquälten. Abgemagert bis auf die Knochen, musste es ihnen eine unmenschliche Anstrengung kosten, den Weg zu schaffen.

Nachdem die erste Reihe der Mailänder, die hölzerne Kreuze hochhielten, sich vor dem Herzog zu Boden warfen und die Führer der Stadtviertel ihre Banner zu Füßen von Rochefort legten, bemerkte Martin, wie sich seine Gesichtszüge milderten.

Als dann noch die mailändischen Trompeter das Grablied bliesen und vier kräftige Konsuln den

Fahnenwagen heranschoben und ihn vorne so weit nach unten kippten, dass das freiheitliche Stadtbanner Mailands die Hände des Herzogs berührte, war es endgültig um seine strenge Haltung geschehen. Ergriffen knüpfte er das Banner von dem Fahnenbaum und Martin sah, wie er mit feuchten Augen auf das vor ihm im Dreck liegende Volk blickte.

Forcheau, der ihn beobachtete, machte dem gefühlvollen Augenblick ein Ende. Rasch trat er vor, entrollte die Unterwerfungsurkunde und las sie mit lauten, deutlichen Worten vor. Anschließend befahl er jedem der Konsuln, den Treueeid auf den Herzog zu sprechen. Seine Stimme war hart, jedem in beiden Lagern war klar, dass er es immer noch nicht überwunden hatte, dass versucht worden war, hinter dem Rücken des Herzogs und damit auch hinter seinem Rücken, geheime Verhandlungen zu führen. Konzentriert hörte Martin zu und hatte Mühe, die Namen der Mailänder richtig zu verstehen. Für das Protokoll jedoch ein wichtiger Punkt.

Als der Kanzler ein Zeichen gab, erhob sich Roger von Rochefort.

Lange blickte er schweigsam auf die immer noch vor ihm auf den Knien liegenden Menschen. Anstatt eine Rede zu halten, sagte er, dass er es sich bis zum nächsten Tag überlegen werde welche Strafen er anordnen würde. Dann winkte er dem Kanzler und Martin zu und sie verließen im Gefolge der Fürsten die Tribüne.

Spät in der Nacht diktierte der Herzog Martin

seine Verfügungen. Forcheau, der viele Stunden mit Rochefort diskutiert hatte, machte ein zufriedenes Gesicht.

»Obwohl die Mailänder als Hochverräter den Tod verdient haben«, diktierte Rochefort, »werde ich ihnen das Leben schenken. Alle Konsuln, die Rechtsgelehrten und führende Persönlichkeiten werden in Gewahrsam genommen. Das Volk selbst«, schrieb Martin weiter, »hat sofort die Stadt zu verlassen, wobei jeder soviel mitnehmen darf, wie er tragen kann. Danach«, beendete Rochefort seine Verfügung, »wird die Stadt dem Erdboden gleich gemacht.« Anschließend ließ er sich schwer in den Sessel fallen. Bei diesem vernichtenden Urteil fühlte er sich nicht glücklich. Doch der Kanzler hatte ihn überzeugt, dass nur so die Macht der Mailänder für immer gebrochen werden könnte.

Rochefort quälte es, diese alte Stadt niederbrennen zu lassen. Es fühlte sich an, als wenn er sich an der Geschichte der Menschen versündigen würde. In dem Moment beschloss er, dass wenigstens das Kulturgut von Mailand erhalten bleiben sollte.

Als ob Forcheau seine Gedanken erraten hätte, teilte er mit, dass er dafür sorgen würde, dass alle Kirchen- und Museumsschätze sichergestellt würden. Rochefort dankte ihm erleichtert und hoffte, den Frevel, den er der Stadt antat, dadurch etwas mildern zu können. Er wies Martin noch an, bis zum Mittag des kommenden Tages die Urkunde fertig zu haben und verließ dann erschöpft sein Arbeitszimmer.

Forcheau gab Martin noch einige Hinweise,

worauf er bei der Anfertigung der Urkunde zu achten habe, und verabschiedete sich dann ebenfalls.

Endlich, Martin atmete tief durch, endlich einmal Ruhe, dachte er und setzte sich auf die breite Bank am großen Kamin. Er dachte an die Geschehnisse des Tages und seine Gefühle wurden hin- und hergerissen zwischen Stolz und Mitleid. Ja, sie hatten einen großen Sieg errungen, aber viele Menschen mussten dafür büßen. Er nahm sich vor, den Kindern, Alten und Frauen so weit er konnte, zu helfen. Später glättete er das fertige Dokument, reinigte die Schreibfeder, überprüfte noch den Tintenvorrat für den nächsten Tag und ging dann erschöpft zu seiner Kammer.

Leise, um keinen aufzuwecken, tastete er sich über den dunklen Gang und erreichte die schmale Stiege, die nach oben unter den First führte. Beatrix hatte erst heftig protestiert, dass er sich dort unter seinem Stand einquartieren wollte, hatte aber schließlich ihre Erlaubnis gegeben.

Martin war froh, wenn auch beengt, ungestört sich dorthin zurückziehen zu können. Oft musste er in letzter Zeit an seine Familie und an ihr Schicksal denken. In dem abseits gelegenen Raum versuchte er dann seine Gedanken zu ordnen. Im Dunkeln zog er sich aus und ging zu seinem Lager.

Erschrocken fuhr er zusammen.

Er hörte die leisen Atemzüge eines schlafenden Menschen. Irritiert tastete er über die Decke und überlegte, wer seine Kammer benutzen könnte. Vorsichtig hob er die Decke hoch, berührte einen

Arm und wusste plötzlich, wer in seinem Bett lag.

Er dachte nicht mehr an die Strapazen des Tages, an das Elend der mailändischen Bevölkerung, er sah nur noch Cathérine, die auf ihn gewartet hatte und eingeschlafen war. Behutsam hob er die Decke noch etwas höher und legte sich vorsichtig neben sie.

Wie ein schwelendes Feuer spürte er die Wärme, die von ihr ausging. Zärtlich berührte er sie, wodurch Cathérine wach wurde. Sie tastete nach ihm, küsste ihn dann leidenschaftlich und schmiegte sich an ihn. Sie fielen in ein Meer der Gefühle, aus dem sie nie mehr auftauchen wollten.

Die Plünderung und Vernichtung der Stadt überließ Rochefort klugerweise den Todfeinden Mailands, den Kriegern von Cremona, Lodi, Pavia und den anderen Städten. Seinen eigenen Leuten hatte er strengstens verboten, sich daran zu beteiligen. Der Kanzler hatte ihm geraten, diese Freveltat von den Lombarden selbst durchführen zu lassen. So konnte später niemand behaupten, dass sie es getan hätten.

Wie ein Scheiterhaufen stand die ehrwürdige alte Stadt tagelang in Flammen. Riesige Rauchwolken verdunkelten den Himmel, um den Untergang einer der ältesten und mächtigsten Metropolen des Abendlandes für jeden sichtbar zu machen.

Martin, der das Schauspiel seit Stunden beobachtete, dachte an das römische Castello und an den ehemaligen Kellermeister. Was mag wohl aus ihm geworden sein, überlegte er und nahm sich vor, bei der Bevölkerung nach ihm zu fragen.

Seine Blicke wanderten westlich zu der Burg Lodi, wo er vor Tagen das höchste Glück gefunden hatte. Nie mehr, dachte er, würde er Cathérine verlassen. Die Geschehnisse der Nacht hatten sie für immer zusammengeschmiedet. Und seitdem loderte ein Freiheitsgefühl in ihm, wie er es noch nie erlebt hatte. Weder der Herzog noch sonst ein Mensch sollte über ihr Schicksal bestimmen. Ein nicht zu erklärendes Gefühl gab ihm die Gewissheit, dass er wirklich der Sohn des Grafen von Asgill war.

Unwillkürlich kamen ihm die Worte von Bruder Clausus in den Sinn, der ihn beim Verlassen des Klosters ermahnt hatte, demütig durch die Welt zu gehen. Nein, dachte Martin, ich werde nicht den Kopf vor der menschlichen Obrigkeit senken. Meine Familie und ich werden freie Menschen sein und unser Schicksal selbst bestimmen. Mit Cathérine wollte er in Burgund leben und mit soviel Macht ausgestattet sein, um auch anderen Menschen helfen zu können. Nochmals blickte er auf die schwarz verkohlte Stadt mit ihren zerstörten Mauern und wandte sich dann ab.

18. KAPITEL

Klagend legte sich das dumpfe Rufen der Eule über die dunklen Gestalten. Fagoth Takloh spürte die Spannung, die zwischen ihnen herrschte. Weit vom Heerlager entfernt hatte er die Männer an diesen düsteren Ort bestellt.

»Dieser Sekretär muss verschwinden«, warf er in die Runde. »Er darf Rom nicht erreichen und niemals erfahren, wer die Feinde seines Vaters waren. Was damals geschah, muss für immer begraben bleiben.«

»Nur«, unterbrach ihn Riario Trotzki mürrisch, »wie kommen wir an diesen Asgill heran? Am Hofe können wir uns nicht blicken lassen.« Missmutig blickte er in die Runde und erwartete die Zustimmung der anderen. Aber Fagoth Takloh machte ihnen deutlich, wie er die Dinge sah.

»Doch, das könnt ihr. Dort ist man für jeden Kämpfer dankbar. Ihr gebt euch als ehemalige Feinde Mailands aus, das überzeugt. Keiner wird euch für Römer halten. Notfalls müsst ihr den Treueid leisten, aber das dürfte euch ja nicht viel ausmachen.« Er lachte, was sich durch seine Maske wie ein dumpfes Husten anhörte.

Carlo Prista war einer der wenigen Menschen, die keinerlei Respekt vor Fagoth Takloh hatten. Herausfordernd blickte er ihn an.

»Warum sollen wir uns überhaupt auf solche Umstände einlassen. Ihr seid doch ständig im Lager des Herzogs und habt tagtäglich Gelegenheit den Sekretär aus dem Weg zu räumen.«

Stumm sah Fagoth Takloh sie der Reihe nach an. In jedem der Gesichter sah er Ablehnung. Er roch förmlich die fette Bequemlichkeit, die ihre Körper ausstrahlten. Es war lange her, dass sie als junge Adelige im Namen Roms hinter den Feinden hergejagt waren. In ihrem Reichtum waren sie behäbig und faul geworden. Sie würden nicht nur die Vergangenheit, sondern auch ihn am liebsten auslöschen, aber er würde nicht alleine bezahlen. Sie alle waren für den Tod der Grafenfamilie verantwortlich.

Drohend blickte er sie an

»Ihr werdet machen, was ich gesagt habe. Ich kann den Sekretär nicht töten, ich werde beobachtet. Der Kanzler ist mir gegenüber äußerst misstrauisch.«

»Was ich auch gut verstehen kann«, meinte Carlo Prista gehässig. Fagoth Takloh ging nicht darauf ein. Er hatte es eilig, er musste zum Lager zurück. Er teilte ihnen mit, welche Route das Heer einschlagen würde und dass sie es so machen sollten, als wären sie zufällig dazu gestoßen. Um weitere Diskussionen zu vermeiden, bestieg er dann sein Pferd, grüßte knapp und ritt in die Nacht hinein.

Endlich, nach tagelangem Vorwärtsdrängen befahl Rochefort, in der Burg, die der Stadt Voghera vorgelagert war, für drei Tage Rast zu machen. Durch die neu dazu gestoßenen Krieger der befreundeten Stämme der Lombarden war das Heer auf über zehntausend Mann angewachsen. Ihre Zelte bedeckten große Flächen der umliegenden Weiden und abgeernteten Felder.

Beatrix und Cathérine bemühten sich in dem geräumigen Burggebäude eine behagliche, wohnliche Atmosphäre zu schaffen. Der bürgerliche Verwalter hatte sich zurückgezogen und ihnen alles zur Verfügung gestellt. Von der Terrasse aus blickte Cathérine über die wohl schönste Landschaft, die sie je gesehen hatte. Leichte, sanft geformte Hügel, bedeckt mit unzähligen, grün belaubten Weinstöcken, erstreckten sich so weit der Blick reichte. Dazwischen sah sie aus der Entfernung winzig wirkende Gebäude, wahrscheinlich die Höfe der Weinbauer, überlegte sie.

Als ob Rochefort ähnliche Gedanken hatte, hörte sie ihn zu Beatrix sagen, dass es gut war, dass die Lager außerhalb der Anbauflächen aufgebaut wurden. So würde die Ernte geschont.

»Übrigens gibt es nicht weit von hier«, bemerkte er gut gelaunt, »aus der Römerzeit noch Schwefelbäder, deren Quellen besonders gesund sein sollen. Forcheau hat mir erzählt, dass die römischen Adeligen sich dort oft wochenlang aufhielten und dass selbst Päpste dort gebadet haben.«

Fürsorglich blickte er Beatrix an.

»Auf dem Rückweg sollten wir diese Bäderanlage

aufsuchen. Das schwefel- und jodsalzhaltige Wasser wird uns neue Kraft und Energie geben.« Ehe er noch weiter darauf eingehen konnte, wurde er von Martin, der an der Brüstung der felsigen Terrasse stand und ins Land blickte abgelenkt.

»Ich glaube, ihr bekommt hohen Besuch. Zumindest haben die Reiter große Wappen auf ihren Fahnen.«

Angestrengt blickte Rochefort nach Süden.

»Sie tragen das päpstliche Wappen, das sind Gesandte von Marcellinus«, stellte er fest. Ungehalten brummte er vor sich hin, dass ausgerechnet jetzt der Kanzler nicht da sei. Er überlegte kurz und beauftragte dann einen Diener, sofort die Grafen Trois und Fiscart zu holen. Danach teilte er Beatrix mit, dass sie an dem Empfang nicht teilnehmen musste, winkte Martin zu sich und ging mit ihm in den Versammlungsraum.

Diesmal, so stellte Martin mit Genugtuung fest, verlief das Treffen anders als beim letzte Mal, wo die päpstlichen Abgesandten hochmütig daher gekommen waren. Ehrerbietend verbeugten sich die Kardinäle vor Rochefort und baten bescheiden um seinen Beistand. Rochefort ließ sich seine Stimmung nicht anmerken und Martin bemerkte, wie unsicher die drei Gesandten darauf reagierten. Sie mussten in großen Schwierigkeiten sein, um so zurückhaltend aufzutreten. Abschätzend betrachtete er Kardinal Giolo de Rosci. Der Kirchenfürst hatte einen so mächtigen Körper, dass er sich fragte, wie viele Metallringe für sein Kettenhemd wohl nötig gewesen waren. Sein mächtiger Kopf mit dem Dreifachkinn zeigte seine maßlose Fresssucht und die wulstigen Lippen erinnerten Martin an schwarze Sklaven, die er bei der Eroberung Mailands gesehen hatte.

Da sein Kanzler nicht da war, wollte Rochefort, dass der Kardinal selbst das Schreiben des Papstes vorlesen sollte.

Konzentriert auf die Feinheiten der Wörter achtend, wie er es von Forcheau gelernt hatte, hörte Martin zu. Aber diesmal war der Text klar formuliert. Überrascht vernahmen sie, dass der Vatikan sich von den Römern bedroht fühlte.

»Dieser Arnold von Brescia«, las Giolo de Rosci nervös vor, »ist ein eingeschworenes Mitglied der Augustiner und predigt in Rom fanatisch gegen seine Heiligkeit. Er hetzt mit ketzerischen Reden das Volk auf, die Heilige Stadt zu stürmen. Damit aber nicht genug«, finster blickte er in die Runde, »ist es sogar möglich, dass er auch die führenden Köpfe Roms beeinflussen wird. Und einen Angriff des römischen Heeres könnten wir nicht standhalten.«

Hier warf der zweite Kardinal, ein schmaler, verbissen aussehender Mann dazwischen, wenn erst einmal die Römer den Lateran erobert hätten, gäbe es für den Herzog auch keine lombardische Königskrönung. Nach diesen gedankenlos in den Raum geworfenen Worten überzog deutlicher Missmut das Gesicht von Rochefort. Nur die schnelle Reaktion des Kardinals de Rosci, der sich bittend mit einem anderen Anliegen an ihn wandte, verhinderte ein schlimmes Ausgehen der Begegnung.

Nach dem offiziellen Teil wurde anschließend noch lange diskutiert, wobei Rochefort sich ausführlich die Lage in Rom und in der Heiligen Stadt erklären ließ. Für Martin eindeutig das Zeichen, dass er sich bereits entschieden hatte.

Es waren Tage, die von düsteren Vorzeichen nur so gekennzeichnet waren. Täglich trafen immer wieder neue Kundschafter ein, um das Entstehen eines römischen Heeres in der Ebene von Bracciano zu melden. Es bildete eine unüberwindbare Mauer zwischen ihnen und der Heiligen Stadt. Dazu kam die beunruhigende Nachricht, dass Gero von Forcheau mit seinen Reitern in der kleinen Stadt Formello von römischen Streitkräften belagert wurde.

Sofort richtete Rochefort mit den schnellsten Reitern einen ständigen Kurierdienst zu Xavier Fiscart ein, der mit seinem Heer in der Nähe von Formello lagerte. Er ließ ihm den Befehl überbringen, sofort die Belagerer anzugreifen und den Kanzler aus der Zwangssituation zu befreien. Sollte es nicht gelingen, würde er sie mit einigen Heeresabteilungen unterstützen.

Drei Tage später meldeten Boten den Erfolg von Fiscart. Er hatte eine Bresche zum Stadttor schlagen können und mit dem herausstürmenden Kanzler die Belagerer in die Flucht geschlagen. Nun seien sie auf dem Weg zum Heerlager.

Doch die Lage sollte sich nicht beruhigen. Spione, die Rochefort nach Rom geschickt hatte, kamen mit schlechten Nachrichten zurück.

»Papst Marcellinus hat von den Römern die Auslieferung von Arnold von Brescia verlangt«, berichteten sie. »Doch der römische Senat hat das abgelehnt. Daraufhin hat Marcellinus über Rom das Interdikt verhängt. Und seitdem ist in der Stadt die Hölle los. Die Bürger, die vor verschlossenen Kirchen standen, haben diese gestürmt, ausgeraubt und in Brand gesetzt.

Überhaupt«, erschöpft blickte der junge Mann Rochefort an, »in der Stadt herrscht Gesetzlosigkeit. Priester und Anhänger des Papstes werden verfolgt, gefoltert und anschließend in den Kerker geworfen.«

Rochefort sah ihn entsetzt an.

Das war ungeheuerlich, mit dieser Entwicklung hatte er nicht gerechnet, seine ganzen Pläne könnten zunichtegemacht werden. Martin, der im Hintergrund an einem Schreibpult arbeitete, ahnte seine Gedanken. Durch diese Geschehnisse sah Rochefort seine Krönung zum König der Lombarden gefährdet. Verärgert entließ Rochefort den Boten, ordnete noch an, dass er ordentlich bewirtet wurde und versank in tiefem Nachdenken.

Nach einer Weile richtete er sich auf, sah zu Martin hin und beauftragte ihn, eine Versammlung der Heerführer für den kommenden Morgen einzuberufen.

»Und bereitet ein Protokoll vor, in dem das Datum von Übermorgen geschrieben steht. An diesem Tag greifen wir die Römer bei Bracciano an.« Schon beim Hinausgehen drehte er sich nochmals um und blickte Martin nachdenklich an.

»Ich habe euch beobachtet, als ihr und Gernod mit dem Schwert geübt habt, ihr seid ein guter Kämpfer. Bei der Schlacht werdet ihr an meiner Seite sein.«

Überrascht blickte Martin ihm nach. An der Seite des Herzogs zu kämpfen war ein Privileg, das nur einem Ritter vergönnt war. Für ihn war das eine besondere Ehre. Aufgewühlt versuchte er sich zu konzentrieren, tauchte die Feder in die Tinte und fing an das Protokoll vorzubereiten.

Seit Stunden prallten von allen Seiten die feindlichen Heere aufeinander. Die breite Formation der Lanzenkämpfer hatte sich in kämpfende Einzelgruppen gesplittert und führte einen unerbittlichen Nahkampf mit dem Schwert.

Rochefort, der mit seinem Vetter von Trois, mit Gernod, Martin und mit hundert der kampfstärksten Ritter einen Stoßtrupp bildete, griff überall dort ein, wo seine Krieger in Bedrängnis gerieten. Wie ein Keil preschten sie in das Kampfgetümmel und schlugen breite Breschen in die Reihen der Gegner.

Martin und Gernod, die seitlich des Herzogs ritten, deckten seinen Rücken und die Flanken. Insgeheim staunte Martin, mit welcher Kraft Rochefort das Schwert führte.

Doch trotz ihrer Teilerfolge machte Rochefort ein besorgtes Gesicht. An drei Fronten sah er, wie seine Krieger zurückgedrängt wurden. Die Römer waren in der Überzahl, stürzte einer von ihnen vom Pferd schloss ein anderer die Lücke. Wenn nur Forcheau und der Fiscarter mit ihren Abteilungen schon kämen, dachte er verzweifelt, als er von der Anhöhe, die sich nordöstlich gegen den Horizont abhob, eine riesige Staubwolke aufsteigen sah.

»Dem Himmel sei Dank«, flüsterte er aufatmend, »das müssen sie sein.«

Er gab den Befehl, dass seine Leute mit dem Angriff warten sollten, bis zu erkennen war, an welchen Seiten die näherkommenden Reitergruppen angreifen würden. Gemeinsam könnten sie dann die Feinde in die Zange nehmen.

Was dann geschah, musste für die Römer wie ein Gottesgericht aussehen. Wie eine Lawine brachen in breiter Front Forcheau und der Fiscarter mit ihren Kriegern gleichzeitig in die Nord- und Ostseite der Feinde ein. Von Westen her rückten die Abteilungen von Rochefort vor. Reihenweise wurden die Römer niedergemetzelt, zogen sich zurück und flüchteten nach Süden, Rom entgegen.

Rochefort und sein Stoßtrupp verfolgten abwartend das Geschehen. Er schätzte die jeweilige Lage der Kampfzonen ab, ohne selbst eingreifen zu müssen. Es wurde ein totaler Sieg. Als er Gernod zurief, er sollte versuchen, den Kanzler zu erreichen, stieß Martin einen Schrei aus. Erschrocken drehte sich Gernod um und konnte Martin, der langsam aus dem Sattel rutschte, gerade noch auffangen. Entsetzt blickte er auf den Pfeil, der in seiner Schulter steckte.

Rochefort erfasste sofort die Situation und ließ die beiden nach allen Seiten hin absichern. Er selbst versuchte auszumachen, von wo aus der Pfeil abgeschossen wurde, konnte aber keine feindlichen

Krieger ausmachen. Weit und breit nur eigene Leute.

»Verdammt«, hörte Gernod den Herzog fluchen, »das war ein Pfeil aus unseren Reihen.«

Sofort gab Rochefort den Befehl, nach dem Schützen zu suchen. Sein Vetter Mierés von Trois, der herangeritten war, sah ihn vielsagend an.

»Roger, der Schuss war gezielt, das war kein Zufall.«

»Aber«, Rochefort schüttelte den Kopf, »wer sollte Interesse daran haben, meinen Sekretär zu töten, das kann ich mir nicht vorstellen.« Dann musste er plötzlich an Martins Vater und dessen Feinde denken, behielt das aber für sich. Darüber wollte er mit Beatrix und dem Kanzler reden und dann entscheiden, was zu tun war.

Rings um Martin stellte er einen Kreis mit Reitern auf, deren hohe Schilder ihn nach allen Seiten hin abschirmten. Anschließend untersuchte er Martin so gut er konnte. Glücklicherweise steckte der Pfeil neben der Lunge. Behutsam versuchte Rochefort ihn herauszuziehen, ließ es dann aber. Er befürchtete, das Schmutz in die Wunde kommen könnte und befahl ein Zelt über Martin aufzubauen, damit die Ärzte vor Staub geschützt, den Pfeil entfernen konnten. Dabei sah er zufällig auf Gernod und bemerkte, dass seine Augen feucht waren.

»Es ist nicht so schlimm, wie es aussieht«, tröstete er ihn. »Meine Ärzte werden ihn schnell wieder auf die Beine bringen, in Rom wird er mit seiner Cathérine schon wieder durch die Festsäle tanzen können.«

Da er sonst nichts mehr für Martin tun konnte, bat er Gernod bei Martin zu bleiben und dass er dafür sorgen sollte, dass ausgesuchte Krieger Martin Tag und Nacht beschützen sollten.

19. KAPITEL

Mit dick verbundener Schulter stand Martin, eng umfasst von Cathérine, auf einem Hochplateau nördlich der Stadt. Fasziniert blickten sie hinunter auf die unzähligen Feuer, die zwischen der Heiligen Stadt und Rom brannten. Sie machten die Nacht zum Tag. Weit im Hintergrund auf der anderen Seite des Tibers erhob sich die gewaltige Engelsburg. Ihre Schatten fielen wie fantasievolle Ungeheuer auf den glänzenden Wasserspiegel des Flusses.

»Morgen«, sagte Martin, »werden wir endlich in die Heilige Stadt einziehen.« Als er Cathérine fester an sich drückte, zuckte er zusammen. Immer noch machte ihm die Wunde zu schaffen, doch in diesem Moment, wo er mit Cathérine auf die mächtigste Stadt des Erdkreises blickte, war er nur noch glücklich. In seinen schönsten Träumen hätte er sich diesen Augenblick nicht so beeindruckend vorstellen können. Cathérine hörte sich dagegen leise und ängstlich an.

»Ich habe Angst vor dieser riesigen Stadt mit ihrer uralten Vergangenheit. In meiner Heimat wird erzählt, dass tief unter ihr Dämonen wohnen, die sich an bestimmten Tagen Menschen in ihr dunkles Reich

221

holen.« Schaudernd schüttelte sie sich. Martin lachte laut.

»Ihr werdet doch einen solchen Unsinn nicht glauben. Ich habe zwar gelesen, dass es aus der Zeit der Christenverfolgung dort unterirdische Städte geben soll, aber Dämonen«, er schüttelte den Kopf, »also Dämonen gibt es dort bestimmt keine.«

»Trotzdem habe ich Angst. Ich fühle es, dass uns in der Stadt Unheil droht. Denkt an den heimtückischen Anschlag auf euch, und außerdem«, sie drückte sich noch enger an ihn, »muss ich immer an den Astrologen denken, der seit Tagen verschwunden ist.« Martin spürte wie Cathérine zitterte und versuchte ihr die Angst zu nehmen. Seine Zuversicht ließ sie dann auch ruhiger werden und nach einer Weile gingen sie den Kopf voller Gedanken zum Zeltlager zurück.

Wie ein Lauffeuer verbreitete sich in den römischen Adelskreisen die Nachricht, dass Fürst Rialdo wieder in der Stadt sei. Die sofort losgeschickten Spione berichteten, dass in der Villa Pione, gelegen auf dem südlichsten Hügel Roms, alle Räume hell beleuchtet waren und im Park große Feuer brannten. Offensichtlich wollte Rialdo zeigen, dass er wieder da war. Seine Dreistigkeit, plötzlich wieder öffentlich aufzutauchen, und das in einer Zeit, wo die Stadt sich im Kriegszustand befand, irritierte sie. Jeder machte sich dazu seine eigenen Gedanken, aber alle wünschten sich, von ihm zu eines seiner ausschweifenden Feste eingeladen zu werden. Um dabei sein zu können, waren sie bereit, alles zu vergessen. Während in der Stadt die Spekulationen ständig zunahmen, fuhren zur späten Abendstunde fünf leichte Kutschen vor das Hauptportal der Villa Pione. Die Wappen auf den Türen der Kutschen waren mit schwarzen Tüchern verhangen und genauso schwarz verhüllt waren die Personen, die den Kutschen entstiegen. Alle trugen Gesichtsmasken, so dass selbst der neugierigste Diener nicht ahnen konnte, welche Gäste dort ankamen. Fürst Rialdo, ebenfalls mit Maske und schwarzem Umhang bekleidet, begrüßte sie in der großen Halle mit knappen Worten und forderte sie auf ihm zu folgen. Am Ende des östlichen Flügels der Villa öffnete er mit einem seltsam gezackten Schlüssel eine schwere mit Eisenbeschlägen verstärkte Tür und ließ seine Besucher eintreten.

Modrig und feucht schlug ihnen die Luft entgegen und auch das kräftig prasselnde Kaminfeuer konnte nicht verleugnen, dass dieser Raum schon lange nicht mehr benutzt wurde.

Von allen Seiten starrten sie riesige schwarze Augen an und erst bei genauem Hinsehen erkannten die Besucher, dass es sich um kleine, dunkle Nischen handelte, die in die Steinwände hineingehauen waren. Von Tonkrügen, die ringsum an den Wänden standen, gingen trotz der straff gespannten Lederverschlüsse seltsame Düfte aus. Bevor die Besucher sich Gedanken machen konnten, was das alles zu bedeuten hatte, forderte Rialdo sie auf, an dem schwarzen Marmortisch Platz zu nehmen. Er schenkte in große Becher Wein ein und stieß mit ihnen an.

»Endlich wieder in Rom«, rief er aus, »und endlich wieder unter Freunden, das muss gefeiert werden.« Als er die Überraschung der Besucher bemerkte winkte er ab. »Jedoch nicht jetzt, es wird zu einem Anlass sein, der würdig ist, ein großes Fest zu halten.«

Theatralisch hob er die Arme.

»Ich werde euch die begehrenswerteste Frau Roms vorstellen. Ein schöner unschuldiger Engel wird die neue Fürstin werden.«

Sofort prasselten neugierige Fragen auf ihn ein. Jeder der fünf dunklen Gestalten wollte Näheres über diese Frau erfahren. Ob man sie kenne und ob sie Römerin sei, wollten sie wissen. Sie kannten den ausgesuchten Geschmack von Rialdo. Er war schon immer derjenige gewesen, der die schönsten und teuersten Kurtisanen der Stadt auf die Feste mitgebracht hatte.

Doch Rialdo wollte das Geheimnis noch nicht lüften. Er bat sie stattdessen, ihm bei seinen Vorbereitungen für das Fest zu helfen. Sie sollten mit ihm die Gästeliste zusammenstellen.

»Aber nur Adelige, und nur solche, wo ihr wisst, dass sie bedingungslos die Spielregeln des Festes mitmachen. Dazu die schönsten und sündhaftesten Frauen, die es in Rom gibt. Und diesmal soll sich die ganze Gesellschaft mit fantasievollen Kostümen bekleiden, wobei es wieder Pflicht ist, das die Herren ihr Gesicht verdecken.« Noch lange besprachen sie die Einzelheiten, wobei manch überraschter Ausruf

224

sich bei den Vorschlägen von Rialdo vernehmen ließ. Es war weit nach Mitternacht, als er die Besucher verabschiedete und die Kutschen davonfuhren.

Auf der großen Terrasse der römischen Residenz blickten sie über das Land und diskutierten den geplanten Einzug in die Heilige Stadt. Forcheau hatte darauf gedrängt, jede Einzelheit zu besprechen, um sich dem Papst und seinem Kanzler gegenüber keine Blöße zu geben.

»Lasst euch nicht dazu herab, den Steigbügel des päpstlichen Pferdes zu halten«, mahnte Forcheau. »Es würde als Lehnsdienst ausgelegt und wäre eine Erniedrigung für euch.«

Lächelnd blickte ihn Rochefort an.

»Meint ihr, ich kenne das Bild nicht, das im Lateran hängt? Auf dem man sehen kann, wie der König demütig das Pferd des Papstes am Steigbügel führt? Ihr könnt beruhigt sein, von solch einem Unsinn halte ich nichts. Aber ich glaube, vor dem Papst machen uns noch die Römer ihre Aufwartung.«

Angespannt blickte er der Reitergruppe entgegen, die auf sie zugeritten kam. Er beobachtete, wie der vorderste Reiter, prunkvoll gerüstet, sich vom Pferd helfen ließ und mit stolz erhobenem Kopf auf ihn zukam.

»Seht euch das an«, raunte Forcheau, »die Römer treten auf, als wären sie die Sieger.«

In dem Moment kniete der Gesandte, als wollte er den Kanzler Lügen strafen, vor dem Herzog nieder.

Geduldig wartete er bis Rochefort ihn bat aufzustehen und entrollte dann ein Pergament mit dem schwarzen Siegel des Rates von Rom. Mit klarer Stimme las er vor, das Rom die Krone der Lombarden für den Herzog bereithielt und er müsste nur noch bestimmen, wann die Krönung stattfinden sollte. Irritiert unterbrach ihn Rochefort. Er glaubte, die Worte des Römers nicht richtig verstanden zu haben, bat um das Schreiben und reichte es Forcheau. Er sollte es lesen, doch der Inhalt blieb der gleiche.

Weiterhin stand in dem Schreiben, dass für ihr Entgegenkommen der Herzog die Rechte der Stadt Rom anerkennen musste und ein Krönungsgeld von fünftausend Pfund Gold zahlen sollte.

Rochefort wollte schon aufbrausen, als ihm die Situation gar nicht mehr so ungelegen kam. Immerhin waren auch Leute des Papstes anwesend, das konnte er nutzen.

Er blickte selbstbewusst in die einzelnen Gesichter und wandte sich dann an den Gesandten.

»Es ist ein Hohn«, sagte er, »dass die Römer sich anmaßen, mir die Lombardische Krone aufsetzen zu können und auch noch erwarten, dafür bezahlt zu werden. Sagt eurem Rat, dass meine Krönung dort stattfinden wird, wo ich mit der weltlichen Macht auch die geistliche Herrschaft erhalten werde. Und das wird in der Kirche Petrus sein.«

Martin, der die Abgesandte des Papstes beobachtete, bemerkte wie sie förmlich in sich zusammenfielen. Zugleich sah er aber auch, wie ein zufriedenes Lächeln das Gesicht des Kanzlers überzog. Nun ja, frevelte er innerlich, der Herzog war mittlerweile in dogmatischen Grundsätzen ein gelehriger Schüler seines Kanzlers geworden.

»Zudem«, fuhr Rochefort mit eindrucksvoller Gestik fort, »steht mir die Krone der Lombarden als Erbe meiner Vorfahren traditionell zu. Ich brauche sie weder zu kaufen noch muss ich sie aus den Händen der Römer oder des Papstes als Lehen empfangen. Und wer da anderer Ansicht ist«, er blickte die Römer und die Kardinäle herausfordernd an, »dem werde ich den Willen Gottes durch das Schwert näherbringen.«

Ehe er sich noch weiter aufregen konnte, spürte er die Hand von Beatrix auf seinem Arm. Er fühlte den leichten Druck ihrer Finger und seine Stimmung wurde etwas milder. Ohne noch weiter auf Einzelheiten einzugehen, entließ er die Römer und bat den Kanzler, mit den päpstlichen Kardinälen alles Notwendige für den Empfang in der Heiligen Stadt zu besprechen.

»Wir sollten damit rechnen«, gab Forcheau ihm später gegenüber zu bedenken, »das Rom versuchen wird, die Krönung zu verhindern und dass wir uns den Weg in die Petruskirche erkämpfen müssen.«

Glücklich, mal wieder in einer von ihm so geliebten Umgebung zu sein, in der es nach alten Schriften und Pergament roch, schrieb Martin Zeile für Zeile in der ihm eigenen sorgfältigen Schrift. Den ganzen Tag und bereits die halbe Nacht stand er hinter dem Schreibpult und schrieb fast ohne Pause Einträge in die Reisechronik. Als er die neue Seite mit einem großen Initial schwungvoll begann, dachte er daran, dass er sich lange nicht mehr so wohl gefühlt hatte.

Das Castello, in dem der Herzog mit den engsten Mitgliedern des Hofes wohnte, war eine große luxuriöse römische Sommerresidenz. Prunkvolle Bäder aus Marmor, zum Teil außerhalb des Gebäudes angelegt, verführten zum Baden und Wohlfühlen und die Wohnräume boten alle Annehmlichkeiten, die man sich vorstellen konnte. Dazu hatte man von den Säulengängen aus einen fantastischen Blick auf die Landschaft.

Und doch waren für Martin andere Dinge wichtiger. Er hatte bei ihrer Ankunft gehofft, endlich mal wieder eine Schreibstube vorzufinden, um in Ruhe die Reisechronik fortsetzen zu können. Und war dann überglücklich auf diese einmalig herrliche Bibliothek gestoßen. Außer Regalen, in denen die Schriften lagerten, waren an den Wänden Reliefs, die römische Kampfszenen zeigten und die Decke war verziert mit weißen Engeln, die unbekannte Instrumente in den Händen hielten. Der um eine Antwort nie verlegene Kanzler hatte ihm erklärt, dass es sich um Saiteninstrumente handelte, die schon die Griechen im Altertum gespielt hatten.

Gegen diese Sommerresidenz, kam es Martin in den Sinn, war selbst die schönste Burg des Herzogs nur ein graues, einfaches Mauerwerk.

Es war einfach alles unglaublich schön.

Doch was ihn wirklich faszinierte, waren Schriftwerke, die nicht mehr auseinanderfallen konnten. Reihenweise standen sie in den Regalen und er konnte der Versuchung nicht länger widerstehen. Er sah sich die Schriftreihen an und nahm aufgeregt einen Buchblock mit spitzen Fingern heraus. Dabei hatte er heillose Angst, dass dieser sich jeden Moment in einzelne Blätter auflösen könnte.

Zaghaft schlug er den dünnen, hölzernen Deckel auf und betrachtete fasziniert die kunstvolle Arbeit. Die Pergamentblätter waren exakt in der gleichen Größe geschnitten, aufeinander geschichtet und durch feine Schnüre miteinander verbunden. Über und unter den Blättern waren die Buchdeckel fest angebunden. Wie angenehm, dachte er, konnte man doch so die einzelnen Seiten mühelos umblättern und lesen. Begeistert beschloss er, diese neue Art der Buchbindung auch am Hofe einzuführen.

Nach mehreren Verhandlungstagen schrieb Martin in die Chronik, dass die beiden Kanzler Graf von Forcheau und Kardinaldiakon Rolando eine Einigung erzielt hatten. Und weil damit zu rechnen war, dass die Römer versuchen würden, die Krönung zu verhindern, hatten sie vereinbart, die Krönungsmesse nicht an einem Sonntag, wie es uralte Tradition war, sondern schon an dem kommenden Samstag zu zelebrieren. Das würde die Römer völlig überraschen, meinte Forcheau. Martin bemerkte allerdings, wie verstimmt Rochefort auf diese Regelung reagierte. Er hatte sich seine Krönung als König der Lombarden in einem großen, prunkvollen Rahmen mit vielen geladenen Gästen vorgestellt. Doch der Kanzler hatte ihn überzeugen können, dass die Krönung unbemerkt von den Römern, in aller Stille stattfinden müsste. Nur so konnte ein Blutbad verhindert werden. Dagegen war Martin nicht davon überzeugt, dass die Römer es nicht erfahren würden. Unter den Kardinälen im Lateran gab es Spione, die für den römischen Senat arbeiteten. Und wenn auch keiner mehr die Heilige Stadt verlassen durfte, Möglichkeiten, Nachrichten zu überbringen, gab es immer. Der Schmerz in seiner noch nicht ganz verheilten Wunde erinnerte ihn wieder an Fagoth Takloh. Nach seinem Verschwinden hatte sich ein Dienstknecht um seine Tauben gekümmert. Bis dahin hatte alle die Vögel als eine Verschrobenheit des Astrologen betrachtet, einige Leute dachten sogar, er würde sie für seine astrologischen Beobachtungen einsetzen. Nun hatte der aufmerksame Knecht im Vogelkäfig versteckte Lederfutterale entdeckt und sie Martin gezeigt. Er hatte den Zweck sofort erkannt, Fagoth Takloh hatte mit den Vögeln Botschaften verschickt oder welche bekommen. Doch darüber wollte er sich jetzt keine Gedanken mehr machen, er hatte sich mit Cathérine in dem herrlichen Garten verabredet und musste sich beeilen.

Schon in der Morgendämmerung riegelten die Kriegsleute von allen Seiten die Heilige Stadt ab. Rochefort, der am Abend zuvor mit seiner Familie und den Vertrauten in die Stadt eingezogen war hatte angeordnet, dass niemand mehr hineinkommen oder sie verlassen durfte. Um die späte Vormittagsstunde läuteten die schweren dumpfen Glocken der Peterskirche die Krönung ein. Die breiten Tore der größten Kirche, die Martin jemals gesehen hatte, öffneten sich, um die endlose Prozession der Kardinäle und Bischöfe aufzunehmen.

Acht in Schwarz gekleidete Priester trugen die Sänfte des Papstes. Erst dann, so wollte es Rochefort, kam er mit Beatrix und dem Gefolge. Martin, der mit Cathérine den Schluss bildete, konnte beim Betreten des Gebäudes kaum glauben was er sah. Weit über einhundert Meter, so schätzte er, war die Basilika lang und über sechzig Meter breit. Am hinteren Ende schloss sich ein lang gestreckter Querbau an, seine gewaltigen Ausmaße konnte er nur erahnen. Die Wände waren übersät mit religiösen Bilddarstellungen und voller Bewunderung machte er Cathérine darauf aufmerksam, dass die Bilder sich aus unzähligen kleinen farbigen Mosaiksteinen zusammensetzten.

»Ganze Generationen von Künstler müssen hier gearbeitet haben«, flüsterte er andächtig.

Weit in die Tiefe des Kirchenschiffes hineingebaut sahen sie einen Baldachin, der von zwölf gedrehten Marmorsäulen getragen wurde. Fein gemeißelt, waren die Säulen verziert mit nach oben sich drehenden Weinranken. Gebannt blieb Martin stehen.

»Wisst ihr, welche Gebeine dort in dem steinernen Sarkophag unter dem Baldachin ruhen?«, fragte er Cathérine.

»Die von Petrus«, flüsterte sie ehrfurchtsvoll. »Der Apostel Christi.« Voller Ergriffenheit standen sie vor dem Grabmal und hätten fast den Anschluss an das Gefolge verpasst.

Nach der Krönung und Salbung des Herzogs zum Lombardischen König, die nach Martins Auffassung Papst Marcellinus mit teilnahmsloser Miene wie eine leidige Pflicht zelebrierte, zogen sie mit allen Anwesenden durch überdachte Kreuzgänge zur Engelsburg. Sie kamen aus dem Staunen nicht mehr heraus. Seitlich der Kreuzgänge standen in regelmäßigen Abständen hohe, weiße Skulpturen, die Apostel, Päpste oder Personen aus der Antike darstellten. Und überall sahen sie in Marmor gearbeitete wunderschöne Mosaikbilder auf den Böden.

»Wenn es den Himmel auf Erden geben würde«, meinte Martin, »dann müsste er hier sein. Aber wie kann es nur sein, dass es so gewaltige Unterschiede gibt. Bei uns im Lande gibt es nur grobe Steinbauten ohne großen künstlerischen Einfluss, während hier jedes Gebäude die Zusammenfügung von edlen Materialien und künstlerischer Verarbeitung zeigt.«

»Aber die Festung dort hinten«, lachte Catherine und zeigte auf die Engelsburg, »sieht auch nicht freundlicher aus als die bei uns. Sie wirkt genauso grau und bedrohlich.«

Sie amüsierte sich über das naive Staunen von Martin, wenn er wieder etwas Neues entdeckte, genoss aber ebenfalls die überwältigen Eindrücke. Auch bei ihr in Burgund, überlegte sie, gab es kein Bauwerk, das auch nur annähernd vergleichbar war.

»Diese Engelsburg«, klärte Martin sie auf, »ist noch

nie erobert worden. Sie ist die uneinnehmbare Festung des Papstes. Es gibt eine Sage, dass während einer Bittprozession, als an der Pest täglich viele Menschen starben, der damalige Papst die Vision gehabt hatte, dass sich über der Burg der Erzengel Michael zeigte. Er soll sein erhobenes Schwert gesenkt und in die Scheide gesteckt haben. Als Ausdruck dafür, dass der schwarze Tod beendet sei. Und tatsächlich, so heißt es, erkrankte seit diesem Tag niemand mehr an Pest.«

»Diese Sagen kann ich nicht recht glauben«, bemerkte Cathérine, »vielleicht bin ich aber auch ein zu ungläubiger Mensch.«

Sie erreichten die Engelsbrücke, an der sich die Prozession auflöste. Ohne sich weiter zu beachten, strebte Marcellinus mit seinen Kardinälen die Anhöhe zur Burg hoch, während Rochefort mit seinem Gefolge ihre Pferde an der Brücke bestiegen und in Richtung des Heerlagers davonritten.

Das so stumm ablaufende Auseinandergehen hatten die beiden Kanzler festgelegt. Eine gezwungene freundliche Geste blieben Rochefort und Marcellinus damit erspart.

Martin freute sich jedenfalls auf das Festmahl, das der Herzog aufgrund seiner Krönung angeordnet hatte. Ihm lief das Wasser im Munde zusammen als er an die knusprig gebratenen Truthähne und an die anderen leckeren Sachen dachte. Sie hatten bereits den breit angelegten Weg der zum Castello hinaufführte erreicht als hinter ihnen ein Jagdhorn zu hören war. Um festzustellen, was das bedeutete, gab

Rochefort das Zeichen zum Halten. Sie bildeten in der Mitte eine Gasse, um den Reiter der päpstlichen Wache durchzulassen. Atemlos sprang er vom Pferd und eilte sofort zum Herzog.

Rochefort sah ihn ungehalten an und bemerkte, dass sein Umhang blutig war. Nichts Gutes ahnend forderte er den Mann auf zu sagen, was los sei.

»Papst Marcellinus bittet euch um eure Hilfe«, sprudelte es aus dem Mann heraus. »Aus Empörung, dass sie nicht zur Krönung eingeladen wurden stürmen die Römer die Kirchen und versuchen in den päpstlichen Palast zu kommen. Ich habe gesehen«, die Hände des Mannes flatterten unkontrolliert, »wie sie Priester aus Kirchen gezerrt und getötet haben.«

Auf dem Gesicht von Rochefort bildeten sich rote Flecken. Martin kannte dieses Vorzeichen. Im Geiste sah er die gebratenen Truthähne in weiter Ferne rücken. Rochefort befahl dann auch sofort, dass zusätzliche Krieger aus dem Heerlager zur Heiligen Stadt kommen sollten, während er mit seinem Vetter Xavier Fiscart und den Männern, die bei ihm waren, sofort Marcellinus zur Hilfe eilen würden.

Als sie die Tiber Brücke erreichten sahen sie wie Römer bereits die andere Seite besetzt hatten und als Warnung flogen ihnen schon die ersten Pfeile entgegen. Kurz beriet sich Rochefort mit seinem Vetter und sie beschlossen, eine Fußtruppe zu bilden. Gedeckt durch ihre Schilder sollten sie versuchen die Brücke zu überqueren. Sofort meldeten sich Martin und Gernod, doch Rochefort lehnte ab.

»Ich brauche euch anschließend für den

Durchbruch zum Petersplatz«, erklärte er. Angespannt beobachtete Martin, wie die Pfeile der Römer wirkungslos an den Schildern abprallten und kaum hatten die Männer die Mitte der Brücke erreicht, zogen die Römer sich bereits zurück. Die Brücke war frei.

Rochefort gab das Zeichen zum Angriff und was dann geschah, da war sich Martin sicher, würde der Herzog Zeit seines Lebens bedauern.

Ohne darauf zu achten, ob die Römer bewaffnete Krieger waren oder nur mit Stöcken versehene Stadtbewohner, die sich aus Wut und Enttäuschung über das entgangene Fest den Aufrührern angeschlossen hatten, wurden sie erbarmungslos niedergemetzelt. Entsetzt sah Martin, dass waffenlosen Männern, die abwehrend die Hände hoben, im Vorbeireiten der Kopf gespalten wurde. Die wenigen Überlebenden flüchteten schließlich in die Kirchen und Rochefort gab das Zeichen, den Kampf einzustellen.

Martin und Gernod, die an seiner Seite waren, blickten sich bedrückt an. Sie brauchten sich nicht zu äußern, jedem von ihnen blutete das Herz. Viel schlimmer, dachte Martin, musste es dem Herzog ergehen. Ausgerechnet an seinem Krönungstag hatte ein so schreckliches Gemetzel stattgefunden.

Stumm blickte Rochefort zu den Toren der Krönungskirche hin, in der er noch vor Stunden das Gelübde abgelegt hatte, für Frieden und Gerechtigkeit zu sorgen.

Und nun diese vielen Toten.

Bedächtig ritt Forcheau an seiner Seite. Er lenkte sein Pferd so dicht neben Rochefort, dass er sich mit ihm unterhalten konnte. Angespannt beobachtete Martin die beiden Männer.

Eine Weile hörte Rochefort seinem Kanzler schweigend zu und schüttelte dann unwillig den Kopf. Martin ahnte, was in ihm vorging.

»Graf, ich wollte für Gerechtigkeit eintreten«, sagte Rochefort mit gepresster Stimme, »stattdessen werden in meinem Beisein waffenlose Menschen erschlagen. Auch wenn sie unsere Feinde waren, durfte das nicht geschehen.«

»Es war nicht zu vermeiden«, beschwichtigte ihn Forcheau, »in dem dichten Kampfgetümmel konnten die Männer nicht ausmachen, wer ein Schwert oder nur einen Stock in der Hand hatte. Es ging alles viel zu schnell.«

Ohne auf seine Einwände einzugehen befahl Rochefort den wenigen Wachen des Papstes, die geflüchteten Römer aus der Kirche und den Kapellen zu holen und sie in die Stadt zurückkehren zu lassen.

»Und es wird keinem«, befahl er eindringlich, »auch nur ein Haar gekrümmt. Und sagt Marcellinus, der sich in seiner Engelsburg verkrochen hat, dass ich enttäuscht bin, dass seine Garde sich in die Burg zurückgezogen hat, anstatt mit uns zu kämpfen.«

Abrupt wendete er sein Pferd und schlug den Rückweg zur Brücke ein.

In Martin machte sich Niedergeschlagenheit und Enttäuschung breit. Noch am Morgen hatte er das erhebende Gefühl gehabt an der Krönung des

Herzogs teilnehmen zu dürfen. Dann die vielen überwältigenden Eindrücke der Heiligen Stadt, es hätte ein besonders schöner Tag werden können. Und nun ritt er mit schwermütigen Gedanken zum Lager zurück.

20. KAPITEL

Eilig ging Martin durch die breite Arkade in Richtung des terrassenförmig angelegten Gartens. In Gedanken war er schon bei Cathérine, spürte ihre Nähe und hoffte, dass sie endlich mal wieder einige Stunden ungestört sein würden. In den letzten Tagen hatten sie sich kaum gesehen, pausenlos war er bis in die Nacht hinein beschäftigt gewesen. Überhaupt, dachte er, seit dem Krönungstag war der Herzog kaum noch ansprechbar. Unzufrieden über die blutigen Zwischenfälle stürzte er sich in die Arbeit und Martin kam kaum nach, die vielen Schriftstücke zu schreiben.

Am Ende der Arkaden trat aus dem Schatten der Marmorsäulen plötzlich eine vermummte Gestalt.

Erschrocken blieb Martin stehen.

Vollständig verhüllt durch eine schwarze Mönchskutte konnte Martin nicht erkennen, wen er vor sich hatte. Irritiert wusste er nicht, wie er sich verhalten sollte, als der Unbekannte ihm zuflüsterte, dass er in großer Gefahr sei.

»Der Pfeil in eurem Rücken war kein Zufall, und wenn ihr mehr über euren Vater erfahren wollt, so kommt morgen gegen Mittag in die Stadt, in die Via del Corso.« Martin glaubte kurz die Augen seines geheimnisvollen Gegenübers zu sehen, als dieser wieder den Kopf senkte.

»Das Haus könnt ihr nicht verfehlen«, erklärte der Unbekannte, »vor dem Portal stehen Statuen römischer Feldherren. Aber seid vorsichtig, die Feinde eures Vaters sind jetzt eure Feinde.«

Martin fühlte sich wie benommen. Bevor er einen klaren Gedanken fassen und dem rätselhaften Fremden Fragen stellen konnte, war dieser bereits wieder hinter den Säulen verschwunden.

Aufgewühlt ging er in den Garten und wusste nicht, was er von dem Vorfall halten sollte. Zudem es sehr gefährlich war, jetzt in die Stadt zu reiten. Rom befand sich in Aufruhr gegen den Herzog, würde er erkannt, wäre das sein Tod.

Unwillkürlich musste Martin an Fagoth Takloh denken, wenn der dahintersteckte, war es eine Falle. Tief in Gedanken ging er mit schleppenden Schritten weiter und dachte daran, endlich mehr über seinen Vater erfahren zu können. Dann füllte ihn eine sonderbare Ruhe aus. Er war sich auf einmal sicher, dass er das Haus aufsuchen musste, beschleunigte seine Schritte und freute sich auf Cathérine.

Die Sonne stand erst knapp über dem Horizont, als Martin und Gernod nach Rom ritten. Aus der Kleiderkammer der Residenz hatten sie sich Jagdkleidung besorgt und ihre Schwerter gegen Degen getauscht. Im Notfall konnten sie sich als römische Edelleute ausgeben. Da sie nicht über den

Tiber mussten, kamen sie schnell voran und erreichten kurz vor Mittag das Stadttor. Aufgrund ihres Aussehens wurden sie von der Torwache nur kurz gemustert, ansonsten aber nicht weiter beachtet. Als sie das Tor passierten hörten sie überrascht den lauten Hufschlag ihrer Pferde. Martin musterte die breite Hauptstraße, die mit quadratisch gehauenen Steinen gepflastert war. Unwillkürlich musste er daran denken, auf welch historischer Straße sie ritten. Was mögen diese Steine alles erlebt haben, dachte er, als die römischen Großimperatoren mit ihren Kriegern hier einzogen. Trotz der Mittagshitze war die Stadt unruhig. Überall standen Menschen zusammen und unterhielten sich lautstark.

»Sie können es nicht verkraften«, meinte Gernod stirnrunzelnd, »dass unser Herzog sie mit seiner Krönung überrumpelt hat. Mich würde es nicht wundern, wenn sie uns nochmals angreifen würden.«

»Nein, das glaube ich nicht«, widersprach Martin. »Erst ihre Niederlage bei der Schlacht und dann noch das Gemetzel in der Heiligen Stadt werden ihre Begeisterung für weitere Kämpfe gebrochen haben.« Er zeigte auf eine Gruppe Männer, die sich vor dem Stadthaus versammelt hatten und laut palaverten.

»Sie reden zwar viel, aber das ist auch schon alles.«

Nach einigen hundert Metern hielt Martin sein Pferd an und zeigte in eine Straße hinein.

»Das muss die Via del Corso sein, vor dem großen Haus hinten rechts stehen Statuen vor dem Portal, da müssen wir hin.« Angespannt musterten sie die Umgebung und ritten langsam auf das Haus zu.

Davor standen rechts und links in Stein gehauene römische Feldherren.

»Wenn ich die Geschichte der Römer besser kennen würde«, äußerte sich Martin, »könnte ich euch etwas über die Gestalten dort erzählen.«

Gernod hörte ihm nicht zu. Aufs äußerte angespannt rechnete er jeden Moment mit einem Überfall. Doch als sie das Portal erreichten, öffnete sich der rechte Torflügel, ohne dass ein Mensch sich blicken ließ.

»Martin, das gefällt mir nicht.«

Misstrauisch blickte Gernod in den Hof.

Auch Martin fühlte sich nicht wohl in seiner Haut, zögernd ritt er durch das Tor und sah einen Maskierten, der ihm zu winkte.

Also doch, schoss es ihm durch den Kopf. Dieser verfluchte Astrologe hat uns eine Falle gestellt. Blitzschnell zog er den Degen und ritt auf den Mann zu, als dieser abwehrend die Hände hob. Martin konnte später nicht erklären, wieso er in diesem Moment erkannt hatte, dass es nicht Fagoth Takloh war. Er schaffte es gerade noch, sein Pferd zur Seite zu reißen, um den Fremden nicht niederzureiten.

»Halt«, rief ihm der Unbekannte hastig zu, »ihr seid hier in Sicherheit.« Martin wurde klar, dass der Mann sich nicht der Gefahr ausgesetzt hätte, getötet zu werden, wenn das eine Falle wäre. Sie stiegen von den Pferden und stumm führte der Fremde sie durch eine große, von Säulen getragene Halle. Gernod konnte es nicht lassen zu lästern, dass ganz Rom nur aus Säulen zu bestehen schien. Sie wurden in einen dunklen Raum geführt, wo der Maskierte an der Kopfseite des Tisches Platz nahm und sie aufforderte, sich zu setzen. Seine Maske behielt er an.

»Nehmt mir den merkwürdigen Empfang nicht übel«, begann er, »aber das hier ist weder mein Haus noch kann ich euch sagen wer ich bin. Und wenn ich euch sage«, er sah Martin an, »wer die Leute sind, die versucht haben euch zu töten, werden sie auch mich vernichten wollen. Aber ich könnte es nicht ertragen, wenn euch das gleiche Schicksal wie euren Vater treffen würde. Viele Jahre habe ich unter der Schuld, an dem Unrecht an eurer Familie beteiligt gewesen zu sein, gelitten. Aber glaubt mir«, bittend hob er die Hände, »an der Ermordung eurer Familie war ich nicht beteiligt.«

»Wie hieß der engste Vertraute meines Vaters?«, fragte Martin. »Ich muss wissen, ob ich euch glauben kann.«

Die dunkle Gestalt in dem venezianischen Scherenstuhl schien noch mehr zu schrumpfen. Es dauerte eine Weile, bis der Mann antwortete.

»Stanis Berthier stand eurer Familie sehr nahe. Glücklicherweise, so habe ich später erfahren, war er zu der Zeit, als der Überfall auf eure Familie geschah, im Auftrag eures Vaters auf Reisen. Er lebt vielleicht noch.«

»Nein.«

Martin blickte den Unbekannten bedrückt an.

»Als Berthier von der Reise zurückkam hat man ihn verhaftet und ohne Verhandlung im tiefsten Verlies vegetieren lassen. Erst kürzlich wurde er befreit und ist dann gestorben«, klärte er den Mann auf.

»Hätte ich das gewusst«, presste der Fremde heraus, »hätte ich ihn dort herausgeholt. Aber wir müssen uns beeilen«, drängte er, »die Besitzer dieses Hauses kommen heute noch zurück.«

Fast eine Stunde lang schilderte er die Vorgänge und Hintergründe, die fast dazu geführt hätten, dass der damalige König durch einen Großteil seiner Fürsten gestürzt worden wäre.

»Und das«, er blickte Martin an, »weil euer Vater es nicht länger zulassen wollte, dass der Papst, und damit auch der römische Senat, immer mehr Einfluss auf den König bekamen. Schwach wie er war, konnte er dem ständigen Drohen des Papstes, ihn mit dem Bann zu belegen, nicht widerstehen. Er wurde Rom hörig. Aufgerüttelt durch den Widerstand eures Vaters wurden auch andere Fürsten aufständisch. Monatelang trafen sie sich heimlich und beschlossen schließlich den Sturz des Königs.«

Der Fremde machte eine Pause, bevor er weiter berichtete. »Doch Kreise in Rom hatten von dem Aufstand erfahren und wollten den Sturz des Königs verhindern. Und deshalb«, der Fremde war kaum noch zu verstehen, »beschloss ein römischer Geheimbund, dem auch ich angehörte, euren Vater zum Schweigen zu bringen. Dass eure Familie ermordet werden sollte, davon war nie die Rede gewesen.«

Erschöpft lehnte er sich zurück.

»Und es gibt heute noch einflussreiche Leute des

damaligen Geheimbundes. Sie fürchten, dass ihr die Vergangenheit wieder aufrollen könntet und sie dabei entlarvt würden. Sie kennen eure Verbindung zum Herzog und haben beschlossen euch zu töten. Der gefährlichste von ihnen ist Fürst Rialdo. Er war es auch, der eure Familie ermorden ließ.«

Lange Zeit blieb es zwischen ihnen still.

Martin durchlebte durch die Worte des Unbekannten die damaligen Geschehnisse, als wenn er dabei gewesen wäre. Er fühlte sich hineinversetzt in die Zwangslage, in die sein Vater sich befunden haben musste. Die Konflikte mit Rom und dem König, sowie das Wohlergehen des Landes mussten ihm schwer zugesetzt haben. Noch lange hätte Martin den Gedanken nachgehangen, als der Fremde sie drängte, das Haus zu verlassen. Schon fast hatten sie den Ausgang erreicht, als Martin abrupt stehen blieb. Hart packte er den Fremden am Arm.

»Wer ist der Mann, der ständig eine Maske trägt und sich als Fagoth Takloh, als Astrologe, ausgibt?«, fragte er drängend. »Und hatte er etwas mit der Ermordung meiner Familie zu tun?«

»Das ist Fürst Rialdo«, antwortete der Fremde, »ein Mensch, dessen teuflische Pläne überall Unheil anrichten, wo er erscheint. In seiner Villa Pione geschehen die schrecklichsten Folterungen, finden aber auch die wildesten Orgien statt. Und er hasst euch bis aufs Blut.«

Unwillig schüttelte der Mann die Hand von Martin ab und lief dann gehetzt davon.

21. KAPITEL

Als Forcheau in das mit vielen Tiertrophäen ausgestattete Jagdzimmer der Residenz ging bemerkte er Rochefort, der Pergamentblätter, die auf dem Tisch lagen, betrachtete. Rochefort nahm ein Blatt in die Hand und zeigte es ihm.

»Graf, es ist schon interessant, dass die Besitzer dieses Hauses genau aufgezeichnet haben, an welchen Tagen sie auf die Jagd gegangen sind«, bemerkte er. »Und sie haben jedes Wild, das sie gesehen haben, registriert. So haben sie den Wildbestand feststellen können und wussten immer, wie viele Tiere sie töten mussten, um einen gesunden Bestand zu erhalten.«

Anerkennend sah Rochefort seinen Kanzler an.

»Das muss man den Italienern lassen, wenn sie auch nicht die besten Kämpfer sind«, er lächelte in sich hinein, »haben sie außer ihrer großen Kultur auch eine gewisse Gelehrtheit.« Rochefort hätte sich mit dem Thema noch gerne weiter beschäftigt, wurde aber von Forcheau unterbrochen.

»Marcellinus hat nun schon zum dritten Mal einen Sonderkurier geschickt, der euch überreden soll sofort gegen die Normannen zu ziehen.« Mit Absicht hatte Forcheau »überreden« formuliert da er wusste, wie Rochefort darauf reagieren würde. »Der Kurier berichtet, dass die Schiffe der Normannen bereits im Golfo di Policastro gesichtet wurden«, setzte er nach.

Verächtlich zeigte er in Richtung der Heiligen Stadt. »Und nun zittern sie dort, die feinen Kardinäle, anstatt selbst ihre Krieger gegen die Normannen zu führen.« Er bemerkte den unschlüssigen Ausdruck im Gesicht von Rochefort und ließ seine Worte erst einmal wirken. Eine Weile wurde Rochefort hin- und hergerissen, schließlich blickte er entschlossen den Kanzler an.

»Graf, lasst dem Papst mitteilen, dass ich keine Möglichkeit sehe, weiter nach Süden zu ziehen. Unser Heer brauchen wir zur Sicherung der eroberten Gebiete.«

»Das ist angebracht, denn wir haben noch andere Schwierigkeiten.« Verdrießlich blickte Forcheau ihn an. »Unsere Kriegsleute fangen an zu rebellieren. Sie wollen zu ihren Familien zurück. Sie fürchten um ihren Besitz, wenn sie noch länger fort sind. Selbst einige Grafen beginnen sich unzufrieden darüber zu äußern, dass der Feldzug schon zu lange dauert. Ich fürchte«, tiefe Falten durchzogen seine sonst glatte Stirn, »sie werden uns nicht mehr lange folgen. Keineswegs aber werden sie weiter nach Süden gegen die Normannen ziehen.«

Dass sie bei diesem unangenehmen Thema durch das Eintreten seines Jagdmeisters gestört wurden, kam Rochefort gerade recht und er fragte ihn, was es denn so Eiliges geben würde.

»Graf Leconier, der das Schleifen von Mailand überwacht«, berichtete der stämmige Mann, »hat bei einer Rast in einem Waldstück die Leichen von dem jungen Pietiér und von der vermissten Magd aus dem Wirtschaftsbereich gefunden. Einige Schritte weiter lag dann noch eine Frau, wir nehmen an, es ist eine Hure aus dem Tross.«

»Wie sind sie getötet worden?«, fragte Forcheau dazwischen.

»Der Bote, der die Nachricht gebracht hat, ist einer meiner Jäger und hat die Toten gesehen. Er sagte, man hätte sie kaum noch erkennen können. Die Köpfe von Pietiér und der Dienstmagd lagen abgeschlagen neben ihnen. Augen und Nasen waren von Tieren bereits herausgefressen und die Körper zerrissen. Graf Leconier hat zudem anhand des auffällig gearbeiteten Schwertes Pietiér erkannt.«

»Und wie ist die Hure zu Tode gekommen?«, unterbrach ihn angespannt Forcheau.

Er ahnte bereits die Antwort.

»Sie war schrecklich verstümmelt«, erklärte der Jagdmeister mit belegter Stimme. »Sie war nackt und selbst da, wo sie von Tieren angefressen war, konnte man erkennen, dass ihr Körper aufgeschlitzt wurde. Ihr Leib war regelrecht zerfetzt. Das muss ein Wahnsinniger gewesen sein.«

Rochefort nickte nachdenklich und schickte ihn mit dem Auftrag fort, ihm das Schwert des getöteten Pietiér zu besorgen. Dessen Onkel war einer seiner engsten Berater, er wollte es ihm selbst übergeben.

»Fagoth Takloh«, Forcheau spuckte den Namen

förmlich heraus. Skeptisch sah ihn Rochefort an.

»Ihr seid überzeugt, dass es sich bei dem Täter um den Astrologen handelt?«

»Ich bin mir sicher. Überall, wo diese Morde geschahen, war er in der Nähe. Und seit Martin mir von dem Erlebnis erzählt hat, das Cathérine mit Fagoth Takloh hatte, bin ich überzeugt, dass nur er es sein kann. Er war auch der einzige, der sich unbeobachtet bewegen und das Lager verlassen konnte. Dazu kommt noch, dass er seit dem Anschlag auf Martin spurlos verschwunden ist.«

»Aber warum sollte er Martin töten wollen?«

»Dafür muss es Gründe geben«, meinte Forcheau. »Ich vermute, sie sind in der Vergangenheit, in der Familie von Martin zu suchen. Es kann aber auch wegen Cathérine sein.«

»Wie auch immer«, Rochefort schritt aufgebracht durch das Jagdzimmer, »wir müssen diesen Menschen finden. Und ich werde ihn so lange der Befragung unterstellen, bis er die Wahrheit sagt. Ich darf nicht darüber nachdenken, dass ich einen solchen Teufel in der Nähe meiner Familie hatte. Lasst in den einzelnen Heeresabteilungen bekannt geben, dass er, wenn er wieder auftauchen sollte, sofort festgenommen und zu mir gebracht wird.

Jetzt aber«, Rochefort zeigte nach draußen auf die dichte Wand der herabstürzenden Wassermassen, »müssen wir dafür sorgen, dass bei diesem Wetter die Befestigungen der Lager nicht weggespült werden.« Er bat Forcheau sich zu erkundigen, ob seine Anordnung, alle Aborte des Lagers außerhalb der

Unterkünfte zu verlegen, befolgt wurde. »Wenn erst einmal die Kloake durch den Regen in die Zelte gespült wird«, bemerkte er besorgt, »könnte es für uns schlimm ausgehen.«

Forcheau nickte zustimmend, machte aber einen abwesenden Eindruck. Rochefort spürte, dass seinem Kanzler etwas auf dem Herzen lag. Forschend sah er ihn an.

»Ihr habt doch noch was, das sehe ich euch an.«

»Nun«, Forcheau fühlte sich nicht wohl in seiner Haut, »Martin und Gernod sind noch nicht zurück.«

Überrascht sah ihn Rochefort an. Erst jetzt wurde ihm bewusst, dass er seinen Sekretär den ganzen Tag noch nicht gesehen hatte.

»Was heißt, sie sind noch nicht zurück? Sagt bloß nicht, sie sind bei diesem Wetter fortgeritten.«

»Doch, aber schon am Morgen, als die Sonne noch schien. Martin wollte sich die geografische Lage der Stadt etwas genauer ansehen. Das Unwetter hat sie genauso überrascht wie uns.«

Verdrossen hörte Rochefort ihm zu, doch er konnte Forcheau keinen Vorwurf machen.

»Gernod ist ein erfahrener Mann, er wird wissen, wie er sich zu verhalten hat«, versuchte er Forcheau zu beruhigen. »Und Martin spricht so gut die Sprache der Italiener, dass sie ohne aufzufallen eine Unterkunft finden werden.« Ohne sich anmerken zu lassen, wie besorgt er selbst war, vertiefte er sich in eine strategische Zeichnung.

22. KAPITEL

Seit dem frühen Nachmittag, als der Regen wie aus Kübeln geschüttet herunterstürzte, gingen Cathérine und Lisa rastlos durch die weitläufigen Gebäude der Residenz. Dabei sprachen sie sich Zuversicht zu, dass ihre Männer bald zurückkommen würden. Als sie weitergingen, kamen sie in die Wirtschaftsräume. Von den Dienstleuten, die sich durch ihren Besuch geehrt fühlten, wurden sie freundlich begrüßt, lehnten die angebotene Bewirtung aber ab. Ohne dass es ihnen bewusst wurde, entfernten sie sich immer weiter vom Hauptgebäude und durchquerten Räume, die schon lange nicht mehr benutzt wurden. Überall lag Dreck und Kot von Tieren in den Ecken, es stank nach Moder und zunehmend wurde es kälter.

»Cathérine, wir sollten zurückgehen«, meinte Lisa, »vielleicht sind Martin und Gernod schon da.«

Ohne darauf einzugehen, streifte Cathérine weiter durch die dunklen Gänge. Unwiderstehlich zog sie das Unbekannte an. Lisa beobachtete zunehmend besorgt das merkwürdige Verhalten ihrer Freundin und fragte sich, was mit Cathérine los war. Nach einiger Zeit sahen sie am Ende eines Ganges einen vorgebauten Erker der im Gegensatz zu der sonst eckigen Bauweise rundgemauert war. Zögernd ging Cathérine darauf zu und winkte Lisa, ihr zu folgen. Dabei entdeckten sie eine Tür, die so versteckt in das Mauerwerk eingefügt war, dass sie diese fast nicht bemerkt hätten.

»Lisa, hinter dieser Tür muss es irgendwo hingehen, doch ich sehe kein Schloss oder einen Türgriff. Es sieht so aus, als wenn man sie nur von innen öffnen könnte«, meinte Cathérine enttäuscht.

»Das ist gut.«

Lisa war heilfroh, dass nun endlich die Gelegenheit da war, Cathérine zum Umkehren zu bewegen.

»Dann sollten wir jetzt schnellstens zurückgehen.«

»Lisa, hier ist ein Riegel.«

Cathérine hatte einen Spalt oberhalb der Tür entdeckt und dort einen eisernen Stift berührt, der sich zur Seite schieben ließ. Sie spürte wie die Tür geräuschlos nachgab und drückte sie so weit auf, dass sie sehen konnte, was dahinter war.

Überrascht sah sie Kienspäne in Wandhaltern, die einen felsigen Gang beleuchteten.

»Lisa, hier ist ein Gang, und er ist vor kurzem erst benutzt worden«, rief sie überrascht.

»Wir müssen zurückgehen«, drängte Lisa besorgt, »wer weiß, was für Leute hier ein und aus gehen.«

»Wir sehen nur noch nach, wo der Gang hinführt, dann gehen wir zurück«, antwortete Cathérine. Nach wenigen Metern wurde der Felsengang so breit, dass sie nebeneinander gehen konnten. Lisa hatte furchtbare Angst, jeden Moment erwartete sie, dass irgendwelche dunkle Gestalten auftauchen würden. Fest umklammerte sie die Hand von Cathérine und konnte es nicht fassen, dass sie immer weiter in das Unbekannte hineingingen.

Plötzlich blieben sie überrascht stehen.

Vor sich sahen sie ein großes Gewölbe, das in mehreren Abschnitten gegliedert war.

»Mein Gott«, flüsterte Cathérine, »das sieht ja aus wie ein Haus aus einer früheren Kultur. Die Wände sind kein Felsgestein, sondern aufeinander gemauerte Steinplatten.«

»Und auch die spitz geformten Torbögen sind gemauert«, flüsterte Lisa nun ebenfalls fasziniert. Beide dachten in diesem Moment an keine Gefahr, sie waren von dem Anblick, der sich ihnen bot, zu stark beeindruckt. Rechts und links an den Wänden sahen sie Bänke aus Stein stehen, die einmal als Sitzgelegenheit gedient haben mussten.

Es war eine unterirdische Welt so fuhr es Cathérine durch den Kopf, in der Menschen ein- und ausgingen. Vorsichtig gingen sie über große uralte Steinplatten, die den Boden bedeckten. Vergeblich versuchte Cathérine die Inschriften, die auf verblassten Tonplatten an den Wänden eingeritzt waren, zu entziffern. Es musste sich um eine ihr unbekannte alte Sprache handeln. Verwirrt bemerkten sie immer neue Gänge und Treppen, die nach oben oder nach unten führten, demnach gab es noch andere Gebäude. Vereinzelt brennende Kienspäne tauchten alles in eine unwirkliche Schattenwelt.

Cathérine spürte den harten Druck von Lisas Hand und blieb abrupt stehen. Durch die überwältigenden Eindrücke hatte sie nicht mehr darauf geachtet, woher sie gekommen waren. Sie blickte sich um und zeigte erleichtert auf einen breiten Gang, der in den Felsen hinein führte.

»Lisa, wir gehen zurück, sonst wird man sich noch Sorgen um uns machen. Es weiß ja keiner, wo wir sind.« Sie eilten durch den felsigen Gang, um plötzlich wie angewurzelt stehen zu bleiben.

»Nein«, schrie Lisa und starrte entsetzt auf die Mauer, vor der sie standen. Cathérine spürte, wie ein dumpfes Pochen sich in ihrem Kopf bemerkbar machte. Wir haben uns verirrt, schoss es ihr durch den Kopf und sie fühlte Panik in sich aufsteigen.

»Mein Gott Lisa, wir haben den falschen Weg genommen.«

Unfähig einen klaren Gedanken zu fassen, blieben sie eine Weile stehen. Die Angst, aus dieser gespenstischen Welt nicht mehr herauszukommen, lähmte sie. Dann war es Lisa, die wieder Mut fasste.

»Wir werden den Ausgang schon finden«, sagte sie und entschlossen zog sie Cathérine hinter sich her. Eine Weile irrten sie ziellos durch unbekannte Gänge, als sie plötzlich glaubten, Stimmen zu hören.

»Hoffentlich sind es keine Teufel, sondern Menschen, die uns hier wieder herausbringen«, flüsterte Lisa. Cathérine legte die Hand auf ihre Lippen. Sie wusste nicht warum, aber etwas warnte sie, sie spürte die Gefahr, der sie sich näherten. Zögernd stiegen sie eine Steintreppe hoch, kamen auf ein Felsplateau und sahen unter sich etwas so Entsetzliches, wie sie es sich niemals hätten vorstellen können.

Cathérine presste die Hand vor den Mund, um ihren Schrei zu unterdrücken.

»Die Hölle, wir sind in der Hölle gelandet«, schluchzte Lisa neben ihr. Fassungslos zeigte sie auf die schwarzen Gestalten, die sich unten in einem riesigen, felsigen Kessel bewegten.

Langsam beruhigte sich Cathérine. An der Form des Bauwerks erkannte sie, dass es sich um eine ehemalige römische Kampfarena handeln musste. Ihr Hauslehrer in Burgund, der sich für die römische Kultur interessierte, hatte ihr einmal eine Zeichnung von solch einer Stätte gezeigt.

»Gefangene Christen«, so hatte er damals erklärt, »wurden in diese Arenen getrieben, um gegen Löwen zu kämpfen.«

Gebannt sah Cathérine auf die entstellten Gesichter und Körper der Menschen. Sie beobachtete wie einige über den Boden krochen, um an die Feuerstellen zu kommen, über denen in große Kessel etwas brodelte.

»Lisa«, flüsterte sie erschüttert, »das sind Aussätzige, die man hier lebendig begraben hat. Mein Gott«, sie zeigte auf einige kleine Gestalten, die auf ihren dünnen Beinen wie auf Stelzen gingen, »das sind ja Kinder.« Selbst aus dieser Entfernung konnten sie erkennen, in welch unvorstellbarem Dreck die Kranken lebten. Man könnte glauben, fuhr es Cathérine durch den Kopf, man blicke in die Hölle.

Eine Weile beobachtete sie mitleidig die Verdammten und stellte sich vor, dass sie und Martin da unten leben müssten. Plötzlich, ob es ein Lichtschein war, der sie für einen kurzen Moment beleuchtet hatte, oder ob man sie sonst irgendwie entdeckt hatte, schrie einer von den Geschöpfen schrill auf und zeigte aufgeregt zu ihnen. Viele hundert Köpfe fuhren hoch und ein klagendes Geschrei erfüllte die Hohlräume der gespenstigen Welt. Einige Gestalten versuchten an der steilen Mauer hochzuklettern.

»Wir müssen weg hier«, schluchzte Lisa. »Wenn die uns zu fassen bekommen, landen wir auch da unten.« Mit einer Kraft, die sie Lisa nie zugetraut hätte, wurde Cathérine von ihr in den Gang gezogen, aus dem sie gekommen waren. Während sie gehetzt zurückeilten, hörten sie immer wieder das dumpfe Rufen der Aussätzigen.

Reiter und Pferde waren am Ende ihrer Kraft. Vor Stunden hatten sie die Stadt hinter sich gelassen und kämpften sich auf unbefestigten Straßen durch Massen von Schlamm und Geröll. Der sturzflutartige Regen hatte die Landschaft in einen mitreißenden, sumpfigen Morast verwandelt.

»Hoffentlich halten unsere Pferde durch«, brüllte Gernod, als er sah, dass knapp hinter Martin ein Baum umgestürzt war.

»Mein Gott, murmelte er, lass uns bald die Residenz erreichen.« Mehrmals noch wurden sie durch umstürzende Bäume und aufgestautes Erdreich aufgehalten, ehe sie erleichtert auf den befestigten

Weg kamen, der hinauf zur Residenz führte. Um die erschöpften Pferde zu entlasten, stiegen sie ab und führten sie am Zügel den Berg hinauf. Ausgelaugt und unfähig einen klaren Satz herausbringen zu können, übergaben sie am Tor den Dienstknechten schweigend die Pferde und steuerten das Hauptgebäude an. Kaum hatten sie die Halle betreten, als schon der Kanzler auf sie zugeeilt kam.

»Endlich seid ihr zurück«, rief er erleichtert.

»Jetzt fehlt nur noch Graf Fiscart, der mit einigen Leuten zu einem Lager geritten ist.« Forcheau wollte ihnen schon von dem Verschwinden der Frauen berichten, als ihm klar wurde, dass die beiden sich erst einmal erholen mussten.

»Während ihr ein Bad nehmt, werde ich dafür sorgen, dass ihr etwas zu essen und zu trinken bekommt«, äußerte er sich fürsorglich. Er warf noch einen langen Blick auf ihre heruntergekommene Kleidung und wandte sich dann ab.

Später saßen Martin und Gernod mit ihm in der Halle am Kamin als Roger und Beatrix hereinkamen. Erleichtert stieß Forcheau einen Seufzer aus. Nun konnten sie die Männer über das Verschwinden der Frauen informieren. Besorgt blickte er auf die Herzogin, die sich um Cathérine und Lisa große Sorgen machte. Dunkle Ränder lagen um ihre Augen und machten ihr zartes Gesicht noch kleiner.

Auch Martin bemerkte sofort das schlechte Aussehen von Beatrix. Erst als Rochefort sich erfreut darüber ausgelassen hatte, dass sie es geschafft hatten, bei diesem Unwetter doch noch die Residenz zu erreichen, wagte Martin es Beatrix nach Cathérine zu fragen. Beatrix senkte den Kopf, er sollte nicht die Tränen in ihren Augen sehen.

»Ist etwas mit Cathérine?«

Beunruhigt sah Martin den Herzog an.

»Sie ist nicht da.«

Rochefort legte beruhigend seine Hand auf Martins Arm, »aber wir werden sie und Lisa schon finden.«

Martin sah besorgt zu Gernod hin und gab ihm ein Zeichen sich zurückzuhalten. Er zwang sich selbst zur Ruhe und bat den Herzog sie aufzuklären.

»Keiner weiß, wo sie sein könnten. Gegen Mittag hat man beide zusammen in den Wirtschaftsräumen gesehen, danach sind sie verschwunden. Doch sie müssen noch hier in der Residenz sein, bei dem Wetter wären sie niemals fortgegangen.«

»Aber das gibt es doch nicht«, meinte Gernod, »sie müssen doch zu finden sein.«

»Vielleicht sind sie irgendwo eingestürzt und warten auf Hilfe«, warf Martin ein. Dann setzte ein schrecklicher Gedanke sich in seinem Kopf fest.

Fragend blickte er zu Rochefort hin.

»Ist der Astrologe wieder hier?«

Eine Stille machte sich breit, in der es keiner wagte, der Antwort von Rochefort zuvorzukommen.

»Nein, er ist nicht zurückgekommen, mit dem Verschwinden der Frauen kann er nichts zu tun haben.«

»Ich kann es mir nur so erklären«, mischte sich der Kanzler ein, »dass es in diesen weitläufigen

Gebäuden, die nur zum Teil bewohnt sind, Gewölbe und Gänge gibt, in denen sie sich verirrt haben müssen. Unter Rom liegt eine alte, unterirdische Stadt und ich weiß, dass heute noch manche Häuser in Rom Zugänge zu ihr haben.« Gedankenverloren blickte er in das Kaminfeuer. »Es könnte eine Erklärung für das Verschwinden der Frauen sein.«

Gernod, der es einfach nicht mehr ausgehalten hatte ruhig sitzen zu bleiben, schritt aufgeregt durch den großen Raum. Abrupt blieb er stehen und sah Martin an.

»Erinnert ihr euch an die Villa Pione«, sagte er, »an die Villa, in der Fürst Rialdo residiert?« Er bemerkte die erstaunten Blicke von Rochefort und Forcheau, ignorierte sie aber.

»Es ist doch möglich, dass es von dieser Villa einen Zugang zu der unterirdischen Stadt gibt und von dort eine Verbindung zu der Residenz.«

Bevor Martin antworten konnte, wollte Rochefort wissen, was es mit diesem Fürsten Rialdo auf sich hatte. Martin schilderte ihre Begegnung mit dem geheimnisvollen Fremden, der früher zu dem Kreis von Rialdo gehört hatte. Er berichtete, wie dieser zugegeben hatte, einem römischen Geheimbund angehört zu haben und dass er daran beteiligt war Graf Asgill auszuschalten. Weiter erklärte Martin kurz die Hintergründe, die seinen Vater veranlasst hatten, die Beeinflussung durch den Papst auf den König zu verhindern. Am Schluss erwähnte er das Fagoth Takloh der römische Adelige Rialdo sei.

»Wollt ihr damit sagen«, sagte Rochefort entsetzt,

»dass mein Astrologe der Mörder eurer Familie ist?«

Martin sah auf den Mann, der ihm vertraute und ihm eine bedeutende Stellung an seinem Hofe gegeben hatte. Es war nun an ihm, dafür zu sorgen, dass der Herzog sich keine Vorwürfe machen musste.

»Nun, der Astrologe hat uns alle getäuscht, zeitweise war auch ich so von ihm beeindruckt, dass ich an seine außergewöhnlichen Fähigkeiten geglaubt habe. Und fast hätte ich«, seine Stimme wurde leiser, »diesem Menschen Cathérine anvertraut.«

Beatrix, die bei Martins Erklärungen zunehmend besorgter wurde, blickte entschlossen ihren Mann an.

»Sofort muss die Residenz bis in den kleinsten Winkel durchsucht werden und sollte es einen geheimen Zugang in die unterirdische Stadt geben, müssen wir ihn finden.«

Die Angst, aus der weit verzweigten unterirdischen Stadt nicht mehr herauszukommen, ließ sie fast verzweifeln. Sie hatten jegliche Orientierung verloren und mussten irgendwo tief unter der Erde sein. Gegenseitig sprachen sie sich immer wieder Mut zu und hofften, endlich auf Menschen zu treffen. Brennende Kienspäne zeigten, dass sie in dieser Geisterwelt nicht alleine waren und mittlerweile war es ihnen egal, ob es sich um feindliche Römer oder um andere Leute handelte, sie wollten nur wieder in die Welt der Lebenden.

Als sie schon nicht mehr daran glaubten, bemerkten sie, dass die modrige, feuchte Luft klarer wurde. Hoffnungsvoll eilten sie in die Richtung, aus der sie den Luftzug spürten und Cathérine fühlte, wie ihre Beklemmungen ein wenig nachließen. Sie kamen in große Hallen, die einmal für Versammlungen gedient hatten und sie erklärte Lisa, dass vor langer Zeit die verfolgten Christen in solch unterirdischen Felsenhallen lebten und ihre religiösen Feiern abhielten. »Und ich glaube, wir haben es geschafft, der Ausgang muss ganz in der Nähe sein.« Zunehmend wurde es heller und interessanter. Überall bemerkten sie fremdartige Dinge. In einer runden Grotte entdeckten sie in den Wänden oval förmige Vertiefungen und Cathérine konnte nicht umhin stehenzubleiben, um sich eine solche Nische anzusehen. Etwa in Kopfhöhe sah sie einen Behälter aus Ton stehen, der die Form eines liegenden Menschen hatte. Auf dem länglichen Gefäß war eine Inschrift eingebrannt.

»Es muss sich um die Grabstätten der Menschen handeln, die hier einmal gelebt haben«, sagte sie zu Lisa. Beeindruckt blickte sie rundum an den Wänden entlang und schätzte, dass es hunderte solcher Gräber sein mussten.

»Lisa, stell dir vor, wir stehen vor einem unterirdischen Friedhof. Wenn man überlegt, wohin sie ihre Toten hier unten auch sonst hätten begraben können, war das die einzige Lösung.«

Lisa fand das zwar interessant, drängte aber, weiterzugehen. Sie kamen durch kleine Vorräume und sahen auf steinernen Bänken uralte Tonkrüge, Schüsseln und dickwandige braune Tröge stehen. Beigaben für die Verstorbenen, für ihre Reise in das

Reich der Toten, überlegte Cathérine. Fassungslos schüttelte sie den Kopf. »Es ist kaum zu glauben, dass es tief unter der Erde so etwas gibt.«

Lisa war vorausgegangen und zeigte aufgeregt nach vorne. Sie sahen, dass es dort deutlich heller wurde.

»Das können nur brennende Fackeln sein«, vermutete Cathérine, »da müssen Menschen sein.« Vorsichtig gingen sie weiter und kamen in Räume, die aussahen, als würden sie tatsächlich benutzt.

»Was mögen das für Leute sein?«, flüsterte Lisa ängstlich. Cathérine war sich sicher, dass in dieser Unterwelt nur Menschen waren, die sich verstecken mussten oder Dinge trieben, die keiner wissen durfte.

Unwillkürlich dachte sie an den Astrologen.

Das ist alles nur Wahn, versuchte sie sich zu beruhigen, doch ihre Hoffnung wurde schnell zerstört. Sie kamen in einen Raum, in dem dicke Teppiche den Boden bedeckten und hölzerne Liegen standen, die mit bunten Decken und dicken Kissen bedeckt waren. Ein fremdartiger, intensiver Geruch legte sich auf ihre Sinne.

»Mein Gott«, flüsterte Lisa, »ich glaube, wir sind in einer Hexenküche gelandet.« An den Wänden sahen sie schmale Tonkrüge stehen, aus denen dünne Rauchfähnchen aufstiegen. Tief atmete Lisa den wohlriechenden fremdartigen Geruch ein und fühlte schon bald, wie ein befreiendes Gefühl sich in ihr bemerkbar machte.

Cathérine war still geworden. Sie hatte den schweren, betäubenden Geruch sofort erkannt. Sie hörte das Schlagen von Lederriemen, das leise Wimmern der Frau und sah vor sich die blutigen, gelben Stofffetzen auf dem Misthaufen des Gasthofes liegen. Schwankend tastete sie nach Lisa, die sie erschrocken ansah.

»Was ist los?«, fragte Lisa besorgt.

»Nichts, es geht schon«, erwiderte Cathérine leise. »Es sind nur Wahnvorstellungen.« Um sich abzulenken, blieb sie stehen und bemühte sich, das Unbekannte des Raumes zu erfassen. An den Wänden standen Bänke, mit dicken kunstvoll gewebten orientalischen Teppichen bedeckt. Cathérine kannte solch kostbare Arbeiten, ihr Vater hatte einige aus dem Orient mitgebracht.

Im hinteren Teil des Raumes ragte aus einem Steinquader eine hohe mit Flügeln versehene Steinfigur, die von drei bewaffneten Kriegern verfolgt wurde. Seltsamerweise hielt diese rätselhafte Figur kein Schwert in den Händen, sondern einen kleinwüchsigen Strauch, den herumspringende Tiere versuchten zu erreichen. Alles in diesem Raum war geheimnisvoll und zunehmend breitete sich eine betörende Ruhe in Cathérine aus. Gelöst setzte sie sich auf eine der Bänke, merkte noch wie Lisa sich an sie schmiegte und versank in einem so tiefen Schlaf, aus dem selbst das Wasser, das von oben immer stärker eindrang, sie nicht aufwecken konnte.

23. KAPITEL

Rom war eine einzige Kloake. Der seit Stunden anhaltende sintflutartige Regen ging in breite Bäche über, die den stinkenden Abfall und die menschlichen Exkremente aus den Abfallgruben mitrissen und durch die Stadt bis in die Häuser spülten. Erst gegen Ende des Tages hörte das Unwetter, so plötzlich wie es gekommen war, wieder auf. Eine unerträgliche Schwüle legte sich auf die Menschen und riesige Wolken von Mücken, die aus den nahe gelegenen Sümpfen in die Stadt einfielen, machten das Leben zur Hölle.

Gernod, mit Martin an seiner Seite, führte die Reiter am Stadtrand entlang in Richtung Süden. Vor Stunden hatten sie in der Residenz den Zugang zu der unterirdischen Stadt gefunden. Sie waren weit in die Unterwelt hineingegangen, doch das riesige und weit verzweigte Ausmaß machte ihnen schon bald klar, das sie die Frauen nicht finden würden. Zudem glaubten sie nicht, dass Cathérine und Lisa sich freiwillig so weit dort hineingewagt hätten. Doch sie ahnten, wo sie die Frauen finden würden.

Seit der Mittagszeit waren sie mit hundert

Kriegern auf dem Weg zur Villa Pione und das Gefühl, dass sie sich beeilen mussten, ließ sie nicht mehr los. Als sie den Stadtrand von Rom erreichten, überfiel sie ein so starker Gestank, dass ihnen das Atmen schwerfiel. In der Stadt mussten die Menschen im Dreck ersticken, dachte Martin und fühlte wie Panik sich in ihm breit machen wollte.

Ihr Führer Luigi Paolo drängte sie, schneller zu reiten.

»Vor Einbruch der Dunkelheit müssen wir den Hof erreichen, in dem wir übernachten müssen«, meinte er, »von dort ist es dann nicht mehr weit bis zur Villa Pione. Aber dann wird es gefährlich, Rialdo hat Söldner eingestellt, die alles kontrollieren, was sich nähert.«

Der Italiener blickte nachdenklich nach Süden.

»Stellt euch vor, man erzählt, dass er ein großes Fest gibt und der Höhepunkt soll seine Hochzeit mit der schönsten Frau sein, die er jemals gesehen hat, so soll er sich geäußert haben. Sie soll aus einem fremden Land, aus Bregent oder so ähnlich, kommen.«

Martin, der neben ihm ritt, hielt vor Schreck sein Pferd an. Gernod bemerkte, dass er kreidebleich wurde.

»Er meint Burgund, Gernod«, sagte Martin mit belegter Stimme. »Unsere Vermutung war richtig. Rialdo hat die Frauen in seine Villa verschleppt.« Gernod verspürte eine unheimliche Wut und wandte sich an den Führer.

»Können wir durchreiten, um noch in der Nacht

die Villa zu erreichen?«

»Unmöglich.«

Luigi Paolo blickte ihn entgeistert an. »Wir können froh sein, wenn wir morgen früh eine Furt finden, durch die wir den Nebenarm des Tiber überqueren können, überall wird starkes Hochwasser sein«. Verzweifelt überlegten Gernod und Martin, ob es doch noch eine Möglichkeit gab, in der Nacht weiterzukommen, sahen aber schließlich ein, dass Paolo recht hatte. Beunruhigt dachte Martin an die Söldner von Rialdo. Sollten sie die Ufer bewachen, mussten sie mit zusätzlichen Schwierigkeiten rechnen.

Nach einer unruhigen Nacht in dem alten Gehöft erreichten sie im Morgengrauen den Nebenarm des Tiber. Es war, wie Paolo befürchtet hatte, er war zu einem reißenden Fluss geworden.

»Unmöglich, mit den Pferden durch den Fluss zu kommen«, bemerkte Paolo, »die Strömung würde uns mitreißen.«

Martin glaubte Erleichterung in seiner Stimme zu hören. Paolo war keineswegs begeistert gewesen, gegen die Leute von Rialdo kämpfen zu müssen, jetzt sah er die Gelegenheit, das Vorhaben abzubrechen. Gernod hörte ihm gar nicht zu. Suchend blickte er in die Gegend und bemerkte weiter östlich eine Gruppe hochgewachsener Bäume. Sofort beauftragte er einige Krieger, so viele Bäume zu fällen, wie sie für zwei Flöße brauchten.

»Und ihr«, wandte er sich an Paolo, »reitet in das Dorf und holt von den Bauern starke Seile, womit wir die Stämme zusammenbinden können. Und beeilt euch, bis Mittag müssen wir fertig sein.«

Martin meinte noch, ob sie die Bauern um Hilfe bitten sollten, was Paolo sofort ablehnte.

»Die stehen euch nicht gerade freundlich gegenüber«, meinte er und ritt dann mürrisch zum Dorf.

Um die späte Mittagszeit hatten sie endlich zwei Flöße fertig gestellt. Gernod betrachtete sie skeptisch. Ihm waren sie zu lose gebunden, zuckte aber resigniert die Schulter. Ihnen blieb keine Zeit mehr. Nach Einschätzung ihres Führers würden sie gerade noch vor Einbruch der Nacht die Villa erreichen und sie wussten nicht, was sich ihnen alles in den Weg stellen würde.

Bäche von Schweiß liefen ihnen am Körper herunter, die sengende Hitze wurde durch die Schwüle noch unerträglicher. Dann aber war es so weit. Gernod befahl, das die erste Gruppe der Männer mit ihren Pferden auf das Floß gehen sollten, und erst wenn sie das Ufer erreicht hatten, sollte das zweite Floß abgestoßen werden. Er und Martin teilten sich auf die beiden Flöße auf, wobei Gernod mit dem ersten Floß übersetzte.

Angespannt beobachtete Martin, wie die starke Strömung das Floß erfasste und es unruhig trudelnd vorantrieb. Am schwierigsten war es die Pferde ruhig zu halten überlegte er. Doch Gernod mit seinen Männern schafften es ohne große Probleme. Etwas unterhalb der vorgesehenen Stelle rammten sie das Floß in das Ufer. Martin wartete ungeduldig bis sie alle sicher am Ufer standen und nach dem Zeichen von Gernod stießen sie das Floß ab und trieben zur Mitte des Flusses hin. Gernod, der sie sorgenvoll beobachtete, blickte flussaufwärts in Richtung des Dorfes und stieß einen Schrei aus. Er zeigte fassungslos zu dem aufgetürmten Holz hin, das auf die Flussbiegung zusteuerte.

»Mein Gott«, flüsterte er, »lass das nicht zu.«
Schnell schätzte er die Zeit ab, die das Treibholz brauchte, um die Flusskrümmung zu erreichen.

Er musste es versuchen.

Überstürzt befahl er seinen Leuten auf die Pferde zu steigen und ihm zu folgen. Im Galopp ritten sie flussaufwärts, banden die Pferde an, zogen ihre Kleider aus und warfen sich ins Wasser.

»Ihr müsst euch gegenseitig festhalten«, brüllte Gernod, »wenn das Holz kommt, schmeißt euch dagegen und drückt es zum Ufer hin.«

Als er das aufgetürmte Holz heranschießen sah, hoffte er, dass er keinen Fehler gemacht und seine Männer in den Tod geschickt hatte. Zum Glück war die Krümmung des Flusses so eng, dass das Treibholz an Geschwindigkeit verlor. Sie bekamen die Stämme zu packen und drückten sie mit verzweifelter Kraft aus der Mitte des Flusses. Und sie schafften es tatsächlich, sie so weit zu bewegen, dass sie weiter zum Ufer hin abtrieben. Dann aber wurde die Strömung so stark, dass sie das Holz nicht mehr halten konnten. Sie hörten, wie Martin seine Leute anfeuerte, schneller zu staken und wenige Augenblicke später vernahmen sie laute, erlösende Rufe. Wenn auch nur knapp hatte Martin es mit seinen Männern geschafft dem Treibholz auszuweichen.

Erleichtert atmete Gernod auf.

»So, Leute«, brüllte er, »jetzt werden wir dem feinen Rialdo mal zeigen, was es heißt, uns die Frauen wegnehmen zu wollen.«

Fast gleichzeitig wachten Cathérine und Lisa auf. Verwirrt blickten sie sich in dem fremden Raum um, und glaubten zu träumen. Sie betrachteten die Wände, die mit schweren, farbigen Tüchern bedeckt waren, ja selbst an der Decke hingen Stoffe in geschwungenen Bahnen. Dicke Teppiche bedeckten den Boden, die schönsten, die Cathérine jemals gesehen hatte.

Fragend blickte sie zu Lisa hin.

»Lisa, was ist geschehen, wo sind wir?«

Sie erinnerten sich nur an den Raum in der unterirdischen Stadt und dass sie dort eingeschlafen waren. Plötzlich wurden die Augen Cathérines riesengroß. Wenn auch kaum wahrnehmbar, bemerkte sie einen Geruch, den sie kannte.

Entsetzt blickte sie Lisa an.

»Fagoth Takloh«, stieß sie hervor, »Lisa, wir sind in seinem Haus.«

»Mein Gott«, flüsterte Lisa entsetzt, »was hat er mit uns gemacht?«

Cathérine kam nicht mehr dazu, darüber nachzudenken. Durch eine Tür, die in der Wand eingelassen war, kam ein so fetter, fremdländisch gekleideter Mann in den Raum, dass sie sprachlos auf diese Erscheinung starrte. Aus einem hellblauen, mit rosafarbenen Streifen durchwirkten fußlangen Gewand, blickte ihnen ein bartloses, schwammiges Gesicht entgegen. Mit dem um seinen Kopf gedrehten Tuch wirkte dieser Mensch wie ein fleischgewordener Berg. Verächtlich verzogen sich seine wulstigen Lippen, als er ihre Körper musterte und mit hoher Fistelstimme befahl, dass sie aufstehen und ihm folgen sollten.

Cathérine fiel ein, dass ihr Vater einmal vom Orient erzählt hatte, wo reiche Männer in luxuriösen Häusern mehrere Frauen hatten. Und dass diese von Männern bedient und bewacht wurden, die man entmannt hatte. So ein Mann musste dieser hier sein. Ohne Anstalten zu machen aufzustehen, blickte sie ihn herausfordernd an.

»Bevor wir auch nur einen Schritt machen, sagt ihr uns, wie wir hierhergekommen sind und was man mit uns vorhat.«

Ohne auf ihre Fragen einzugehen, stülpte er seine Lippen noch mehr auf und zeigte ungehalten auf die Tür. Lisa drängte sich ängstlich an Cathérine, die abrupt aufgestanden war und auf den Mann zuging. Bevor er überhaupt reagieren konnte, packte sie fest seinen Arm und sah ihm angriffslustig ins Gesicht.

»Ihr sagt uns jetzt, wo wir hier sind und was man mit uns vorhat.«

Als der Eunuch auf Cathérines Hand starrte, quollen ihm die Augen aus dem Kopf. Ängstlich stieß er einen spitzen Schrei aus, drehte sich um und verließ völlig aufgelöst den Raum.

Überrascht blickte Lisa zu Cathérine hin.

»Was war das?«

»Ich glaube«, meinte Cathérine nachdenklich, »dass es meine Hand war, die ihn in Panik versetzt hat. Ich kann mich dunkel daran erinnern, dass es den Dienern in den Frauenhäusern beim Tode verboten ist, jemals eine Frau zu berühren oder von einer berührt zu werden.«

»Hoffentlich kommt dieser Mensch nicht wieder«, antwortete Lisa und ging zu einem Tisch, nahm blaue Weintrauben aus einer weißen Schale und verschlang sie gierig. Cathérine wurde bewusst, dass auch sie einen gewaltigen Hunger verspürte. Dankbar nahm sie die Früchte, die Lisa ihr reichte. Die Obstschale war gefüllt mit den verschiedensten Früchten und neugierig probierten sie alle aus. Eine kleine braune Frucht, saftig mit starkem Aroma, schmeckte ihnen besonders gut. Einmal probiert, konnten sie nicht aufhören, sie zu essen. Dabei betrachteten sie jede Einzelheit des märchenhaft eingerichteten Raumes. Die bunten Farben machten sie fröhlich und sie empfanden ihre Situation immer angenehmer. Fühlten sich wohl in dem Luxus und verspürten eine prickelnde Hitze, die sehnsüchtige Gefühle in ihnen weckte.

Ohne dass sie es bemerkt hatten, standen plötzlich zwei Frauen im Raum, die sich zufriedene Blicke zuwarfen, als sie bemerkten, dass die Obstschale geleert wurde. Ebenso leicht bekleidet wie Cathérine und Lisa fingen sie freundlich eine Unterhaltung an. Auf die Frage von Cathérine, wie sie in dieses Haus gekommen waren, erklärte ihnen die ältere Frau bereitwillig, dass man sie in den Katakomben gefunden hätte.

»Wo genau, wissen wir nicht, nur soviel, dass ihr in dem hereinströmenden Wasser bald ertrunken wäret.«

»Ihr seid«, sprudelte es aus der Jüngeren heraus, »dem Fürsten, der euch noch rechtzeitig gefunden hat, zu großem Dank verpflichtet.« Missbilligend blickte die ältere Dienerin sie an und forderte dann die Frauen auf mit ihr ins Badehaus zu gehen.

Unbeschwert und in Vorfreude auf das Kommende folgten ihr Cathérine und Lisa widerspruchslos. Martin und Gernod rückten in immer weiterer Ferne.

Missmutig befahl Rialdo seinem Diener, der Dirne eine Münze zu geben und sie dann aus der Villa zu werfen. Er war wütend, vor dem Fest sollte sie der Abschluss seiner dunklen Vergangenheit sein. Er wollte ihre Angst spüren, sie bestrafen und ihr Blut fließen sehen, bevor er von seiner zukünftigen Frau ins Leben zurückgeführt wurde. Doch die unterirdischen Räume waren überflutet und im Haus wollte er, seit die Burgunderin darin lebte, kein Blut mehr sehen. Um seine düsteren Gedanken loszuwerden, ging er die breite geschwungene Marmortreppe hinunter in das Untergeschoss und beobachtete durch die Schlitze der Vorhänge die Frauen im Bad. Zufrieden bemerkte er die Ausgelassenheit, die dort herrschte. Kichernd und jauchzend sprangen einige Schönheiten in dem großen, in den Boden eingelassenen Wasserbecken herum, während andere entspannt auf angewärmten Bänken lagen. Aufmerksam wurden sie von Dienerinnen reichlich mit Obst und Säften versorgt. Aus runden Räucherkesseln strömten betörende Düfte, die sie in die Zauberwelt der Fantasie und Leidenschaft führten.

Rialdo war zufrieden. Seine Kräuter und Elixiere zeigten wie immer ihre Wirkung. Auf dem Fest würden die Frauen nur allzu willig an den Spielen teilnehmen, grinste er in sich hinein. Dann bemerkte er, wie zwei Dienerinnen mit der Burgunderin und ihrer Begleiterin ins Bad kamen. Schnell wandte er sich ab, seine zukünftige Frau wollte er erst in der Nacht als seine Geliebte sehen. In der Nacht, in der er wieder frei sein würde, frei von dem Fluch, der sein Leben zerstört hatte. Abrupt drehte er sich um und ging in andere Räume, wo er durch immer neue Anordnungen versuchte, seine Ungeduld zu bändigen.

Wenn das Feld mit den Weinstöcken ihnen auch nicht viel Deckung bot, waren sie doch wenigstens von der Straße her nicht zu sehen. Angespannt beobachteten sie die einzelnen Händler, die auf ihren offenen Karren Waren hinauf zur Villa brachten.

Für Gernod interessanter waren die Wachfeuer, die entlang der breit angelegten Straße in regelmäßigen Abständen brannten. Er schätzte, dass ein Dutzend Söldner die Straße kontrollierten. Mit seinen Leuten musste er so schnell auf sie losstürmen, dass sie keine Zeit fanden, sich auf einen Kampf einzustellen. Seine Gedanken wanderten zu Lisa, er durfte sich gar nicht vorstellen, was alles schon geschehen sein könnte.

Martin, der neben ihm auf der schwarzen Erde saß und Trauben aß, ging es ähnlich. Unruhig blickte er auf das große Gebäude auf der Anhöhe. Selbst aus dieser Entfernung wirkte das Hauptportal, dessen Säulen das lang gestreckte, spitz zulaufende Dach trugen, wie ein eigenständiges Haus. Und die rundum hohen Fenster gaben dem Anwesen einen offenen, lichten Anschein.

Nicht so dunkel wie unsere Gemäuer zu Hause, dachte er und bewunderte die um die Villa angelegten Flächen mit stufenförmig geschnittenen Gehölzen. Dazwischen immer wieder Palmen und andere, fremdländisch aussehende Bäume und Sträucher. Dann musste er daran denken, wie viel Teuflisches es aber auch in so einem herrlichen Anwesen geben konnte.

Ungeduldig wandte er sich an Gernod.

»Gernod, wir sollten nicht mehr lange warten, wenn es erst dunkel ist, werden wir nicht schnell genug reiten können, um die Wachen zu überraschen.«

Gernod schüttelte den Kopf.

»Erst müssen alle Gäste in der Villa sein. Wenn wir zu früh angreifen, wissen wir nicht, wer noch alles nach uns kommt. Die Gefahr, in die Zange genommen zu werden, wäre zu groß. Aber«, er zeigte auf eine schwarze Kutsche, die vierspännig die Straße zur Villa hochpreschte, »da kommen schon die ersten

273

Gäste.« Kaum war die Kutsche in den Vorhof der Villa vorgefahren, sahen sie aus Richtung der Stadt schon die nächsten kommen. Beeindruckt zeigte Martin auf die prächtigen Fuhrwerke.

»Seht euch die Kutschen an, jede einzelne von ihnen ist ein Kunstwerk.«

»Ist euch auch aufgefallen, dass an allen Wagen die Wappen mit schwarzen Tüchern verdeckt sind?«, sagte Gernod. Martin nickte und ihm fielen die alten Pergamentblätter ein, die er in der Bibliothek der Burg Beaufort entdeckt hatte. In diesen wurde erwähnt, dass in Rom bei manchen Festen die Männer Masken trugen, um nicht erkannt zu werden.

»Mein Gott, Gernod«, flüsterte er mit belegter Stimme, »wir müssen machen, dass wir unsere Frauen dort herausholen.« Als Gernod ihn fragend anblickte, erzählte er ihm von den alten Berichten. Wie von einer Schlange gebissen fuhr Gernod in die Höhe.

»Wenn einer die Frauen auch nur berührt hat, werden wir die fürstlichen Sittenstrolche aufhängen«, rief er aufgebracht.

Während der nächsten Stunde fuhren noch viele Kutschen zur Villa hoch und dann war Ruhe. Sicherheitshalber warteten sie noch eine Weile und beschlossen dann aufzubrechen. Um Lärm zu vermeiden, führten sie die Pferde am Zügel, und erst kurz vor dem vordersten Wachfeuer entschied Gernod, aufzusitzen und anzugreifen.

»Vermeidet Einzelkämpfe, die uns nur aufhalten würden«, mahnte er. Dann blickte er aufmunternd in die Runde und gab das Zeichen zum Angriff. Die metallenen Ringe seines Kettenhemdes und die Rüstungen der Krieger blitzten drohend im Mondlicht. Bedächtig setzten sie ihre Pferde in Bewegung um sich in den Rhythmus der Tiere hineinzufinden, ritten schneller und stürmten im vollen Galopp auf ihre Gegner zu.

24. KAPITEL

Sie konnten den Beginn des Festes kaum erwarten. Die Dienerinnen schwärmten ihnen vor, in welch fantastischer Ausschmückung es stattfinden würde und dass die bedeutendsten Fürsten mit den schönsten Frauen von Rom teilnehmen würden. In klaren Momenten versuchte Cathérine zu begreifen was mit ihnen geschah, doch die Gedanken glitten ihr immer wieder weg, sie konnte sie nicht festhalten.

Schon früh am Abend kam die ältere der beiden Dienerinnen, um sie zum Festsaal zu begleiten. Mit zufriedener Miene betrachtete sie Cathérine.

»Ihr werdet heute Abend von allen Frauen die Schönste sein«, bemerkte sie und ein aufreizendes Lächeln umspielte ihren immer noch sinnlichen Mund.

»Morgen werdet ihr die erste Frau Roms sein.«

Eindringlich blickte sie Cathérine in die Augen.

»Ich hoffe, ihr seid klug genug, dafür selbst seine ausgefallensten Wünsche zu erfüllen. Und stört euch nicht an die Maske«, vertraulich drängte sie sich näher an Cathérine heran, »dahinter verbirgt sich ein schönes Männergesicht, ich kenne es genau, und nicht nur das«, gab sie kichernd von sich.

Dann forderte sie die Frauen auf ihr zu folgen.

Cathérine hatte plötzlich Visionen, die lange hinter ihr zu liegen schienen und verzweifelt versuchte sie die Gedanken zu ordnen. Wie in einem Nebel sah sie eine schwarze, drohende Gestalt auf sich zukommen. In diesem Moment erreichten Sie den Festsaal, dessen doppelflügelige Tür von zwei bunten Fabelwesen geöffnet wurden.

Geblendet blieben sie stehen. Hunderte von Kerzen und kunstvoll geformte Fackel tauchten den riesigen, von schneeweißen Marmorsäulen getragenen Saal in ein helles, tanzendes Licht. Märchenhaft anmutende Gestalten, Figuren mit gespreizten Federkostümen oder andere in blumendurchwirkten Stoffen tanzten zu der Musik mit gekünstelten Bewegungen durch den Saal.

Andere wiederum trugen weiße, mit blutroten Mustern versehene seidene Umhänge, durch die ihre glänzenden Körper schimmerten. Und alle hatten schwarze oder weiße Masken auf.

Einige Frauen, beobachtete Cathérine, waren so verführerisch leicht bekleidet, dass einige der Fantasiegestalten sie bedrängten und versuchten sie in einer der zahlreichen Nischen zu bewegen.

»Cathérine«, flüsterte Lisa, ihre Stimme zitterte, »das hier ist kein normales Fest. Seht euch die an«, sie zeigte auf einige Frauen, die sich an ihre Tanzpartner so aufreizend anschmiegten, als wenn sie diese auf der Tanzfläche verführen wollten. »Das sind alles Huren, wenn auch die schönsten, die ich je gesehen habe. Ich glaube«, Lisa konnte vor Angst kaum noch sprechen, »man erwartet, dass auch wir uns so hingeben sollen.«

Cathérine, die bemerkte, dass sie wieder klarer denken konnte, nickte. Stumm beobachtete sie das verwirrende Treiben, bis sie auf einer Balustrade einen schwarz gekleideten Mann entdeckte. Entsetzt taumelte sie zurück und fühlte das Böse, das auf sie zukam.

»Fagoth Takloh«, stieß sie hervor und griff nach der Hand von Lisa. Sie beobachtete, wie er die Treppe herunterkam und sofort von Frauen umringt wurde, die weiße, hauchdünne Umhänge trugen. Im Wechsel schmiegten sie sich an ihn und er stieß sie spielerisch zurück, um ihnen ein anderes Mal zu gestatten, ihn noch aufreizender bedrängen zu dürfen. Das war ein Spiel, eine Vorspiel auf das Kommende, wurde es Cathérine plötzlich bewusst.

»Mein Gott«, flüsterte sie, »wir müssen hier weg.« Energisch zog sie Lisa zu der großen Saaltür hin und versuchte sie zu öffnen.

»Man hat uns eingesperrt.«

Entsetzt rüttelte Cathérine an der Tür.

Mittlerweile waren die Festgäste, die beim Erscheinen von Rialdo ihre Tänze unterbrochen hatten, auf das störende Verhalten der beiden Frauen aufmerksam geworden. Einige der Fantasiegestalten sprangen auf sie zu, tanzten um sie herum und versuchten sie in den Saal zurückzudrängen.

»Hört sofort auf«, unterbrach die schneidende Stimme von Rialdo ihr Getue. Mit glühenden Augen

278

starrte er durch die Schlitze der Maske die Burgunderin an. Wieso, dachte er voller Wut, hat die Hexe von einer Dienerin ihr nicht genug von der Droge gegeben. Er schäumte vor Enttäuschung, dass die Burgunderin nicht, wie er es sich unzählige Male ausgemalt hatte, sich ihm in die Arme warf, sondern in Panik vor ihm flüchtete.

Rasch trug er einem Diener auf, drei Becher Wein zu bringen. Verstohlen schüttete er in zwei Becher einige Tropfen Tinktur, gab sie dem Diener und befahl ihm, an seiner Seite zu bleiben. Dann suchte er nach dem Haushofmeister, der aufmerksam die Geschehnisse des Festes beobachtete. Er winkte ihn zu sich und zeigte auf die Burgunderin und ihre Begleiterin.

»Teilt den beiden Frauen dort mit, dass ich sie, wenn es ihnen auf dem Fest nicht gefällt, sofort mit einer Kutsche zu ihrer Unterkunft bringen lasse. Ich denke aber, dass sie sich für ihre Rettung und die gastliche Aufnahme bei mir, noch bedanken wollen.« Anschließend wandte er sich aufmerksam anderen Gästen zu, als wenn die beiden Frauen für ihn nicht mehr existierten. Die Musiker fingen an zu spielen und die Gesellschaft nahm ihr aufreizendes Spiel wieder auf.

Cathérine konnte es kaum glauben, als ein gut aussehender Italiener ohne Maske zu ihnen kam und höflich mitteilte, dass ihnen, wenn sie es wünschten, sofort eine Kutsche zur Heimfahrt zur Verfügung stände. Allerdings würde Fürst Rialdo es sehr bedauern, wenn das Fest ihnen nicht gefallen würde.

»Aber«, der Italiener blickte Cathérine schmeichelnd an, »er würde sich über ein Abschiedswort von euch sehr freuen. Fürst Rialdo ist glücklich, dass er euch und eurer Begleiterin das Leben retten konnte«, setzte er noch schnell hinzu.

Lisa, die gehört hatte, was der Mann gesagt hatte, sah unsicher geworden zu Rialdo hin, der mitten in einer Gruppe von Frauen kaum auszumachen war.

»Ich glaube, Cathérine, wir haben uns geirrt. Dieser Mann kann so viele Frauen haben, wie er will. Es ist gar nicht der Astrologe.« Erleichtert drängte sie Cathérine, sich bei ihm zu bedanken und dann das Angebot mit der Kutsche anzunehmen. Doch Cathérine war voller Unruhe, ihr Gefühl sagte ihr etwas anderes. Trotzdem nickte sie dem Italiener zu und bat ihn, sie zu dem Fürsten zu bringen.

Rialdo, der sie im Auge behalten hatte bemerkte wie die Frauen auf ihn zukamen. Erleichtert stieß er einen tiefen Seufzer aus. Seine ungezügelte Gier nach dieser Frau hätte er nicht mehr lange verstecken können. Mit einer galanten Bewegung scheuchte er die Frauen um sich herum weg. Er sah nur noch die Burgunderin und es gelang ihm, sie scheinbar gleichgültig zu begrüßen. Höflich sprach er sein Bedauern darüber aus, dass sie sein Fest schon verlassen wollte.

»Dabei hatte ich euch zur Königin des Abends bestimmt. Für mich wäre es eine Ehre gewesen, euch an meiner Seite zu haben.« Während er sich an Lisa wandte, horchte Cathérine auf seine Stimme. Sie war sich nicht mehr sicher, ob er wirklich der Astrologe war. Seine Gestalt kam ihr kleiner und schlanker vor. Vielleicht, weil er leichtere Kleidung trug als am Hofe und auf dem Kriegszug, überlegte sie. Rialdo gab dem aufmerksamen Diener zu verstehen, den Wein zu reichen.

»Zum Abschied sollten wir noch auf den neuen König der Lombarden anstoßen und darauf, dass unsere Länder künftig enger miteinander verkehren werden«, sagte er feierlich. Ohne auf eine Reaktion der beiden Frauen zu warten, reichte er ihnen den Wein. Er spürte, wie sein Blut anfing zu pochen, sein Körper glühte vor Hitze. Als die Frauen von dem Wein tranken, schossen seine Augen triumphierende Blitze. Endlich, schoss es ihm durch den Kopf, wird sie mich zu einem Menschen machen, der wieder atmen und das Leben genießen kann.

Ein plötzlicher Schrei riss ihn in die Wirklichkeit zurück. Er sah, wie die Burgunderin taumelte und ihre Begleiterin entsetzt aufschrie. Cathérine sah noch das Feuer in seinen Augen, als sie den Fußboden auf sich zukommen sah. Sie hörte nicht mehr, wie die großen Türen des Festsaales mit lautem Knall aufflogen, sah nicht die nach allen Seiten des Saales flüchtenden Fabelwesen und hörte selbst das helle Klingen der schlagenden Waffen nicht. Sie versank in eine dunkle, endlose Tiefe.

25. KAPITEL

Sie waren schon eine Weile unterwegs und Martin drückte Cathérine, die vor ihm im Sattel saß an sich. Dabei tauchten vor seinen Augen wieder die Szenen auf, als sie den Festsaal stürmten. Belustigt dachte er an die bunten exotischen Gestalten, die sich bei der Demaskierung als Adelige von Rom entpuppten und zu feige waren, Widerstand zu leisten. Auch die Wachen, die sich ihnen entgegenstellten, waren keine Kämpfer gewesen und wurden schnell überwältigt. Nur Fürst Rialdo, dieser Teufel, war durch eine geheime Tür entkommen. Erleichtert dachte Martin daran, dass es Cathérine wieder besser ging und unverletzt geblieben war.

Er spürte, wie sie sich an ihn presste.

»Martin, wann sind wir in der Residenz?«, fragte sie, wobei sie an ein reinigendes Bad dachte, um das Widerwärtige ihres Aufenthaltes in der Villa des Fürsten abwaschen zu können.

»Ich denke«, Martin blickte zum Fluss, »dass wir, wenn die Flöße noch am Ufer liegen und wir direkt übersetzen können, abends die Residenz erreichen werden. Nur«, er zeigte auf einen Reiter, der im

Mondlicht auf sie zu galoppiert kam, »wer weiß, was noch alles geschehen kann.« Der Reiter, ein junger Mann aus einem flussnahen Dorf, riss vor ihnen sein Pferd zurück und blickte mit ernster Miene zu Gernod und Martin hin.

»Der Tod geht um, im Fluss treiben eine Unmenge an Leichen und es werden immer mehr«, sagte er aufgeregt.

»Das kann nur eine verfluchte Seuche sein«, knurrte Gernod. »Hoffentlich bleiben wir und das Heer verschont.«

Sehnsüchtig blickte er nach Norden.

»Wir müssen sofort das Land verlassen, die verdammten Mücken bringen uns sonst den Tod.«

Am Flussufer angekommen sahen sie erleichtert die beiden Flöße am Ufer liegen und in der Morgendämmerung erreichten sie die andere Seite des Flusses. An Land drängte Gernod, die Pferde anzutreiben, und in allen Heerlagern, an denen sie vorbeiritten, wurden bereits die Zelte abgebrochen und sämtliche Gegenstände auf die Lastenwagen getürmt. Alle schienen sich auf einen bevorstehenden Aufbruch vorzubereiten.

Stunden später kamen sie völlig erschöpft in der Residenz an und bereits auf der Außentreppe kamen ihnen Rochefort und Beatrix entgegen. Ohne große Worte wurden sie in die Arme genommen und kurz darauf informierte Rochefort sie über die Aufgaben, die sie übernehmen mussten. Im Heer hatte es bereits Tote gegeben und noch am gleichen Tag würden sie aufbrechen. Anschließend planten sie mit den

Heerführern den Rückzug, wobei Martin, obwohl er kaum noch die Augen offenhalten konnte, protokollieren musste.

Stunden später setzten sich die ersten Gruppen in Bewegung, um sichtbar erleichtert nach Norden zu reiten. Cathérine, die neben Beatrix auf dem Frauenwagen saß, blickte nochmals zurück. Bildete sie es sich ein oder stand wirklich auf der großen Treppe vor der Residenz eine schwarz verhüllte Gestalt? Wie ein Messerstich fuhr es durch ihren Körper und sie glaubte ein dumpfes, unheimliches Lachen zu hören. Entschlossen blickte sie nach vorne, wo in einer endlosen Reihe die Helme der Reiter das Sonnenlicht tausendfach reflektierten. Irgendwo im Norden dachte sie, liegt unsere Heimat. Sie sah Martin und sich auf ihrem Gut leben, auf dem ihre Kinder lebensfroh und unbeschwert heranwachsen konnten. Cathérine konnte es nicht erwarten, endlich wieder in ihrem Land zu sein, um dort das Schlimme der Vergangenheit vergessen können.

Täglich schrieb Martin in gedrückter Stimmung die Namen der Kriegsleute in die Totenliste, die der Seuche zum Opfer gefallen waren. Damit die Seuche sich nicht weiter ausbreiten konnte, hatte Rochefort strengste Anordnungen im Hinblick auf die Hygiene in den Lagern erlassen. Auch am Hofe stand die Angst im Vordergrund. Gero von Forcheau lag seit zwei Tagen mit hohem Fieber in einem der Reisewagen, wobei er ständig sein Innerstes nach außen brachte. Cathérine und Lisa pflegten ihn Tag und Nacht. Sorgenvoll bangte Martin um die Gesundheit der beiden Frauen und half ihnen so weit er konnte. Während er die letzte Eintragung machte, hörte er ärgerliche Rufe. Neugierig geworden ging er nach draußen und sah den Auflauf vor dem Zelt des Herzogs. Davor stand ein in leichter Rüstung gekleideter Reiter, der Rochefort anscheinend Wichtiges zu melden hatte. Da solche Eilboten meistens schlechte Nachrichten brachten, schritt Martin mit einem bedrückenden Gefühl auf die Gruppe zu.

»Alle großen lombardischen Städte«, hörte er den Mann sagen, »haben sich zusammengetan, um sich gegen euch zu stellen. Eure eingesetzten Verwalter haben sie gehängt und die Ritter und Kriegsknechte aus den Städten gejagt.«

Mierés von Trois, der neben seinem Vetter stand, streckte hitzig seine Faust drohend in Richtung der lombardischen Gebiete.

»Wir haben sie schon einmal auf die Knie gezwungen«, rief er unbeherrscht, »sie werden uns nicht aufhalten können.«

Martin bemerkte, das Rochefort blass wurde und konnte sich gut in dessen Überlegungen hineinversetzen. Bestimmt waren es nicht die siegessicheren Gedanken seines Vetters. Das Heer hatte viele starke Kämpfer verloren und sie hatten immer größere Schwierigkeiten Futter und Nahrung zu beschaffen. Für eine Schlacht fehlte allen die Kraft. Bei diesen Überlegungen machten sich in ihm dunkle Vorahnungen breit. Mein Gott, dachte er, wie sollen wir die lombardische Blockade durchbrechen und dann noch den Weg über das Gebirge schaffen.

In diesem Augenblick musste ihn wohl Rochefort bemerkt haben. Er winkte ihn zu sich heran und bat ihn, sofort alle Heerführer zu einer Lagebesprechung einzuberufen.

»Und sie sollen die genaue Zahl ihrer Männer angeben können, die noch kampffähig sind«, meinte er mit zerfurchter Stirn.

Nach Tagen, ohne dass sie von den Lombarden etwas gesehen hatten, schlug Gernod gut gelaunt Martin auf die Schulter und zeigte auf das Gebirge vor ihnen. »Wenn wir das hinter uns haben, sind wir bald wieder zu Hause.«

Die Entscheidung von Rochefort, das Heer nicht durch die breiten, weit gestreckten lombardischen Ebenen zu führen, sondern durch schmale Täler, die zwar größere Strapazen abverlangten, dafür aber keinen breit angelegten Angriff auf sie zuließ, hatte sich bewährt. Martin spürte allerdings den Zorn des Herzogs. Dass er nach der Eroberung dieses Landes und als gekrönter lombardischer König sich so herausschleichen musste, ließ ihn weder in der Nacht noch am Tage ruhen. Oft hörte er, während er im Arbeitszelt schrieb, wie Rochefort seine Machtlosigkeit verfluchte. Dabei konnten sie seiner Meinung nach froh sein, wenn sie mit dem angeschlagenen Heer überhaupt noch aus dem feindlichen Land herauskamen.

»Diese Schlucht noch da vorne«, unterbrach Gernod sein Grübeln, »und wir haben es geschafft. Dahinter geht es nur noch bergauf, dort kann uns nichts mehr aufhalten.« Hoffentlich behält er Recht, dachte Martin, als er weit vor ihnen eine dünne Staubwolke bemerkte, die sich in die Schlucht hineinzog.

Mit gemischten Gefühlen hatte sich Rochefort dazu durchgerungen, durch die Klause den Aufstieg ins Gebirge zu wagen. Er wusste um die große Gefahr, die in einer solch engen Felsenschlucht lag. Aber ihm blieb keine Wahl. Seine Kundschafter meldeten ihm überall starke, gut bewaffnete lombardische Streitkräfte, die alle Routen über das Gebirge besetzt hatten. Rochefort teilte das Heer in zwei Abschnitte. Die erste Abteilung zog in die Schlucht, während die zweite mit den Frauen und den Lastenwagen erst auf seinen Befehl hin nachfolgen sollte. Er selbst, Xavier Fiscart, Gernod und Martin bildeten die Spitze der vorrückenden ersten Abteilung. Der schmale felsige Weg führte bedenklich nahe am Abgrund entlang und sie kamen nur langsam voran. Tief unter ihnen hörten sie den Fluss toben, der sich schäumend durch die enge Felsenklamm fraß. Schon die ganze Zeit über bemerkte Martin, wie das Gesicht von Gernod, der neben ihm ritt, immer verdrießlicher wurde. Immer wieder starrte der Ritter in die Höhe, als ob er von dort etwas Besonderes erwarten würde.

»Ich glaube, ihr habt kein allzu gutes Gefühl«, sprach er ihn schließlich an. »Glaubt ihr, dass man uns hier angreifen wird?«

Unwillig schüttelte Gernod den Kopf.

»Was heißt hier angreifen, ein paar kräftige Felsbrocken von oben und unser Weg ist zu Ende.«

In diesem Moment hörten sie von weit vorne, wo die Vorhut sein musste, aufgeregte Rufe. Dann folgte ein so gewaltiges Donnern, dass sie meinten, der halbe Berg käme herunter. So schnell sie konnten ritten sie zu der Wegbiegung, hinter der das Unglück geschehen sein musste.

Fassungslos blickten sie auf die großen Felsbrocken, die zwei Kundschafter und ihre Pferde erschlagen hatten. Andere Reiter hatten Glück gehabt, sie wurden nur von Steinsplitter getroffen.

»Ich habe es geahnt«, flüsterte Gernod und sah nach oben zum Felsenkamm.

»Verdammt, was ist denn das?«

Er konnte kaum glauben, was er dort sah. Auf einem steil abfallenden Felskegel erhob sich eine kleine, aber wehrhafte Burg. Sie war so ideal gelegen, dass nur wenige Männer ein ganzes Heer aufhalten konnten. Mit Blick zu den beiden toten Kriegern überfiel Gernod eine ohnmächtige Wut.

»Dieses feige hinterhältige Räuberpack«, fluchte er. »Wir werden das Nest da oben ausräuchern und sie im Fluss ersäufen.«

»Wenn das so einfach wäre«, unterbrach ihn Rochefort, »würde ich euch mit Vergnügen den Befehl dazu geben. Aber«, er zeigte auf den steil abfallenden Felsen, »dort kommt keiner ohne die Erlaubnis des Burgherrn hinauf. Und auf dem Pass kommen wir auch nicht weiter. Weitere herabstürzende Felsen würden uns erschlagen.«

Wütend schüttelte er den Kopf.

»Uns bleibt nichts anderes übrig, als dass dieser Raubritter dort oben uns passieren lässt.«

Er beriet sich eine Weile mit seinem Vetter, der anschließend dem jungen Silosé einen weißen Wimpel reichte und ihn mit dem Befehl, dass der Burgherr dem König der Lombarden freien Durchgang zu gewähren hatte, zu der Burg hochschickte. Angespannt verfolgten sie, wie Silosé langsam auf dem schmalen felsigen Pfad nach oben ritt. Soweit sie beobachten konnten, wurde er nach einer Weile in die Burg eingelassen. Hoffentlich, bangte Martin, lässt der Burgherr uns die Schlucht passieren. Doch wie schon so oft, sagte ihm auch hier ein inneres Gefühl, dass es ganz anders kommen würde. Um sich abzulenken, nahm er sich vor, den Vorfall in die Reisechronik zu schreiben.

Selbstsicher überbrachte Silosé dem Burgherrn Rikordo den Befehl des Königs der Lombarden, ihn und das Heer passieren zu lassen. Innerlich war ihm allerdings ganz anders zumute. Der finstere Mann vor ihm machte einen so abweisenden Eindruck, dass er nicht am Gelingen seiner Mission glaubte. Anfangs hörte ihm Rikordo noch ruhig zu, bis nach und nach offener Hohn seine Gesichtszüge veränderten.

»Wie kann euer Herr es wagen«, unterbrach er Silosé, »mir Befehle geben zu wollen? Wenn ich den Pass gesperrt halte, ist euer Heer verloren. Eure

Feinde werden hinter euch die Schlucht abriegeln, so dass ihr in wenigen Tagen nach Wasser und Brot nur so schreien werdet. Aber«, sein Gesicht verzog sich zynisch, »ihr habt Glück, ich bin einem alten Bekannten noch einen Gefallen schuldig. Aber wartet, er soll es euch selbst sagen.« Er gab einem bewaffneten Dienstknecht einen Wink, worauf dieser den Raum verließ. Rikordo füllte für sich einen Becher Wein, ohne Silosé etwas anzubieten.

Als sich die Tür öffnete und Silosé den Mann sah, der hereinkam, stieß er einen überraschten Fluch aus. Bei der Stürmung der Villa Pione war er dabei gewesen und erkannte Rialdo sofort. Zweifellos die gleiche Gestalt, die hoch gearbeitete Maske und wenn auch verdreckt und zerrissen, die aufwändig gearbeitete Kleidung. Impulsiv griff er nach dem Schwert.

»Ihr solltet lernen, euch besser zu beherrschen«, meinte Rialdo zynisch. »Besonders in Situationen, in denen ihr froh sein müsst, noch am Leben zu sein.«

»Wie gesagt«, schaltete sich der Burgherr ein, »bin ich Fürst Rialdo einen Gefallen schuldig. Geht also hin zu eurem König der Lombarden und sagt ihm, dass er ungehindert den Pass benutzen kann, wenn er mir die Burgunderin überlässt. Und sagt ihm, dass es für sie eine große Ehre sein wird, als Fürstin Rialdo in Rom zu residieren.« Rikordo brummte noch, dass ihm einige Beutel Silber lieber gewesen wären, gab dann aber mürrisch den Wachen den Befehl, Silosé gehen zu lassen.

Während er den Burghof überquerte, blickte Silosé

sich verstohlen um, ob es noch einen anderen Aufstieg gab. Dabei fiel ihm ein Felsüberhang ins Auge, der hoch über die Burg hinausragte.

»Ihr könnt euch noch soviel umsehen«, spottete einer der Wachen, »hier herauf schafft es keiner. Noch nie ist diese Burg erobert worden.«

Schon fast hatte Silosé die Hälfte des Weges geschafft, als er bemerkte, dass der Felsen an der östlichen Seite eine enge Spalte aufwies, die sich bis zur Spitze hin fortsetzte. Wenn wir es schaffen würden, durch diese Spalte nach oben zu klettern, überlegte er, könnten wir das Gesindel mit ihren eigenen Felsbrocken zerschmettern. Je mehr er sich beim Abstieg mit dem Gedanken beschäftigte, desto sicherer wurde er, dass er eine Lösung gefunden hatte.

Gerade schrieb Martin die Ereignisse des Tages in die Reisechronik, als Silosé im Lager eintraf. Vor seinem provisorischen Zelt kam ihm Rochefort bereits mit angespannter Miene entgegen.

»Was habt ihr erreicht?«

Verlegen blickte Silosé in die Runde, wobei sein Blick lange an Martin hängen blieb. Er zeigte nach oben zur Burg hin.

»Es ist nicht zu glauben, aber ich habe ihn selbst gesehen. Dort oben ist Rialdo, und er scheint großen Einfluss auf den Burgherrn zu haben.« Silosé musste eine Pause einlegen, um dann mit belegter Stimme weiter berichten zu können.

»Rikordo der Burgherr gewährt freien Durchlass, wenn ihr ihm Cathérine übergebt. Rialdo hat das mit ihm so ausgehandelt.«

Keiner der Anwesenden wusste später zu sagen, wie lange es dauerte, bis Martin sich als erster wieder fasste. Selbst Rochefort war so überrascht von dieser ungeheuerlichen Forderung, dass er nicht fähig war, sich zu äußern.

Mit einer Miene, die deutlich machte, dass nichts ihn aufhalten konnte, ging Martin auf den Herzog zu, kniete vor ihm nieder und bat ihn um die Entbindung seiner Pflichten.

»Ich werde erst dann wieder eine Feder in die Hand nehmen«, sagte er mit kippender Stimme, »wenn dieser Teufel, der bereits meine Familie ermordet hat und nun das Leben Cathérines bedroht, nicht mehr am Leben ist.«

Bittend sah er Rochefort an.

»Lasst mich gehen, ich werde einen Weg finden, um in die Burg zu kommen.«

»Und ich werde euch diesen Weg zeigen«, sagte Silosé aufgeregt. »Ich glaube, ich habe die Lösung gefunden, wie wir dieses Räubernest vernichten können.«

Ungläubig blickte Rochefort ihn an und forderte ihn auf zu sagen, wie er sich das vorstellte. Als Silosé erklärte, was er sich ausgedacht hatte, waren alle überzeugt, dass es so gehen könnte.

»Es dürfte ja wohl keine Frage sein«, warf Gernod ein, »dass ich dabei sein werde, um diesen Teufel Rialdo endgültig in die Hölle zu schicken.«

»Und nichts wird uns aufhalten«, rief Xavier Fiscart impulsiv, »dass ich mit meinen Männern diesem räuberischen Rikordo zeigen werde, was auf unserer Fahne alles geschrieben steht.«

Nach der Zustimmung des Herzogs ließ Fiscart an den Berghängen junge Bäume auf eine Länge schlagen, die ihnen Silosé vorgegeben hatte. In der Abenddämmerung, als sie sicher sein konnten, von der Burg aus nicht gesehen zu werden, schleppten sie die dünnen Stämme bis zur Felsspalte hinauf. Fiscart, der die Breite der Spalte abschätzte, klopfte dem jungen Silosé anerkennend auf die Schulter.

»Ihr habt gut geschätzt. Ich glaube, wir brauchen die Stämme nicht mehr zu kürzen.« In der Tat passten sie, quer in die Felsspalte verkeilt, so gut, dass der übermütige Fiscart schon die ersten Stufen der Baumleiter ausprobierte. Es dauerte dann aber doch noch bis zum Morgengrauen, bis sie das Plateau erreichten. Breitbeinig stand Fiscart als erster auf dem Felsen, direkt unter sich das Räubernest. Er winkte Gernod, der als nächster aus der Felsspalte auftauchte, aufgeregt zu.

»Seht euch das an, von hier aus können wir das Räuberpack da unten so mit Felsbrocken eindecken, dass es denken wird, dass ewige Gericht sei gekommen.«

Als nächster kletterte Martin aus der Felsspalte und stellte sich neben sie.

Gedankenverloren blickte er auf die Burg.

»Noch nie«, sagte er nach einer Weile leise, »habe ich den Wunsch verspürt, einen Menschen töten zu wollen. Im Kloster lernte ich, dass man auch seinen Feind lieben soll.«

Er schüttelte den Kopf.

»Heute kann ich das Gebot nicht achten.«

Gernod verstand ihn nur allzu gut. Er fasste Martin an die Schulter und drückte ihn an sich.

»Solch ein Teufel wie dieser Rialdo ist eine Gefahr so lange er lebt. Macht euch keine Gedanken, sein Tod wird vielen Menschen das Leben retten.«

Xavier Fiscart kam zu ihnen und meinte, es wäre Zeit für den Angriff. Gemeinsam rollten sie einen riesigen Steinbrocken bis zur Felskante und schoben ihn über den Rand. Angespannt beobachteten sie, wie das Geschoss mit einem gewaltigen Donner das Dach des Burggebäudes durchschlug.

Fiscart grinste schadenfroh und stellte sich das Entsetzen der Burgbewohner vor. Sie würden glauben, der Steinbrocken wäre vom Himmel gefallen. In ausgelassener Stimmung rollten seine Männer weitere Felsbrocken über den Rand des Plateaus und machten aus der vor Stunden noch so wehrhaften Burg eine Ruine. Es war ein Anblick, der sie für alle Anstrengungen belohnte.

Martin beobachtete die hin und her springenden Gestalten, die versuchten, den Felsbrocken und einstürzenden Gebäudeteilen auszuweichen. Mit einem gewaltigen Krach stürzte schließlich das Dach ein und begrub mehrere Männer unter sich.

Fiscart hielt den Zeitpunkt für gekommen, die Fahne mit dem herzoglichen Wappen aufzuhängen. Weithin sichtbar ließ er sie an der Spitze einer Tanne befestigen und wenige Augenblicke später hörten sie von unten die Jubelrufe der Leute vom Heer.

Dann zerriss ein dumpfer, unmenschlicher Schrei die Luft. Wie ein Abgesandter des Teufels stand auf dem Vorplatz der Burg eine schwarze Gestalt mit wehendem Umhang. Anklagend streckte sie die Arme nach oben.

»Rialdo«, presste Martin heraus.

Wie von einer inneren Macht getrieben, nahm er einen großen Steinbrocken und schleuderte ihn hinunter. Gebannt beobachtete er, wie die Beine von Rialdo wie dünne, trockene Äste wegknickten und er in einer geradezu unheimlichen Langsamkeit zu Boden sank. Martin spürte, wie eine feste Hand seinen Arm umfasste.

Später konnte er nicht sagen, ob die Tränen, die ihm herunterliefen, Freudentränen über die Vernichtung von Rialdo, oder Tränen der Trauer um seine ermordete Familie gewesen waren. Es dauerte lange, bis er sich von dem Anblick losreißen konnte und bemerkte, dass es still geworden war.

Tief in ihren Gefühlen versunken, hielten sie sich bei den Händen und blickten vom Gipfel des Berges in das märchenhafte Land. Doch trotz dieses fantastischen Anblicks kreisten ihre Gedanken um die schrecklichen Geschehnisse.

»Aber warum«, fragte Cathérine leise, »hat Rialdo diese grausamen Morde begangen? Und wieso hat er geglaubt, dass ich ihn von seiner tödlichen Krankheit heilen könnte?«

»Nun«, Martin versuchte, die hässlichen Worte des gefangenen Rikordo, den er neben dem toten

Rialdo gefunden hatte, in einer für Cathérine milden Weise zu formulieren.

»Es muss vor Jahren so gewesen sein, dass die begehrteste Hure Roms, die Rialdo sich zu einem Fest hatte kommen lassen, ihn zerstört hat. In dem Augenblick, als er bei ihr das höchste Liebesgefühl erlebte, verspottete sie ihn und schleuderte ihm ins Gesicht, dass er sich bei ihr eine tödliche Krankheit geholt hatte. Darüber muss Rialdo wahnsinnig geworden sein. Er schleppte die Frau in den Festsaal und hat sie vor den Augen der Gesellschaft bestialisch getötet. Seit dieser Zeit muss es ihn immer wieder krankhaft überkommen haben, Frauen auf solche Weise zu töten. In seinem Wahn, so glaube ich, bestrafte er so immer wieder die Hure aus Rom.

Und er war von der Vorstellung besessen, dass eine unberührte Frau, die ihn lieben würde, die Krankheit in seinem Körper zerstören könnte. Deshalb hat er nur noch dafür gelebt, mit euch zusammenzukommen. Darum auch hat er euren Vater und die Dienstknechte töten lassen. Ohne euren Vater, so dachte er, würdet ihr leichter seine Frau werden. Aber er muss euch auch geliebt haben, seine Absicht, dass ihr Fürstin Rialdo werden solltet, war ernst gemeint.«

Martin umfasste Cathérine und zog sie fest an sich.

»Was bin ich froh, dass ihr sein vom Eiter zerfressenes Gesicht nicht gesehen habt. Es war wie in einem Alptraum.«

Martin schüttelte sich, als wenn er frieren würde. Dann dachte er an den Tod seiner Familie, und dass der Mörder endlich dafür hatte bezahlen müssen.

Plötzlich fühlte er Ruhe in sich, bemerkte wie die Schatten der Vergangenheit sich auflösten.

Helles, farbenfrohes Licht durchdrang die Finsternis und leuchtete bis weit in die Ferne, wo er mit Cathérine die Zukunft finden würde. Zärtlich nahm er sie in die Arme und fühlte die wärmenden Strahlen, die sie beide umströmten, um sie für immer mit einem unauflöslichen Band zu verschmelzen.

Langeoog
Haie

Zum Buch

Eine junge Frau, auf grausame Weise ermordet, ist nicht gerade das, was Kathrin Hansen sich auf Langeoog gewünscht hätte. Ihr Lebensgefährte liegt in der Notfall Klinik, weil er zuvor diese Frau schützen wollte. Eine Fremde, ohne Identität. Ihr Aufenthalt auf der Insel wirft Fragen auf. So richtig verwirrend wird es, als alles auf einen Ritualmord hinweist. Auf eine Bestrafung, die in Ländern des Islam praktiziert wird. Glaubte Kathrin Hansen, schlimmer könnte es nicht kommen, bringt sie der Mord an einer alten Insulanerin völlig aus dem Tritt. Das Opfer ist eine Freundin von ihr, die sie seit ihrer Kindheit kennt. Eine Frau, die überall beliebt ist. Doch nach dem Motto: Alle guten Dinge sind drei, gibt es einen weiteren Toten obendrauf.

Unter dem Pseudonym
Kim Lorenz
erschienen die ersten beiden Bände
um Hauptkommissarin Kathrin Hansen

EDUARD BLUM

Bergisch
Kunst

BLUM KRIMI

Zum Buch

Unglaublich, in dem sonst so friedlichen Bergischen wird auf der Aussichtsplattform der weltweit bekannten »Krombacher Insel« ein Kunsthändler brutal ermordet. Sozusagen im Fokus der Öffentlichkeit. In Mafiamanier scheidet der Geschäftsführer eines angesehenen Auktionshauses in einem Nobelpuff unfreiwillig aus dem Leben. Doch damit nicht genug, der Amerikaner, der aus den USA angereist ist um die beiden Ermordeten zu treffen, verschwindet spurlos im Bergischen Nebel. Die Geschehnisse bringen Kareen Wagenknecht, Chefin der Kripo Gummersbach, so richtig auf die Palme. Sie ist dem Himmel dankbar, dass sie auf den ehemaligen Leiter der Kölner Mordkommission, Carl Blumberg, trifft. Seine Inspiration bringt sie immer dann weiter, wenn gar nichts mehr geht. Nur seine Alleingänge sieht sie je nach Lage mit einem lachenden oder einem tränenden Auge. Und Max, sein Hund, kann richtig sauer werden, wenn sein Leberwurstbrot nicht pünktlich auf den Tisch kommt.

Eduard Blum
ist in Köln geboren
und lebt heute in Wiehl,
im Oberbergischen.
Als unabhängiger Autor
veröffentlicht er seine
Romane im Selbstverlag.

Titel:
Bergisch Kunst, Bergisch Beute,
Bergisch Sünde, Maskentanz,
Langeoog Haie, Langeoog Tod,
Langeoog Blut.

Langeoog Tod und
Langeoog Blut
sind unter dem Pseudonym
Kim Lorenz erschienen.